·

心里满了，就从口中溢出

我想这样被埋葬

AMERICAN AFTERLIVES

Reinventing Death in the Twenty–First Century

[美] 香农 · 李 · 道迪（Shannon Lee Dawdy）著
[美] 丹尼尔 · 卓克斯（Daniel Zox）摄
李鹏程 译

SPM 南方传媒 | 广东人民出版社
·广州·

献给所有未来的魂灵，献给安妮

目 录

插图列表

序

我写的书似乎一本比一本古怪。这绝非我有意为之，但或许反映了一种逐步舍弃的过程——舍弃习俗，舍弃焦虑，舍弃期待。至于自己是一个什么样的写作者和思考者，这个问题已经不再让我内心忧惧，我也相信总有人会明白。本书让我安心不少，因为经过了这场出人意料的生死之旅，我现在可以自在地说，我对死亡已经释然了。别担心，我不打算寻死。但话说回来，也没几个人会主动求死。坐飞机的时候，我心里常想：今天要是死了也没关系，毕竟我这辈子过得还不错。死亡是一切生命的自然终结，可奇怪的是，我们人类却非常不愿意面对这个事实，总是让自己生出许多无谓的焦虑和痛苦。读者在阅读本书时——尤其是在经历了新冠疫情的毁灭性打击后——会有怎样的体验，我不敢说；但我希望你能从中感到一丝心安。

事实上，这本书无论是让您捧腹大笑，还是微微一笑，或是在其中找到慰藉，都没关系。“绞刑架下的幽默”太简单，那只是人们因为不了解死亡而发出的紧张笑声罢了。我说的笑是指从丹田发出来的那种笑，是像佛陀那样笑。人们一听你在研究死亡，就觉得你是什么暗黑公主，或者有抑郁倾向；要不就觉得你的研究会把他们搞郁闷。但我最终认识到，拥抱死亡的现实，非但不会让我们的心更沉重，反而会更轻盈。用接受过我采访的埃斯梅拉达的话来说便是：“不过取决于你怎么看罢了。”

这本书之所以古怪，有几个原因，容我先介绍一下，让你有个心理准备。首先，尽管我有博士学位，受过人类学、考古学、历史学的交叉训练，但本书不是为专业读者写的学术书。我曾基于这里面的资料写过几篇面向学术同行的文章，书中也有不少想法是抛向他们的，但这些资料实在太过丰富，搜集过程也同样精彩，不分享给更多的人就太可惜了。对于人们为什么会做某些事，我很难不从人类学者的角度感到好奇，但我也尽量把术语通俗化了，方便更多的读者理解。不带个人色彩地谈论死亡，于我而言不太对劲，因为这个项目的起点不是这样；对我们所有人来说，生命的终点也不是这样。所以，读者会在书中读到我的许多私人感受。这是一场实验：一本书是否能既探讨人类学，又通俗易懂；既私人化，又有智性？

第二个古怪之处是，本书的缘起是一部制作了五年的纪录片。我与联合导演、摄像师丹尼尔·卓克斯的相遇纯属偶然。2015 年初，我们和其他游客一起被塞进了一辆小面包车，到墨西哥瓦哈卡州的乡村地区旅游。我当时在某出国留学项目任教，他则是和家人度假。吃午饭时聊起来，发现大家都住在芝加哥，我们便互留了联系方式。那时候我有个想法，希望对当代美国的丧葬习俗进行一场考古学和民族志研究。有一天和丹尼尔聊他的电影时，我意识到这个话题要是拍成纪录片会很有意思，因为我很确定会有一些有趣的人参与其中，而且各种死亡景观和器物的画面也已经出现在我的脑海了。回到芝加哥之后，我约他来家附近的一家墨西哥餐厅吃早午餐，然后把想法说给他听，他说可以。然后我们就开始付诸行动了。

这五年里，我们的时间、预算、对项目的想法一直在反复变化。我们没有脚本。大部分纪录片拍摄者在开拍前就大概想好了要讲什么样的故事；但我对美国的丧葬习俗是什么情况并不清楚，只知道变化得很快。我想了解更多。对我而言，拍片子就像捡拾“现成品”，直到它们慢慢组成协调的图案。最终，我们搜集了两百多个小时的素材。用这种喜鹊搜集东西的方式拍片子，不是很容易，也不怎么划算。或许我这个电影人在骨子里终究还是考古人吧。对于我曲折的学习过程和这种探索性的拍摄方法，丹尼尔颇有耐心，因为这对他来说也很新鲜。很多时候，我们似乎是在未知领域中进行一场老式的探险。拍电影对我而言是一次崭新的经历，（大部分情况下）我很喜欢。整个过程既耗费体力，也需要创意，而团队成员之间热切的同志情谊也必不可少。这些结合在一起，堪比考古挖掘的苦中作乐。

本书的写作始于剪片子的过程。到了那个阶段，我不得不承认我们拍到的素材实在太多了，故事线也太多了，根本塞不进一部片子里。电影可以让你好好拓展、探讨一个话题，但也需要重点突出，这样才能把片子的思想传达出去。和文字相比，这是一种更加隐晦的媒介。我们制作的纪录片最终时长为二十一分钟，所以出现在本书的内容，在一定程度上来说，就是剪辑室地板上所有那些塞不进正片的主题、人物、对话、情节。影片的名字叫《我喜欢土》（*I Like Dirt*），主要聚焦当代加利福尼亚，关注当地殡葬业如何反映了一种特定的区域文化。本书涉及的范围则要更广阔、更庞杂，横跨全美，深挖行业的历史根基。

本书来自纪录片，因而书中呈现的研究特色，与纪录片的拍摄过程密不可分。我若假装本书源自某个标准的民族志调查，那是在骗人。所以，本书的文风可能时不时会有一种电影感，而幕后花絮式的叙述也清楚地表明了许多与我对话的人当时正在被拍摄。文中提到“我们”时，通常是指我和丹尼尔，但一半的时间里，还会有第三人甚至第四人在场，他们不是在录音，就是在帮忙（详见随后的致谢部分）。后文中，我会经常把叙述的视角简化为“我”，因为我想把自己和别人交谈时的所思所想表达清楚，或者想传递出采访者（也就是我）和受访者之间的具体互动状态。但其实丹尼尔一直都在场，在摄像机后面看着，提一些他自己的问题，搅一下“观念的大锅”——通常我们是在收工后犒劳自己时边吃边聊。所以他也出现在了本书里。为了把拼贴画一般的纪录片素材转换到纸面上，他从拍摄的影片中抽取了二十幅黑白静态图，这些图片分散在书中各处。有一些是应我要求放进来的，但你会发现大部分图片都有自己的故事要讲，并且反映了丹尼尔的拍摄手法和视角。它们已经不仅是书中所讨论内容的配图，而且超越了这个意义，在引人沉思的同时又不设限制，邀请读者写下自己的图片说明。

我先前已经略微提及我在考古学方面的专业训练如何影响了我的创作过程，现在我要说一下我在人类学方面的通识训练如何帮助我缓解了伦理方面的担忧。本书所有的直接引述一共有三个来源：一是拍摄过程中制作的音像材料的转录，二是我在拍摄前后进行一对一采访时的笔记，三是独立采访。处理文字转录时，我删减了口语表达中常有的“嗯”或“呃”，以及无效的开头和重复。为了让文字更流畅，我也没有用省略号来表示停顿，但表述的顺序完全没动。我编辑引述的原则是：忠于讲述者，方便阅读者。整个项目自始至终都按照一份芝加哥大学机构评审委员会批准的实验计划（$IRB_{15-1236}$ 豁免）进行。我采访每个人之前，都预先告知了研究目的，所有受访者也均表示同意。他们愿意大方地抽出自己的时间，坦率地暴露自己最脆弱的一面，让我感激万分，所以在接下来的章节中，我也会敞开心扉——希望他们能觉得这算是一点微小的回报吧。若是采访中有谁说了什么会引发争议的话，可能在日后给他们带来麻烦，我便会使用假名或者故意模糊叙述来尽量隐藏他们的真实身份。但跟我聊过的殡葬业者中，有太多人的产品或服务独一无二，要想在互联网上隐姓埋名根本不可能（有些情况也是拜我们的影片所赐）。我一般会遵照知情同意原则，但有些情况下也会出于自己保护受访对象的本能而更进一步，所以我决定在本书中隐去他们的姓氏。这样做不仅是为了整体统一，也是希望平等对待每一个受访对象，无论对方是跟我在街头聊天的流浪汉，还是腰缠万贯的首席执行官。

有时候，我的直觉会告诉我关掉摄像机，比如在拍摄一个叫罗德的男人时就是这样（详见第四章）。罗德几个月前刚刚痛失爱妻，拍摄期间情绪自然还有些激动。对我而言，如此近距离详察他人的悲痛，似乎不太对劲。尽管我在拍摄开始前曾告诉他随时可以要我们暂停，但他并没有要求，丹尼尔也没有停止拍摄。我当时选择了相信丹尼尔的判断，但后来，这段采访让我内心五味杂陈，我不得不和他好好聊了一次。罗德迫切地、大方地想跟我们分享他的故事，而我却纠结于让不让他讲下去。是因为我们这个时代一谈到死就局促不安，而我也被影响了吗？还是说作为人类学者，我有义务关掉摄像机，以免人类经验中最脆弱的那些场景暴露于世？罗德的泪水很有感染力，我的眼眶也湿润了。在影片拍摄期间，这种情况发生了不止一次。可我并不是一个爱哭鼻子的人。难道我的不适感源于害怕自己失去作为观察者的客观性？对于这些问题，我现在依然不知道怎么回答。

我想写这本书，还有一个原因。我不会像专业权威那样，全面地揭示美国社会以及我与它的关系，但我确实感觉自己有义务把那些难以启齿的真相和内心挣扎描述出来。我写完这本书的手稿时，新冠疫情及其政治影响正在横扫美国。接下来就说说那些难以启齿的真相和内心挣扎。起初，我整个人都僵住了，因为我担心面对这种百年一遇的大规模死亡，整本书都得推翻重写。但接着，我意识到有两件事给了我坚持下去的勇气：首先，我必须坚持写作的初心，因为大部分情况下，死亡的原因和我在这里要讲的故事关系不大。一个人无论是死于某种新病毒，还是在多士炉引发的事故中丧生，我关注的是遗体会怎样，人死之后会发生什么。至于死之前——我们如何活着、如何死去这类大叙事——本身固然重要，但不是我跟别人聊天的话题类型。我问的是之后的问题：人们希望自己的遗体被怎样处理？我们去世后会发生什么？其次，关于新冠疫情最终会造成怎样的影响，连流行病学家都无法预测，我就更不行了。疫情的故事只能由疫情自己讲下去。我们要想全面了解新冠疫情对美国式丧葬习俗和来生观念造成了怎样的影响，还得再等许多年。所有的民族志和纪录片都是历史作品，只能涵盖有限的时间段，而本书抓拍的是 2000 至 2020 年之间的美国殡葬趋势。

2020 年底时，我联系了一些关键的受访者，了解了一下他们近况如何、生意受到了什么影响，并视情况需要，将最新信息补充进书中。但疫情在这本书上留下的印记不只是这些，我的私人生活也受到了影响。丹尼尔以及我的好几个学生、同事都被新冠后遗症折磨了几个月；三个我认识且很喜欢的人被新冠夺去了生命，用老话来说，其中两个算是“天不假年”（虽然多少岁才是“夭年”没人说得清）。2020 年一整年和 2021 年前半年，我也和大家一样，在不确定性和隔离中过得支离破碎。我们永远都不再是原来的我们了。

我并不想写一本残酷的死亡之书，而新冠疫情给完成本书带来的最大挑战正在于此：在这骇人的生命损失当中，既要找到合适的口吻来表述，又不违背我的初衷，也就是缓解大家对必死性的恐惧。关于我的种种挣扎，书中也尽量有所呈现。

但或许，我们面对的最大挑战还是要明白该在什么时候放弃什么。某个项目。某个人。某种信仰。或是我们所熟悉的生活。我希望，各位读者可以和我一起学着放手。

致谢

整个项目期间，丹尼尔·卓克斯都是我的“副驾驶”。他愿意参与这场冒险，让我永远感激不尽。影片的拍摄过程带给我太多值得敬畏和惊叹的时刻，所以要说这段经历是我人生中最快乐的时光之一，绝非夸大其词。而这一点在很大程度上要归功于丹尼尔，因为他总能找到有趣的采访对象，注意到那些连人类学家都可能忽视的细节。他一直容忍着我的愚笨，支持我探索自己长期被压抑的艺术冲动，也让我懂得了艺术的好坏与美丑无关。更重要的是，他成了我的朋友，还是那种像家人一样的朋友。我一直相信，让他帮我点餐的话，上来的恰好会是我想吃的东西。

接下来是我的家人。我儿子阿萨时常会因为这个项目想起自己失去亲人的痛苦，但他一直都忍着。起初，他认为妈妈的兴趣很古怪，但还是学会了怎么举好反光板。而现在，让我倍感鼓舞的是，这个善良又聪慧的少年，也是我最好的朋友，为他的妈妈感到骄傲。他比任何人都更清楚，我之所以能坚持下来，是因为我让自己一头扎进了工作之中。这场疫情（我觉得还有这个项目）也让我和我的母亲阿莱塔的关系更近了一些。她倾听我的疑虑和思考，观看粗剪的片子，帮我回忆事情，还跟我分享有意思的新闻。对于一个年逾八十、离世亲友越来越多的人来说，这个话题实在不怎么轻松，但她从来没叫我别说这事了。事实上，我们现在每天都要说说话。此外，我还要无比感谢我的哥哥杰斯、嫂子金姆、侄女艾莉。他们的丧亲之痛要比我的更深长、更彻骨，他们的坚强让我敬佩不已。他们用自己的方式将逝者留在身边，改写了悼念的准则，激励我踏上了这段旅程。

在这个紧密的小圈子之外，还有许许多多的人也是我想要和需要感谢的：有些是我的同事、学生，他们给我提供了有益的反馈；有些是殡葬从业者和创业者，他们慷慨地奉献了自己的宝贵时间；还有些是好心的陌生人，容许我们打断他们的欢乐时光，回答有关死亡的问题。参与影片拍摄的各位录音师以及其他伙伴们虽然没有参与书的出版，但我也要感谢他们。一些朋友或许不清楚在过去六年中他们给了我什么样的帮助，但我知道。在这里，我想试着感谢他们所有人，哪怕其中有一些并没有出现在本书中或者影片中。我要把他们全都混到一起，在此致谢。这也是我喜欢这个项目的原因之一：死亡面前，人人平等。

要感谢的人还有（排名不分先后）：

Anwen Tormey, Adolphe Reed, Karon Reese, Steve Stiffler, Tara Loftis, Allie Reese, Sherrie Smith, Ryan Gray, Jeffrey Ehrenreich, Donovan Fannon, Chris Grant, Ross Ransom, Jason McVicar, James Crouch, Paul Thomas, Brent Joseph, Amanda White, Joe Bonni, Alison Kohn, Rob Reilly, Andy Roddick, Lisa Wedeen, Kaushik Sunder-Rajan, Anna Searle Jones, Lauren Berlant, Eilat Maoz, William Mazzarella, Bill Brown, Alex Harnett, Joe Masco, François Richard, Hussein Agrama, Alice Yao, Andrew Zox, Jason De León, Julie Chu, Katina Lillios, Thomas

Laqueur, Adela Amaral, Charlotte Soehner, Mary-Cate Garden, Douglas Bamforth, Amanda Woodward, David Nirenberg, Kim Long, David Beriss, Jessica Cattelino, Io McNaughton, Daniel McNaughton, Genie and Duncan McNaughton, Gidget, Apple, Nyx, Hazel, Bert, Bug, Akos Meggyes, Jeremy Bendik-Keymer, Michelangelo Giampaoli, Davis Rogan, Lee Sig, Rod, Brad Marsh, Dusty Jonakin, Liz Dunnebacke, Darren Crouch, Stephanie Longmuir, Valerie Wages, Eugene Rex, Walker Posey, Jane Hillhouse, Jeff Staab, Juju, Zoë Crossland, Bryan Boyd, Danilyn Rutherford, Sean Brotherton, Tamara Kneese, Abou Farman, Jenny Huberman, Phil Olson, Matthew Engelke, LaShaya Howie, Anya Bernstein, Margaret Schwartz, Matt Reilly, Liv Nilsson Stutz, John Carter, Owen Kohl, Taylor Lowe, Johanna Pacyga, Anna Agbe-Davies, Alison Bell, Andrew Bauer, Barb Voss, Mary Weismantel, Ian Hodder, James Auger, Jessica Charlesworth, Tim Parsons, Cristina Sanchez Carretero, Paul Graves-Brown, Paul Mullins, Chris

Leather, Andrea Ford, Karma Frierson, Zachary Cahill, Mike Schuh, Alex Bauer, Ellen Badone, Marek Tamm, Laurent Olivier, Bjørnar Olsen, Þóra Pétursdóttir, Alice von Bieberstein, Yael Navaro, Norman Yoffee, Lynn Meskell, Sharonda Lewis, Anne Chien, Kim Schafer, Benjamin Schmidt, Theo Kassebaum, Claire Bowman, Hannah Burnett, Hanna Pickwell, David Jacobson, Lucas Iorio, John Misenhimer, Justin, Sophia Monzon, Marcus, Jeff Bodean, Amanda Kenney, Nancy Parraz, Angie Avila, Teresa and David Davilla, Maureen Lomasney, Craig Savage, Nick Savage, Veronica Herrigan, John Hodgkin, Veronika Kivenson, Susan Winkelstein, Jermaine Slaughter, Yusu Kanshian, Jerrigrace Lyons, Julian Spalding, Mark Hill, Dana Fox, Tara Coyote, Kay, Maira Lopes, George White, Irene Grauten, Sheila Milberger, Katrina Morgan, Shelly Lever, Sandia Chiefa Winter, Ani Palmo, Esmerelda Kent, Tyler Cassity, Chris Elgabalawi, Jed Wane Holst, Sandy Gibson, Nicholas Thomas, Henry Berton, Dana and Brian Ferguson, Hari Subramanyan,

Linda Sue, Cindy Barath, Pedro Tecum, Pablo, Antonio, Moises Vicente, Paige Graham, Katrina Spade, Trey Ganem, Thad Holmes, Jason Diemer, Emilie Nutter, Jeremy McLin, Stephen Sontheimer, John Pope, Zymora Kimball, Patrick Schoen, Dean VandenBiesen, Richard Baczak, Ruth Toulson, Casey Golomski, Lucia Liu, Stephanie Schiavenato, Roy Richard Grinker, Janeth Gomez, Alicia Heard, Juana Ibañez, Krystine Dinh, Eric, Dakota, Virginia, Alex, Adam Malarchick, Niki Good, Jason Becker, MC Medley, Trevor Aubin, Cecilia Dartez, Taylor Lyon, Jane Boyle, R. Townsend, Elizabeth Hurstell, Karen Wallace, Sabine Brebach, Chad Muse, Darielle Kreuger, Robert Pacheco, Shanna Pahl-Lesch, Joe Lesch, Chris Dunfee, Jason Luce, Chris Dudley, Katherina Saldarriaga, Rebecca Jenkins.

许多商业机构和公共团体的工作人员为我们的拍摄提供了便利，有些没在上面提及，所以我一并在此处表示感谢。他们包括：高等研究院（School of Advanced Research）的诸位优秀同人，报名参加考古学实验影片拍摄（Archaeological Experiments in Filmmaking）及“死亡与存在”（Death and Being）课程的芝加哥大学学生，参与芝加哥大学现代理论中心“未来咖啡馆”（$_{3}$CT's Future Café）系列活动的同学，所有参加过我的讲座和影片试映的观众。我还要感谢卢森堡大学（University of Luxembourg）、麦克马斯特大学（McMaster University）、爱荷华大学（University of Iowa）、印第安纳大学与普渡大学印第安纳波利斯联合分校（IUPUI）、佛罗里达大学（University of Florida）、纽约市立大学研究生院（CUNY Graduate Center）、斯坦福大学（Stanford University）的各位同人，感谢他们在项目进行期间邀请我展示工作成果，这对我捋顺思路起到了至关重要的作用。

一些机构或从资金上或从后勤上为拙作提供了支持，同样令我不胜感激，它们包括：麦克阿瑟基金会（The MacArthur Foundation）、芝加哥大学人类学系（University of Chicago Department of Anthropology）及其利希特斯特恩基金（Lichtstern Fund）、芝加哥大学现代理论中心（University of Chicago Center for Contemporary Theory，即 $_{3}$CT）、芝加哥大学格雷艺

术与探究中心（University of Chicago Gray Center for Arts and Inquiry）及其梅隆艺术实践与学术研究协作奖学金（Mellon Collaborative Fellowship for Arts Practice and Scholarship）、芝加哥大学社会科学学部（Social Sciences Division of the University of Chicago），以及位于新墨西哥州圣菲的高等研究院（School for Advanced Research in Santa Fe, New Mexico）。

本书的部分内容已经在几家学术期刊上发表，不过目的各有差别。我要感谢《当代考古学杂志》（*Journal of Contemporary Archaeology*）、《历史社会学杂志》（*Journal of Historical Sociology*），以及《反思历史时期：研究当下主义的新途径》（*Rethinking Historical Time: New Approaches to Presentism*）一书的编者马雷克·塔姆和劳伦特·奥利弗，还有其出版商布卢姆斯伯里出版社。感谢这些文章和书稿的评审人的重要工作。

编辑弗雷德·阿佩尔在本书还“半生不熟”的时候就愿意给它个机会，让我开心不已。我还要谢谢普林斯顿大学出版社的各位工作人员：珍妮·谈、詹姆斯·科利尔、萨拉·勒纳、卡尔·施普尔策姆、埃琳·苏达姆、玛丽亚·惠兰、凯瑟琳·史蒂文斯。能遇上艾米·K. 休斯这样懂行的文字编辑，我实在是三生有幸。

我可能弄错了一些东西，还请大家海涵。

第 一 章　　坑

万圣节前夜，新奥尔良的法国区。我的合作者、联合导演丹尼尔在一家戏装假发店前面的人行道上架起了摄像机，录音师测试了吊杆话筒。那天晚上，假发店营业到很晚，里面挤满了事到临头才来购物的顾客。夕阳西下，三三两两尚未喝多的成年狂欢者开始源源不绝地从我们身旁走过。我们当时还处于纪录片拍摄的早期试验阶段，所以看起来可能更像一个预算有限的电视新闻报道组。我们要采访的是“路人”——或者说是街头的女巫、仙子、独角兽——反正能找到谁就采访谁。我觉得自己仿佛是一个上街拉客的风尘女子，紧张兮兮地勾搭陌生人。我当时穿着黑色的紧身外套，看起来可能有点像哥特式女人。虽然我不是这条街上最怪的人，但有些人还是选择绕开我们，走到了路对面。我猜应该是摄像机和灯光设备有些吓人吧。其他人倒是乐意聊聊。

傍晚时分，一个独自路过的年轻（也可能不年轻）男人停下脚步，表示愿意配合我们。他从头到脚一身黑：黑西装、黑领带、配套的黑色战壕风衣，整个脑袋都套在一条黑丝袜里，头上还戴着一顶费多拉帽。这是个“隐形人”。有人说，我跟人聊天时总习惯目不转睛地盯着对方的双眼。但面对这个“隐形人”，我的目光只能像探照灯一样在他脸上扫来扫去，根据凸出来和凹进去的地方，判断他的眼睛大概在哪儿。所以聊天期间，我根本看不出他是在目不转睛地盯着我，还是在凝视我肩膀后面的某个没影点。

图1

我先问了一下他叫什么、从哪儿来，算是暖场。特雷弗语速很快，更诡异的是，他似乎对我当晚的那个大问题有备而来。我问："你希望遗体被怎样处理？"他不假思索地答道："我想找个合法的方式，把遗体放到长沼里。我不想要什么坟墓，也不想被火化。就把我的遗体放到长沼里，让它回归沼泽吧。"[1]

至于仪式，他说他想只搞一个守灵活动，而且要亲自参加。他有个朋友得了癌症，不久前刚去世，大伙就给她办过这样的。她离世前的那个周末，大家齐聚在她家，一起做饭、聊天、听音乐，后来她说有点累，便上楼休息，然后就永远地睡着了。

快讲完朋友的故事时，他哽咽起来。我看到两个湿乎乎的圆点在那个紧贴面孔的头罩上扩散开来，颜色变得甚至比布料本身还要黑。那双我看不到的眼睛开始流泪。隐形的人哭出了有形的泪。我深受触动，说不出话来。那个时候，我唯一能做的就是尊重他的悲伤。他整理了一下情绪，说："但是，就该那样。"我谢过他后，放他走了，心中暗暗希望他去参加派对时情绪会好一些。至于第二个问题"你觉得我们去世后会发生什么？"，我没问出来。

我一直忘不了这段采访，因为它代表了我为自己设定的任务——问出那些几乎无法回答的问题——及其可能造成的风险。我很可能触发一连串极为脆弱的反应，比如创伤、焦虑、放不下的伤痛，或者那个最普遍的存在危机：我们为什么活着，又打算怎么活？那一刻，我感受到了他的悲伤，因为我也曾经历过类似的悲伤。那一刻，我们违背了高高在上的学术规范，我不是研究者，他也不是研究对象，悲伤让我们的心灵短暂地相通。

^^^

从 2008 年到 2013 年，我在五年之间失去了四位挚爱之人，就好像我不知不觉间靠近了什么黑洞，而且越靠越近。正是从那时起，我踏上了这场追问之旅：你觉得我们去世后会发生什么？你希望遗体被怎样处理？很多人希望火化，轰轰烈烈地离开。我怕火，但很多跟我聊过的人都说，反正我们也只是一颗星尘。

^^^

我不太敢说这本书会被当成人类学著作，考古学著作就更别提了。这本书跟二者唯一沾边的地方，可能就是我的职业给了我一些嚣张的底气，让我得以闯入他人的私生活，试着理解人类经验。但我也只能写这样的书。用常规的学术体裁来探讨21世纪美国人的来生，不仅会模糊掉我试图关注的种种生动经历，而且在百年来最具毁灭性的疫情冲击之下，可以说是失策。就像和“隐形人”交流时那样，我必须尊重与他人心灵相通的时刻。面对实地调查中那些充满真情的事件还假装不为所动，似乎不太诚实。我不喜欢被拍摄，所以采访时没有出现在镜头中，但在这本书里，我会让大家看到我。我不会隐形。

这个有关当代美国丧葬习俗的研究项目，虽然正式启动于2015年的那个万圣节前夜，但早在好几年前就开始酝酿了。我想以这种方式来应对自己五年之中失去四位至亲的伤痛。他们每个人的死都不一样，给人的感觉也不一样。可每一次都是先火化遗体，再确定骨灰怎么处理、办什么样的仪式——是抛撒，还是埋葬，是制成首饰或庭院水盆，还是装在可生物降解的盒子里，放入那条从我童年家乡流过的河中。那以前，我几乎没想过人死了以后，当肉体变成一具你已经认不出来的一动不动的空壳，变成生物和化学物质的集合体，进而慢慢变成别的东西时，会发生什么。悲痛欲绝的阶段过去之后，我开始对美国人如何处理亲人遗骨产生了兴趣，想做进一步了解；我也想知道他们对于我们是谁、死后会发生什么的问题到底秉持了怎样的信念。于我而言，做研究是情绪处理的一种形式。我慢慢开始操作这个项目，刚开始是以历史调查的形式，遇到独立电影人丹尼尔·卓克斯之后，又增加了纪录片的形式，因为这样既能把我想写到纸上的东西拍摄下来，也能提供有益的补充。

随着研究的深入，我渐渐意识到自己偶然闯入了一片“分崩离析”与“欣欣向荣”正在同时发生的文化领域。跟一位又一位的殡葬师交流时，我仿佛是在一遍又一遍地重听 2017 年采访分销新奇丧葬用品的斯坦时听到的说法:“殡葬公司在过去一百年里发生的变化加起来，都不如近十年的变化多。”

时至今日，在有关美国殡葬业的图书中，最有影响力的一本仍然是英国记者杰西卡·米特福德在 1963 年出版的“揭黑”作品《美国式死亡》(*The American Way of Death*)。米特福德以英国作家伊夫林·沃的小说《至爱》(*The Loved One*)中部分内容为线索，深入南加州进行调查，并记录下了美国殡葬产业为了将这项生命消逝的仪式标准化、将原本由遗属自己操办的事务专业化而使用的种种手段。她记述并谴责了一种独见于美国的丧葬情结，尤其是遗体防腐、开放式棺材、高级棺材、昂贵套棺的普遍化。这种“传统”在19世纪80年代兴起之后，传遍了美国城乡，到20世纪20年代已经变得根深蒂固。米特福德认为，在20世纪成为主流的美国式丧葬情结，无异于一场惊天大骗局。和沃一样，她也认为遗体防腐反映了美国人的乐观主义发展到失控的地步，这种行为体现了一种否认态度，仿佛死这回事根本不存在。[2] 现在是时候更新一下信息了。

杰西卡·米特福德“阴魂不散”，至今还在给美国殡葬师制造麻烦。1997年，诗人、殡葬业者托马斯·林奇出版了回忆录《殡葬人手记》(*The Undertaking*)，想要驱走她的“幽灵”。林奇驳斥道，她宣称“过分讲究地处理遗体”实在是“野蛮”，但事实上，更野蛮的是杀人凶手，而防腐师可以消除一部分这种野蛮带给亲属的精神伤害。为了说明这一点，林奇还举了一个自己在从业早期被请去处理的可怕案例。读着他捍卫“那个阴暗行业”的文字，我突然想到，别国的人或许不像美国人那样熟悉凶杀导致的死亡吧。大概遗体防腐、遗体修复满足的正好是暴力社会的葬礼所需。[3]

同时，美国也是一个坚定的资本主义社会。尽管米特福德似乎认为任何人都不应当利用死亡来牟利，但她自己在看待葬礼时，遵循的却是那种冰冷、精明的工具主义逻辑。她认为生和死之间并不需要殡葬师来充当中间人，所以极力倡导低成本的“直接火化”，遗属去火葬场取走盛放亲人骨灰的纸盒子就完事了。她的立场很坚定：过分讲究地处理遗体是很不得体的。美国式丧葬习俗似乎冒犯了她的英国式分寸感。在采访中，我发现殡葬师时至今日还在努力回应米特福德的批评，而在许多非专业人士所持的观点中，显然也能找到米特福德的影子。他们不想太讲究；他们不想占地方；他们不想给亲人增加经济负担。她的观点已然渗入到很多美国人的思想中，促进了习俗向火葬转变。不过，这种转变一直进行得很缓慢，直到 2000 年才开始发生急剧变化。从 2000 年到 2015 年，美国的火化率翻了一番，现在有差不多 60% 的人会选择以这种方式来“处理”遗体（按照美国人的惯常说法）。[4]

不光是遗体受到的对待不一样了，越来越多的人还绕开传统葬礼，转而发明自己的仪式。在遗体处理的问题上，长期处于支配地位的宗教传统正在渐渐失去影响力，大部分宗教对各种葬礼形式的态度越来越开明；而对于灵魂是什么的问题，很多美国人现在也不再唯宗教的马首是瞻，而是生发出了各种高度个人化的信仰。在21世纪的美国，死亡正同时在三个层面上得到重塑：遗骸的处理、全新的仪式、来生的观念。

西方的丧葬文化通常被认为很平常、很浅薄、很世俗。在许多学者眼里，当代丧葬习俗既枯燥无趣又世俗庸常，既洁净又标准化。但在今天，这类概括已经站不住脚了。当代美国的丧葬文化在形式上的丰富和创新，可以说到了让人头晕目眩的地步，一点都不枯燥无味。即使在新冠疫情发生前，死亡在公共视野中也有“一席之地”。你可以把亲人的声音录到由逝者本人骨灰制作的黑胶唱片上；你可以利用某种软件的定时发送功能，人过世之后，软件还能继续给家人发信息；你可以选择把自己的遗体冷冻、焚烧、埋在红杉林中，也可以选择将遗体制成塑化标本用于科研解剖，或者用化学制品溶解；不久之后，你还可以被埋在城市某处空地上一堆冒着热气的木屑中，被制成堆肥。你的家人可以取一些你的骨灰，掺在原料里，让你成为首饰、人造珊瑚或镇纸的一部分。现如今，无论是亲自处理亲人的遗体，还是在亲人生命结束后将遗体的一部分长期留在身边，都越来越得到认可。与死者交谈，庆祝他们的生日，或者在其坟头放一瓶啤酒，也越来越被人接受（或者说重新接受）。[5]

《我想这样被埋葬》探究的是21世纪美国日新月异的丧葬习俗。书中提出了这样一个问题：应对死亡的种种变化反映出美国人在当下的历史节点秉持着怎样的信仰和价值观念？从2015年到2020年，我走遍了美国各地，从佛蒙特到加利福尼亚，从伊利诺伊到亚拉巴马，寻访殡葬师、殡葬业创业者、设计师、墓地老板、临终导乐，了解他们正在目睹、很多时候也正在努力推动的变化。我还走上街头，同特雷弗那样乐意聊聊的人交流，请他们回答这两个几乎算是触犯忌讳的问题：**你觉得我们去世后会发生什么？你希望遗体被怎样处理？**

本书的前提来自悠久的丧葬考古学传统，即通过实物证据来判断一个社会如何对待死者，再通过得到的有力线索，推断该社会的价值观念、宗教信仰、日常生活。[6]这种对实物线索的解读，代表的其实是一种华而不实的取证类型，类似福尔摩斯从犯罪分子偶然掉落的雪茄烟灰中剖析对方的心理状态。但和他不一样的地方在于，考古学家从不敢说自己对证据的解读完全正确，因此本书无法宣称给出的解读就是唯一的答案，更无法交出一份殡葬业情况的全面调查。我主要关注的是遗骸会被怎样处理，人们对此又有什么看法和感受。至于数字化丧葬习俗——诸如视频葬礼、线上悼念和各种形式的虚拟来生——这些出现于美国内外的巨大变化，它们的发展已经得到相当充分的研究，所以也不在我的考察范围内。[7]更确切地说，我这里只关注**物质性**来生。我用考古学的方法来探究当代生活，使用民族志访谈来揭示人们看待物品、景观的方式。传统的考古学家只能凭借经验来猜测人造器物的意义，但我“挖掘”的是现代殡葬业，好处之一便是我可以直接询问在场的人，问问他们怎么看待美国殡葬业不断变化的面貌。不过，他们也时常语塞，所以我们只能一起探索问题和答案。我同几十名受访者探讨了各种刚刚兴起的现象，而本书便是这种协作式对话的成果，虽说其中的发现或许有一定的猜测成分，但绝非毫无根据的臆测。在悉心整理过这些对话，并把浮现出来的模式放到历史语境之后，一个个“顿悟时刻”开始在我脑海中不断出现，让我拥有了给出解释的勇气。而我得出的结论——随后就要和大家分享——也远比我预料得要更深刻、更感人。

成书的五年里，我的调研工作主要是寻找殡葬业的创新者，或是那些了解行业发展趋势并能解释其中缘由的专业人士。我找人有时凭直觉，有时靠打听，找到后经常会跟踪采访一段时间，搜集他或她的人生故事、工作经历，尽力弄清楚促使其进入殡葬行业的来龙去脉和相关事件。不过，我没有做意见调查或者数据统计，因为那种信息在帮助你理解人们为什么会从事某一行业时能起到的作用十分有限。我在本书中描述的一些新生的殡葬形式，或许在某些读者看来过于荒诞不经，但我的初衷绝不是哗众取宠或耸人听闻。我受过的人类学训练让我想去理解那些共同趋势和共有关切，同时也留心各种分歧、差异和暗流。我其实可以写一本完全不同的书，只关注那类排场隆重、博人眼球的名人葬礼，或者讲讲某个男人被放在他的凯迪拉克轿车里下葬（进而让他死后成名）的故事。但那样会给人留下错误的印象，让人以为我感兴趣的新生的殡葬形式只是稀奇古怪的个人行为，而非意义深远的文化习俗。此外，我也没有考察用于医学的遗体捐献或人体冷冻的情况，因为这类处理方式在美国占比不到 1%，大部分美国人还是会选择火葬或土葬。虽说我在这段旅程中遇见过一些特立独行的人物，但我更愿意认为他们具有较强的代表性。诚然，压根就没有所谓的“普通美国人的典型代表”，但这些人之所以做那些事，也并不完全是为了博取眼球。他们不是粗浅意义上的带货红人，而是有文化影响力的人；他们被纳入一种渴望的暗流之中，想要得到的是更加意味深长的东西——一种宇宙层面的重新调整。

︿︿︿

人们总问我是不是从小就立志要当考古学家。真没有。我想当天文学家。不过，我最近之所以老想起这个问题，是因为有好多人跟我说我们不过是星尘，最后还会变回星尘。大意如此。他们可能没有意识到自己是在转述卡尔·萨根的话，或者萨根可能也只是在转述常识。毕竟很多文化中都有类似说法，比如南非的茨瓦纳人或者北美原住民的塞尼卡人就认为，天上的每一颗星星都代表了一个死者的灵魂。

但随着我们都市的夜空越来越明亮，人们也越来越难看见星星，就好像逝者的数量在减少一样。

我小时候过夏天，大部分时间都打着赤脚，在土里踩来踩去，双脚经常脏兮兮的。我还爱做泥饼玩儿。我们家一年要去露营几次，我就睡在星空下。我们买不起帐篷，但我并不介意，因为我本来对它也没什么概念。泥土和繁星，是我童年时光中幸运的部分，在彼时的苍穹之下，我走上如今的这条路。

我最喜欢的探方规格是“1×2”，指的是1米宽、2米长的坑。每次我在新奥尔良法国区之类的公共场所挖掘时，人们总会问：“你是在挖坟吗？”这让我觉得很不自在，仿佛我把历史挖出来，把过往的人生碎片挪来挪去，把它们变成新的东西，确实是一件可怕的事。但或许，所有人都在以各自的方式做和我一样的事。

刚开始挖掘时，你根本无法预知会挖多深，只能不断挖下去，一直挖到看不见人类活动的遗迹为止。在我通常挖掘的那些地方，有时是一米深，有时是两米深；而在世界上的某些地区，就算你挖上个十几米，还是能找到数千年前的人留下的生活痕迹。

在考古项目中，我最喜欢的阶段是当某个探方挖掘到了尾声时。我告诉工作人员可以回家了，然后自己下到坑里——有时还会把鞋脱了——把泥土刮擦干净，以便更清楚地看到不同时代的地层。我会给我看到的场景拍照，再把它们画下来——那是一段段人生的累积。坑里阴暗又凉爽，气味让人心情平静。你可以感觉到事物的生长和腐烂在同时发生。而时间本身，也会大大地慢下来。

^^^

在研究、拍摄、采访过程中，我遇到了一些不寻常的人和许多很善良的人。其中有些体贴的受访者，他们原本在做一些积极向上的活动，比如冲浪或者马拉松，也会停下来和我们聊天。我还遇到了浴火重生的创业者、富有远见的新观念传播者、古怪的制造商，以及古板的守旧派。或许最出人意料的是，尽管在过去几年中，两极化的政治站队成了美国公共生活的鲜明特征，但人们重塑死亡的意愿却并未受其影响。有些选择或许在“蓝州”比在“红州”更受青睐，但政治派别不能确切地预测出谁更愿意在丧葬习俗上发挥创造力，更无法由此搞清楚他们在生活中珍视什么。

新冠疫情暴发时，我正在写本书的最后几章，但在那之前，我便已经确信美国正在经历一场集体性的生存危机。人们挣扎着想弄明白在21世纪身为美国人到底意味着什么，而且这种挣扎正在精神层面和政治层面同时发生。对有些人而言，这意味着更追求个人主义，更认同进取精神，更看重物质享受，但与此同时又更关注精神性（或许这一点有些违反直觉）——不过，他们似乎根本不担心其中的矛盾。对于另一些人来说，这意味着回归旧有的做事方式，具体来说就是回到工业革命之前，回到我们与自然、与自己的身体、与周围的社群还没有那么疏离的时候。还有一些人则准备好了革故鼎新，重建我们同死者及这个星球的关系。他们想拆除虚饰，直抵根本，想从有形的和形而上的角度来重新思考死亡意味着什么。殡葬仪式的选择大量涌现，有时方向甚至截然相反。但毫无疑问的一点是，一场革命正在悄然进行，而其根源可以一直追溯到“我们是谁”和“我们为何在这里”的问题上。

所有这些骚动都是相对新生的事物。纵观整个 20 世纪，美国人的丧葬习俗其实非常保守，而且很古怪。在这一点上，米特福德所言不虚。大多数时候，不管逝者的信仰或种族背景如何，遗体防腐、遗容瞻仰、混凝土套棺都是美国人葬礼的标配。其实直到近来，对遗体进行防腐处理在别的国家还很罕见，只有在公众人物的遗体需要供人瞻仰以及遗体需要跨境运送时才会这么做。许多观察人士认为，这一传统流行全美体现了美国人想要否认死亡这一现实的倾向。专为绿色殡葬制作天然纤维裹尸布的埃斯梅拉达告诉我，进入 21 世纪后，我们正在见证“这种否认本身的消亡……人们渴求真实，任何残存的虚假都被摧毁了”。这种对真实的渴求表明了问题确实存在，某种空白亟待填补。

“死亡否认”（The Denial of Death）是存在主义哲学的关键议题。1974 年，卓越的人类学家、哲学家、精神病学学者厄内斯特·贝克尔就曾以此为题，出版了同名著作。贝克尔指出，弗洛伊德认为人的性格中有很大一部分是通过否认、压抑、移情养成的，这一点说得很对；但对于问题源头是我们天性中的哪个动物性事实，弗洛伊德却没说对。导致我们大家都有点发狂的，并不是性行为，而是必死性（mortality）。我们能清醒地预知自己必有一死，但又施展各种精神和文化柔术，假装自己不会死。我们想方设法地控制自己对死亡的恐惧。贝克尔指出，人面临的诸多问题，从焦虑障碍到好战的冲动，其根源都可以归为死亡否认。他从新弗洛伊德主义角度对这个问题的分析，最终与存在主义哲学家马丁·海德格尔在其代表作《存在与时间》（*Being and Time*）中得出的结论殊途同归，两人都认为接受死亡的必然性，可以让我们获得自由。[8]

贝克尔的死亡否认论点，是针对全体人类的一般性概括。从人类学的角度来讲，这或许是它的主要弱点。不过，在那些早就认为 20 世纪的美国葬礼有些古怪的社会批评人士看来，这恰好验证了他们的观点。如果说人类普遍容易有否认死亡的不良习惯，那美国人在这方面绝对是“特优生”。杰西卡·米特福德早在 1963 年便指出了这一点。1969 年，伊丽莎白·库伯勒–罗斯也在她那本影响深远的著作《直到最后一课》（*On Death and Dying*）中，从临床角度探讨了死亡否认对临终患者的影响。我们在大众心理学中常常听到的“哀伤的各阶段”（stages of grief）模型正是她提出的，而其中的第一个阶段便是“否认”（Denial）。如果说美国人特别倾向于否认的话，那就说明在死亡的问题上，他们陷入了某种“发育停滞”的状态。[9]

许多有名的学者对此都表示赞同。20 世纪 70 年代，在西方世界如何对待死亡这个问题上，法国历史学家菲利普·阿里耶斯出版了自己的代表作，为后人透过文化史来分析死亡建立了模型。他把信仰基督教的欧洲人对死亡的态度分成了五个模式。中世纪初期的模式为“被驯服的死亡”（The Tame Death），死被视作一件自然而然的事。这反映了当时的人们“坚信一个人的生命并非单个人的命运，而是一系列演变上的一环，是一个家族的生物学延续，或者说是始于亚当、扩展至全人类的香火传承”。[10] 第二个模式为“自身之死”（Death of the Self），一种更加鲜明的个人主义自中世纪晚期崛起，并持续至文艺复兴和宗教改革时期。死亡时刻成了为末日审判进行的彩排，充满了戏剧性和焦虑感。人们相信自己会在来生去往某个地方，但又担心到底会去哪儿。“漫长而接近的死亡”（Remote and Imminent Death）则是18世纪早期启蒙运动时期的特征。随着基督教的根基被世俗的理性主义所动摇，人们对来生的预测变得摇摆不定，死亡有可能就是终局，故而更加令人恐惧。

不过，阿里耶斯指出，到19世纪初，随着浪漫主义时代的来临，这种集体性存在危机得到了一定程度的改善，生者与死者之间永恒的爱成了新的关注点：“下一个世界成了那些阴阳两隔的人们重新团聚的场地……对于基督教徒来说是天堂，对于术士或者通灵者来说是星宿世界。但对于不信仰这些的人和否认死后还有来生的思想自由者来说，则是回忆的世界。他们在爱的虔诚中追忆逝者。”[11]这一模式的集中表现是维多利亚时代的“死亡崇拜”：人们对纪念死者产生了一种近乎痴迷的专注，不但要穿丧服、戴哀悼珠宝、为死者建造阔气的墓地，还发明了讣告和遗体艺术摄影（postmortem photography）。

最后一个模式，阿里耶斯称之为“看不见的死亡”

（Invisible Death），标志着科学与工业对死亡的占领。到 20 世纪初，家人已经不再是将死之人的主要照料者，也不再承担料理后事的主要工作。越来越多的死亡发生在医院里，而从入殓到立碑在内的所有后事安排则交给了职业殡葬师。阿里耶斯认为，西方这种对医疗科学能够修复遗体的新信仰，意味着死亡已经不仅仅是私人悲痛，更是一种公共失败的代表。死亡变得肮脏和尴尬。在殡仪馆这类专业场所之外举办公开仪式的风俗开始瓦解。在美国，遗体防腐迅速成为常规做法，遗体被藏进太平间、殡仪馆和城郊公墓，与世隔绝。阿里耶斯将他在有生之年观察到的 20 世纪美国式丧葬习俗视为这一模式的极端案例，宣称美国成了一个“假装死亡根本不存在”的社会。[12] 在对死亡的否认上，美国人可谓“所向披靡”。

但阿里耶斯是历史学者，不是人类学者。他既没有亲眼看过人们如何操办丧事或者悼念，（据我所知）也没有跟专家之外的其他人讨论过，只是坐在书桌前观察，而这种距离会扭曲现实。诚然，在他的有生之年，目睹亲人死亡过程的人确实越来越少，见过遗体的人就更少了。除了上过战场的老兵和从事某些行业的人之外，大部分人见到的遗体，都是如魔法般出现在开放式棺材里的遗体，看起来像睡着了一样安详。另外，尽管用医学方法处理遗体在西方世界越来越普遍，但遗体防腐和遗容瞻仰的风俗也确实让美国看起来像个异类。

图2

在大众的想象中，美国式的死亡否认近来似乎成了一种自我批判，进而激发了新的力量：正视死亡运动（death-positive movement）要推翻这种在21世纪被认为不甚健康的状况。该运动名气最大的倡导者可以说是凯特琳·道蒂。2011年，她在视频网站“油管”上开设了颇受欢迎的频道“殡葬师问答”（Ask a Mortician），并创立了“善死勋章”（Order of the Good Death），一个倡导接受死亡和从事生死学研究的团体。道蒂在出版的两本大众读物中，将反常的美国式丧葬习俗与其他文化传统中更为正向的丧葬习俗进行了对比，认为后者更有利于直面死亡的真相和混乱。我探访过的许多殡葬从业者或创业者都认为自己算是正视死亡运动的成员或是为其铺路的早期开拓者。绝大多数的受访者哪怕不完全认同这项运动的所有信条，也会非常感谢它起到的教育意义。不过，尽管在本书要讲述的故事中，正视死亡运动是一个重要的侧面，但鉴于以下几个截然不同的原因，它还是被排除在我的镜头焦点之外。[13]

第一，我对美国葬礼的历史和习俗了解得越深入，就越感到死亡否认这个论点值得商榷。我觉得美国人并不比其他国家的人更否认死亡。事实上，在某种程度上，他们反倒会通过大胆的方式——包括为自己准备葬礼——来直面死亡。之所以会有上述困惑，可能是因为美国人长期以来对待死亡的方式模糊了物质性与灵性之间的界限。但我们不能仅仅因为其中牵涉了利润和商品，就认为这样的葬礼是没有灵魂的，或者认为专业化必然会导致疏离感。纵观世界各地，死者的遗体通常都不是由亲属来处理，而是被交给仪式专家。但这并不意味着死亡的事实在这些信仰体系中被掩盖了，只是说明为了让生死之间的过渡更容易些，某些专业知识或许是必需的。然而，在发展进程中，这些逻辑上的错误悄悄混入了有关美国丧葬习俗的叙事当中，并且难以甩掉。我认为，一旦我们不再急着给美国式丧葬习俗扣上死亡否认的帽子，不再想当然地认为资本主义会让人对一切——甚至是来生——都感到幻灭，那么情况就会有些不一样了，将变得超级有趣。

正视死亡运动不是本书中心内容的第二个原因，是它出现得有些晚。该运动拥护者倡议的许多习俗早在几十年前就已经出现，后来才被首批社交媒体平台介绍给广大公众。正视死亡运动不过是找到了现成的受众而已。它回应并放大的其实是早已响起的改革呼声，而其中最响亮的便是临终关怀运动（hospice movement）。现代临终关怀事业兴起于 20 世纪 60 年代的英国，后来迅速传至美国。到了 80 年代，临终关怀服务已经获得广泛认可，并被纳入了联邦医疗保险。临终关怀一开始是为那些罹患绝症的病人提供医疗护理和情感关爱，后来扩展到帮助弥留之际的人了解自己的选择，并掌控那些会影响自己与亲属生活质量的重大决定。结果，临终关怀服务开始越来越多地从医院和长期护理机构转移回家庭当中，将死之人也往往会积极主动地筹划自己的纪念活动。家庭临终关怀让将死之人和逝者都回到了家人身边。对于美国人的家庭生活而言，死亡的“回归家庭”已经变得至关重要，或许这正是为什么在 2020 年新冠疫情期间的媒体报道中，最令人心痛的情形之一便是垂死的病人被隔离在养老院和医院的无菌病房中。由于家庭临终关怀运动的重要作用，死亡再次发生在人们身边，变得清晰可见。所以近期的这类负面事件极有可能推动该运动的进一步发展，彻底扭转阿里耶斯在 20 世纪中期观察到的那种文化转变。临终关怀运动强化了一个观念：在殡葬问题上，个人拥有选择权。至于人们会怎么选、为什么选，则完全是另一回事。而这正是我在本书中试图讲述的内容。[14]

︿︿︿

1979 年，人类学家彼得·梅特卡夫和理查德·亨廷顿出版了一本书，对比了世界各地的葬礼。在最后一章中，他们将民族志镜头对准自己的社会（现如今，越来越多的人类学家也开始这样做了），发现美国式的葬礼表现出了一系列的矛盾。纵观整个 20 世纪，尽管移民潮和宗教影响从未间断，但有一项美国传统却相当稳定：防腐后的遗体要先受人瞻仰，然后才能下葬。他们指出，相较于书中包括东非的尼亚库萨人和马来西亚的柏拉湾人在内的研究案例，传统的美国式葬礼其实相当“奇异”，所以新移民的同化、主流文化的保守就显得更加不同寻常了。对此，他们提出了一个有趣的假设，那就是美国式葬礼是作为一种美国公民宗教（civil religion）的组成部分而发展起来的，有助于把多元化的社会团结起来。不过，他们并没有将其简单地视为死亡否认的表征或者毫无意义的仪式。梅特卡夫和亨廷顿的结论虽然颇具猜测性，但这其实是有意而为之，因为他们主张对此做出进一步的民族志研究。但不幸的是，并没有几个人继续他们的研究。四十多年后的今天，他们曾殚精竭虑研究过的那些独一无二的美国式葬礼要行将就木了，或者说，整个国家的公民宗教也将如此。[15]

^^^

出乎意料的是，这个项目既意味着回家，也意味着一次“还乡”*。从二十多岁起，我就再也没在北加州生活过，但开始寻找殡葬业创新者之后，这趟旅程又带我回到了那

* 原文为 homegoing，或译为“归主”（回到上帝身边或天堂），原指被贩卖到美国的黑人认为自己死后，灵魂会回到故乡非洲，后逐渐演化为非洲裔美国人丧葬文化的重要组成部分。——译者注 [本书注释包括译者注和原书注。正文脚注均为译者注，注号为星号(*)；书后注为原书注，注号为阿拉伯数字。]

片曾经影响我成长的地区。北加州的火化率全美最高（近90%），这里有一座全美最大、最知名的绿色公墓，也是家庭自办葬礼运动（home-funeral movement）的中心。那些有志于革新纪念仪式的艺术家、工匠、画廊老板也把大本营安在了这个地区。

我第一次被送进墓坑就是在北加州，这并不出乎我的意料。芬伍德公墓（Fernwood Cemetery）位于马林县，与我小时候生活的地方只隔了一个县。众所周知，马林县极为富庶，居民多为白人中的特权阶层，是旧金山精英阶层及其后裔的“后花园”。但那里的景观并不在意这些，依旧色彩斑斓，有长满了橡树的黄褐色山丘，也有被浓雾锁住的红杉树山谷，我自己的家乡就在这样的山谷里。而在阳光更充足的地块，还有葡萄园和气味芳香的桉树林点缀其间。

好几年前，隐蔽在一些昂贵地产之间的芬伍德公墓还是一个相对来说被遗忘的地方。这座公墓已有一百多年历史（按加州标准来说相当古老了），安放着葡萄牙裔渔民和西班牙裔农场主的尸骨。自诩为“公墓创业者”的泰勒，在马林县看到了商机。长久以来，那里就是左翼政治活动和绿色消费主义的堡垒——虽然在过度依赖汽车这一点上有些虚伪。从全美来看，事实上的绿色殡葬一直都被允许，这是为了顺应犹太教正统派和伊斯兰教的葬礼习俗，比如禁止对遗体进行防腐处理，只能简单地用棉布或木棺装殓。现在，从卡罗来纳地区到新英格兰地区，再到整个西海岸，一场更广泛的绿色殡葬运动已经扩大到民众当中，但提供绿色殡葬服务的机构从数量上来看还不够，所以芬伍德公墓正在试着设立一个标准，或者说成为一个样本。在该公墓的绿色殡葬（green-burial）区域，遗体必须“自然地”下葬——也就是说既没有化学处理，又不做防腐——好为那一小片本地树木和其他植被提供养分。但其实，那片绿色殡葬区看起来既不像公墓，也不那么绿，反而更偏金色和棕色，因为当地生态系统在一年大部分时间里都是这个主色调；甚至连气味也不同，那里满是烈日暴晒过的橡树和月桂树的味道。芬伍德公墓在绿色殡葬区所追求的那种自然、低调的美学风格，也延伸到了服务当中。那里的员工会努力让死亡看起来很自然，不那么戏剧化。我们问他们能不能拍摄挖坟的过程，他们连眼睛都不眨便一口答应了，要是工作人员没什么别的事，可以给我们演示一下挖坟。我们又得寸进尺地问道，能否再让我们拍一下装裹好的遗体是怎么被放到坟里的，给大家展示操作过程。他们说没问题。

我们原本想的是雇个演员，后来也在旧金山找到了一个愿意参与此事的年轻人。跟埃斯梅拉达借裹尸布的时候，她有些担心，因为从没有人装裹过活人。其实我也很担心。这个陌生人在里面怎么呼吸？7 月末的天气这么热，他会不会中暑？或者会不会惊恐发作？虽然我们最终都会上演这一段故事，但现在就彩排是否会造成过度的心理压力，让现实与虚拟之间的那条界限难以维系？

第二天，一名芬伍德公墓员工打来电话问我："要不要拍一下我们挖**真正的**坟？"有个叫安妮的客户不久前得了重病，预先安排好了自己的后事，结果在昨晚去世了。她明确要求不举行任何仪式，也不让家人来到埋葬现场。她的遗嘱执行人觉得，安妮应该不会介意在自己用之前把那个坟墓借我们一个下午。这个消息突然让整件事变得真实起来。听过之后，我突然意识到，那个被装裹好并放进墓坑里的人，只能是**我**。我们不能拿那位年轻演员的生命来冒险，这项试验的责任要由我来承担。如果我没法呼吸，那责任在我自己。虽然我们也不知道事情会如何发展，但至少我从来没惊恐发作。事实上，我对宽 1 米、长 2 米、深 1.8 米的坑相当熟悉，因为我有许多安静时光都是在大小相似的探方里度过的。除此以外，我比那名男演员至少要轻 13 千克，到时候挖墓的人把我放进去也会容易些。后来，我还意识到，之所以要主动当那具演示的遗体，是因为我觉得自己一定要对安妮负责。我需要确保我们做这件事时始终怀着敬畏之心。在某种程度上，这意味着不能演戏。我天生就不是当演员的料，事实上，我连装出虚假感受或者隐藏真实感受都很难做到。我只能在不是真正死掉的情况下，竭尽所能地呈现出最接近死亡的状态。我不仅要把自己放置在属于她的空间里，还要让自己表现出她的状态。

拍摄这段场景时，最大的挑战是我不清楚应该让自己的身体有多僵硬或者多柔软。如果我直挺挺地躺着，对抬棺的人来说显然要轻松些。但我在研究中了解到，从整个分解阶段来看，尸僵现象的持续时间相对较短，等到下葬时基本上就结束了。我不想演过了头。

奇特的是，这场死亡体验还蛮让人放松。被棉布包裹起来后，我成了一个隐形的女人。没有谁在看我或者评价我，别人能看到的，只是我被乳白色棉布裹出的身体轮廓。四个强壮的危地马拉人抬着我，其间还窃窃地用西班牙语交谈。我可以明显感受到他们是在很认真地对待这场

“演习”，并想以此来表达对我的尊重。他们似乎是有点担心我的状况。真是太绅士了。我觉得要是我真的死了，他们也会这样对我。在某种程度上，这让我感到很安心。我躺在医用担架上，像个被放在吊兜里的盲婴一样，随着他们走过起伏不平的地面而来回轻晃。

公墓员工已经提前向我介绍了整个过程，所以我知道他们预先在墓坑旁的草地上横着摆好了三根捆绑带，分别对应我的双肩、屁股和小腿。到了坟墓旁，他们把我从担架上抬起来，小心翼翼地放在捆绑带上。然后每边站两人，抓起带子，把我的躯体移到墓坑上方。确定移到正中间后，他们慢慢开始释放带子。随着他们一次一次地往下送带子，我也一点一点地沉到了墓坑中，并感受到泥土的凉意慢慢笼罩住我的身体。本就被棉布遮挡了一些的人声、鸟叫声、飞机的轰鸣声，逐渐变得更加遥远，仿佛远在另一个世界。我被轻轻放下，先是后背触到了墓坑底部已经干燥的坚硬泥土，然后是头，再然后是双腿。等到我整个人都平躺在坑底后，他们把带子从我身子底下抽了出去。抽得异常轻柔，搞得我都有些痒痒了。

于是，我安息了。我知道自己得在下面待一会，因为丹尼尔要用无人机拍一组拉远的镜头，而且为了确保万无一失，得多拍两遍。呼出来的热气让我的脸有些发烫；虽然我并不觉得是氧气不够用，但棉布里确实有点闷。我扭了几下，把手抽到脸旁边，在棉布中间拨开了一条小缝，打算等到拍近景的时候再封起来。

丹尼尔其实很不情愿让我做这件事，后来我再三坚持，他才勉强同意。为了不被无人机的镜头拍进去，他和弟弟安德鲁只能带着设备，站在十几米开外的地方。我们本来想了个办法，把我的手机跟我一起裹在棉布里，这样我就能听到他在干什么了。但在将近 2 米深的坑底，手机信号非常差，我们在那一个小时里根本无法交流。或许是两个小时？过后聊起来，我们才意识到，对于那段时间的长短，我们的体验完全不一样。他很着急，既不想让我在下面待太久，又想要赶在太阳落山前拍好，所以对他来说，时间过得飞快；而我在某种程度上则完全忘记了时间的存在。时间似乎停止了。沉闷的声音，凉爽的空气，昏暗的光线，还有我一动不动的身体。那种感觉，如果硬要说的话，就好像是长途太空旅行时的休眠状态，或者说至少是我想象中的休眠状态。

不过，我倒是一直醒着的。躺在下面的时候，我意识到我的任务其实是最轻松的。我在脑海里感谢了安妮，并且告诉她这个地方挺不错，既安静又舒适。在拍完第一遍、准备拍第二遍前，丹尼尔跑过来看我。我提醒他要把那些花扔到我的“遗体”上。那天早些时候，我趁着吃午饭的工夫去了趟镇上，想找些喜庆但又不那么艳俗的花。最后，我找到了非洲菊。

丹尼尔最终在太阳落山、无人机电量耗尽前拍到了他想要的东西。说起来，我觉得自己好像在坑底待了很长时间，可与此同时，我还没准备好面对拍摄结束。几个星期以来，我一直在忙着拍摄，忙着探亲访友，现在是最放松的时刻。丹尼尔跑过来说，需要的素材都拍好了。他的声音有些颤抖，或许是担心自己耗费了太长时间。“香农？”我没有回应，而是一动不动地多躺了几秒钟。“香农？？”他有些着急了。我猛地一起身，像电影里那种木乃伊一样僵直地坐起来，想活跃一下气氛。我哈哈大笑，先让头露出来，然后解开了缠在身上的棉布。爬出坑之前，我要来了纸笔，给安妮写了张字条，然后折叠起来，压在一块没人会注意到的石头下面。第二天，她就要被安葬在同一座坟墓中了。我还把那些花在坑底摆放好，等她到达的时候，就有个美丽的花床迎接她了。

爬出坟墓以后，我很满意，但也有一点难过，因为这次"试验"彻底结束了。那感觉就好像一次考古挖掘的尾声，唯一剩下的就是把土填回坑里这项让人解压又感到满足的体力劳动。我特别渴望第二天能协助公墓的工作人员埋葬安妮，但很可惜，我们还得去别的地点采访。

我想，任何身体健全的家庭成员，都应该学学怎么用铁锹。即使没有挖墓人或者考古学家的经验，随着不断的练习，也能学会如何让土松软地堆在铁锹上，然后把土均匀地倒在坑里。每填个 15 厘米左右，就要跳进去把土踩实些，否则最后地上还会剩下很多土。

在芬伍德公墓，工作人员不会把坟墓修整得像一本正经的城郊公墓或考古遗址那样，让坟墓与周围地面齐平。每次埋葬逝者时，他们都会把多出来的土自然地堆成坟头——因为遗体挤占了泥土的空间，如果埋的是棺材，挤占的空间还会更大。刚去世的人要占用空间。那些被挖出来的土，就那么蓬乱松软地堆着，土粒之间还有孔隙。但随着时间的流逝，随着雨水的冲刷，随着遗体的腐烂，坟头会缓缓沉降下去，最终恢复原样，融入周围的景观。

︿︿︿

我的故乡是北加州一座小城。那里的社区公墓隐藏在山的高处、路的尽头，周围有红杉掩映，只有去过的人才知道在哪儿。在成长过程中，我确实有些性格古怪，但也不能算是“哥特少女”。不过，我确实在公墓度过了许多时光，因为那里十分安静，而且总能激发我的想象力。牛仔、瑞士农场主、白俄移民都葬在那里。我还知道安布罗斯·比尔斯的空墓在哪儿——就在他哥哥的坟旁，没有任何标记——里面之所以是空的，是因为大约在 1914 年的时候，这位美国恐怖小说大师在墨西哥人间蒸发，为自己的生命书写了一个悬念式结尾。根据他的“维基百科”页面介绍，安布罗斯·比尔斯的第一份工作是在印刷所做学徒[*]。据说在最后一封从墨西哥寄出的信中，比尔斯写道：“至于我，明天我就走了，目的地未知。”确实有点邪乎。

或许读者朋友会觉得我扯远了，但是在过去与现在之间回荡的历史纠葛不仅一直以来都对我本人有重要意义，对于我现在要讲的这个美国故事也至关重要。无论是何种历史叙事，只要你回溯一点点，就会迅速踏入逝者的地盘。过去是他们的领地。

---

* 学徒原文为 printer's devil，因为年幼学徒工作时身上往往会沾满油墨，状如传说中的恶魔。另，安布罗斯·比尔斯著有《魔鬼辞典》（*The Devil's Dictionary*），所以下文说“有点邪乎”。

最近我了解到，科学家发现在地球上大部分森林里，地下的生物种类和地上的一样丰富。其中，有一种微小的白色真菌构成的“神经网络”连接起了整个森林系统。我不知道为什么这个发现让我如此着迷，但我总觉得我们也应该把过去与现在、生者与死者的关系想象成这样。

自从有亲属离世之后，我时不时会回到根恩维尔公墓（Guerneville cemetery）转一转，虽然我的亲人并没有葬在这座墓园。那个我在童年末期和青春期大部分时间里称之为家的地方，如今早已破败不堪，而且还被银行收回了抵押品赎回权，我如今除了站在路边隔着栅栏瞅两眼，想回到过去的家是绝不可能了。根恩维尔公墓给了我一种类似家的感觉，是一个我依然可以进入且总会欢迎我的地方。那里囊括了我的过去和现在，而且足够安静，可以让人听到内心的感受。

现实里，在过去几十年中，那座墓园和我都发生了很大变化。坟墓和园区看起来不像先前那样疏于管理、无人关心了。不知怎的，整片区域给我的感觉是古怪而又意味深长，恰如它日日俯瞰的小镇。对于那座常年缺乏资金的县直辖小镇来说，根恩维尔公墓就相当于它的公园。现如今，许多坟墓上都有草坪饰物、自制标记物、祭品和纪念品。许多看起来较新的坟墓旁摆满了这类物品，构成了形形色色的临时神龛。最常见的是鹅卵石和硬币（遵循犹太人的传统），不过也有人放贝壳、手写字条、啤酒瓶和玩具。据我观察，供奉这类祭拜物品的行为在全美一直呈上升趋势，但在根恩维尔公墓看到这一做法如此盛行，我还是为之一惊。祭拜者是在留下记号，表示“我来过这里”。人们正在慢慢回到墓地。

当然，青少年或许从未远离这里。上一次去根恩维尔公墓时，我准备和丹尼尔一起拍摄些关于祭品的素材，但发现公墓里的游客远不止我们俩。人们来来往往，有的遛狗，有的运动，还有一群人坐着车来这里寻找祖坟。有四个年轻人整个下午都待在园区，一会走到公墓新启用区域的一块墓地，一会又走回附近的树下乘凉。他们不停往返的那块墓地沐浴在阳光中，上面种满了花花草草，像一座欣欣向荣的迷你花园。几位来扫墓的年轻人都穿着深色的休闲服，留着有些蓬乱的长发，或许没有正经工作，但显然并非无家可归之人。等到他们第三次来到“花园坟墓”旁的时候，我终于鼓起勇气和他们聊了聊。有两人答应了我的采访要求，一个叫埃里克，一个叫达科塔。另两人选择了待在树林里，或许是因为天生害羞，也或许是因为抽了太多大麻，眼神有些恍惚吧。达科塔身穿简约的深色衣服，采访期间也没把墨镜摘下来；埃里克有几个文身，耳朵上戴着几个饰品，身穿一件纪念 T 恤，上面的图案是一个留着脏辫的骷髅头，代表的是 2004 年遇害的说唱歌手麦克·德雷。

丹尼尔架好摄像机，我举着吊杆话筒，临时充当起了录音师。聊了几句暖场的话后，我直奔主题，问埃里克："你觉得我们去世后会发生什么？"他似乎有备而来，比大部分我采访过的老年人都答得快：

> 我相信轮回，不过我的说法比较奇怪。如果你在人生中不断犯错，比如不做好人或者没做好事，那你就会一遍遍转世。等到你想明白了，真的**做了**好事、**成了**好人后，就会上升到某个更高的层次，同宇宙融为一体。那时的你，既是每个人、每个事物，又同时什么都不是。这个就是我对人死后会发生什么的看法。

我问他觉得自己目前处在轮回的哪个阶段。"我感觉我应该快到终点了吧，说实话。我真的在努力成为我所能成为的最好的人——尽力帮助他人，但不求回报。因为需要这么做，所以做就行了。以善待人，以爱待人，因为这世界现在太缺乏善和爱了。”

对于遗体怎么处理，埃里克甚至也思考过：

> 事实上，这件事我还真的好好考虑过。我有一半的瑞典血统，所以很喜欢维京传说。我想给自己造一艘维京船，让他们把我放在船上，我手里还得握一把剑。然后，他们把船推到湖里或者海里，再有人射出一支燃烧的箭，把船点着，在海上或者开阔的水域里把我烧掉……那样的话就**太酷了**。之后，大家聚在一起狂欢，庆祝我的一生。

他的朋友达科塔听了，笑着插嘴道：“那确实比较酷。”

在来生的问题上，达科塔有个更加简单的开放式回答：“我真的不知道，但我无比坚信热力学定律的正确性。能量无法凭空产生，也无法凭空消失，所以我们的能量本身，或者说我们的实体，会永远留在世间。”

然后，我问他们来墓地干什么。“朋友的叔叔葬在这儿了，我们过来给坟上的花草浇点水。”埃里克一边解释，一边冲着留在树林里的一个朋友点点头，示意我说的就是他的叔叔。那个男生时不时会从树荫底下走出来，唤回跑远的狗。“我们就是过来闲待着。天太热了，这儿有阴凉。大家闲待着，听听音乐，给他叔叔传递点好心情。享受生活吧。而且这儿的景色多好啊。”

达科塔补充说：“我感觉这是我到过的最宁静的墓园，一点都不阴森。在这儿感受根恩维尔，闲待着，享受大家的陪伴。基本就是这样。”

我很感动。在那次加州之旅期间，我当时以为即使放眼全美，这几位有思想的小伙子也可能属于异类，但我采访的人越多，就越发现许多人都有类似的想法，只不过别人没他们这么年轻罢了。或许西海岸会让人心态早熟，意识更超前吧。不过我认为，埃里克和达科塔确实预示了拥有这样的世界观并不意味着放弃了宗教信仰，而且他们打理坟头的仪式感，可能要比父母或祖父母那一辈对待逝者时表现得更加虔诚。在他们看来，来生并不是虚无，不如说，他们允许自己用想象力来填补未知。一切皆有可能。从精神和伦理的角度来思考问题，并不是什么“土气”的事情。

图3

︿︿︿

出乎意料的是，那趟加州拍摄之旅在其他方面也让我有一种“家人团聚”之感，尤其是与母亲形象有关的方面。其间，我遇到了两位侧重面各有不同的自然殡葬运动领导者。许多人或许会把她们归为“前嬉皮士”，不过到底是不是“前”还有待商榷。几天接触下来，经过长时间的采访和没那么正式的互动，我不仅熟悉了她们的个性，更对她们成熟的生死观有了深刻的认识。她们或许会为各种日常小事而烦恼，但在有关生死的大问题上，她们却表现出了一种平静感。

埃斯梅拉达可能让人有些招架不住，不过是在好的意义上。采访她时，有那么一刻，我猛然发现自己的采访“对象”不光在教导我，还在检视我。当时，丹尼尔正在她家客厅（装饰着人造兽皮和热带棕榈树，看起来像个小型青楼）架设灯光，我俩则在一旁喝茶，聊各自的家乡在哪里之类的话题。因为我发现要想让别人放松下来，享受整个采访过程，就得让自己在人家眼里变得不那么陌生。如果可能的话，分享一些自己的事，或许能让各自的经历联系在一起。具体到埃斯梅拉达身上，我们的共同话题是两人都是本地人，都曾经是朋克少女。听到我说自己就是根恩维尔人之后，她好一会没吱声，气氛一度有些尴尬。我猜她应该是在想象我现在的生活是什么样，因为她接下来脱口而出的问题是：“可是一个加州女孩咋能受得了芝加哥啊？！”也不知我们这个思维实验在她心里催生了什么样的感受，但她的口气听起来确实很震惊。我也大吃一惊。她着意强调了“芝加哥”三个字，那语气传达的即使不是恐惧，也可以算作惊惶了。她把我无法表达的东西表达了出来。我现在的生活极其优越，我当然无权抱怨，但这样的生活并不适合我。或者更确切地说，让我感到最自在的生活与我现在的生活之间，其实差距有点大。我的内心感到割裂。她一下子便看穿了我，让我有些不安，但走运的是，丹尼尔此时正好准备停当，我便趁着自己的不安还没暴露多少，和她移步客厅开始采访。

杰瑞格里斯则像一条由色彩和情感组成的能量流。她爱穿绿色、红色、蓝色的衣服，鲜艳的颜色把她的一举一动都衬托得好像在跳舞，在动静之间来回切换。她很适合干现在的工作；在别人感到凄凉的境况中，她却能寻找到慰藉。她有着抚慰人心的笑容，时常对一切都表现出孩童般的好奇。杰瑞格里斯协助发起了美国的在家庭自办葬礼运动。20 世纪 90 年代，杰瑞格里斯的密友、灵气疗法（Reiki）导师卡洛琳猝然离世后，朋友们惊讶地发现她竟然留下了一份如何办理她自己的丧事的说明。表面上看，她的要求好像很简单，就是希望他们来处理她的遗体。稍后我（或者说杰瑞格里斯）会详细讲述此事，在这里，我想直接快进到卡洛琳的遗体火化之后。每个朋友都分到了一点她的骨灰。之后的一年时间里，杰瑞格里斯一直把自己的那份装在一个小自封袋里，不知道该怎么处理。后来她参加一次漂流活动时，决定把骨灰带上。橡皮筏漂到两段激流之间的一片平静水域后，她从背包里拿出了自封袋。就在这时，一只蜻蜓落在了她湿漉漉的手上，直到她把卡洛琳的骨灰全都撒进水里之后，蜻蜓才飞走。在我们的采访中，杰瑞格里斯告诉我，根据美洲原住民文化的说法，蜻蜓落在你身上的话，就意味着有爱你的人来访了。这一点点文化挪用从民族志角度来看是否正确，其实并不重要，对于杰瑞格里斯而言，它就是真的。每当昆虫或者动物出现在遗体旁时，她都觉得那些是灵媒。在她看来，它们的出现不是巧合。我算是见过不少夜幕笼罩下的公墓和灯火通明的遗体防腐工作间了，但听她讲到蜻蜓的故事时，却是我在整个项目进行期间唯一一次起鸡皮疙瘩。

或许我脊背上的那种刺痒感，是一个故事突然跳转线路时留下的痕迹——一股电流通过我，从塞瓦斯托波尔市杰瑞格里斯家的露台，传到了新奥尔良的一家文身店。几个月前，我采访店老板朱朱时，同样惊讶地发现他也信仰某种部落文化。那次采访完全超出我的预期，但起初我不确定该怎么办。我们决定去找个懂文身的人聊聊，因为我们预感到，人们对死亡的态度变化在某种程度上与人们对身体的态度变化有关。穿孔、文身这类表达方式已经成为埃里克这代人，或者说任何迷恋波希米亚风格的人稀松平常的时尚宣言。不过，我怎么都没想到竟然会有那么多文身图案和死亡有关。

朱朱的身体就是一个行走的文身广告牌，或者更确切地说，是行走的剪贴簿，精致非常。他拉着我，非要给我一一介绍他身上的主要文身，讲讲背后有什么故事，灵感从哪儿来的，图案有什么含义。他有个浣熊文身，是因为他是卡津人*；他有个日式风格的拖把文身，代表的是他初入文身行业时做学徒的经历，因为拖把在武术中象征着新手；那个蓝色的螃蟹文身则代表了路易斯安那州和他在厨师学校的时光。然后他又说："我手上这个是为了纪念我妈，指南针所指的方向是密西西比，我们安葬她的地方。"

讲完之后，他打开了一本真正的书，很厚，里面都是他给别人文身后拍下的图案照片。照片的排列基本上毫无顺序可言，但我还是惊讶地发现大约三分之一的文身都具有纪念性质。有些是象征性图案，比如朱朱纪念母亲的那个；有些则是肖像——有宠物，有婴儿，也有文身者的至爱。他解释说："用文身来纪念逝者，你知道吧，就是说接受你的损失，然后才能进入哀伤过程的下一阶段。"他能在这方面帮到人们，还专门提到宠物和孩子的去世让朋友们伤心欲绝，因为天真无邪的生命的死亡更令人难以释

* 此处原文为 coon ass，指的是路易斯安那的卡津人。出于某些社会和文化原因，这个族群的人常被称为"coon ass"，字面意思为"浣熊的屁股"，但实际上该称呼的起源可能与浣熊无关。

怀。朱朱给人的感觉是他好像一名提供护理服务的人。其实，殡葬产业的许多人士现在也开始采用“死亡护理服务”（deathcare）来描述自己的职业了。朱朱的工作中有很大一部分就可以归到这个类别下面。

在朱朱的眼中，文身也是一种疗法——混合了按摩、针灸，以及精神治疗或者说心理治疗。海湾战争中的大兵、卡特里娜飓风中的先遣急救人员，他们都是传统观念中的硬汉，都见识过许多惨绝人寰的场面，现在也是朱朱最忠实的客户群体。这就是他们应对创伤的方式。朱朱的一番介绍让我大开眼界，也让我对那些浑身上下满是文身的阳刚男儿有了全新的看法。现在我会想，他们那些文身是像将军身上的勋章一样象征着刚毅勇猛呢，还是说像公开袒露的伤疤一样，实际上是对自身脆弱之处的承认呢？刺穿皮肤，是为了让你看到里面的痛苦吗？朱朱说：“文身师就是把图案文到人身上，无所谓什么意义，但文身艺术家不同。后者要解读一个人的困苦挣扎，弄清他在为什么而伤脑筋，然后把这种理解转化为艺术，让人们看清真实的自己。”

在西方的文身文化中，与死亡有关的图案一直经久不衰。朱朱的老师告诉他，如果不会画带玫瑰的骷髅头，那就入错行了。老一辈的水手、士兵、摩托车手是文身行业的稳定客源，他们通常喜欢关于“死亡警示”的图案。不过，现在这类主题也受到了包括女性在内的大众群体的青睐。朱朱自己也设计了一款具有当地特色的图案，描绘的是新奥尔良著名的地上坟墓*。他是一位不逊色于我们任何人的哲学家兼人类学家。谈到与死亡有关的图案为何流行时，朱朱说：“有些人文这种图案，要我说，是为了提醒自己过好每一天——做正确的事之类的。你明白吧，就是提醒自己必死性的存在。我觉得这会给你一个完全不同的视角，让你珍视活着的每一天。”

朱朱希望自己能更进一步，成为一名“民间医者”，但现代卫生法规对于身体的洁净和边界有严格限制。“经常有人拿着亲人的骨灰过来，要求我们往文身墨水里掺一点，但我们得考虑卫生和消毒的问题。每当人们这么问的时候，我就感觉他们像是来自某个部落。”他补充道，“我绝对相信灵界的存在，真的太有意思了。让所爱之人融入你，想想都觉得好啊。确实是一个挺酷的想法。”

这我可得好好想想。对我而言，往文身墨水里掺骨灰

* 因该地区海拔较低，地下水位较高，所以当地习俗是让坟墓高出地面一定距离。

倒是没有吃人肉或者吃骨灰（还真有这种事）那么让人“难以下咽”。自朱朱和我聊过之后，接下来的几年中，文身行业的坊间传言是骨灰文身已经越来越普遍了，虽然目前还是只能背地里做。我在这个项目上研究得越深入，就越意识到，对于越来越多的美国人而言，纪念死者就意味着有意打破禁忌，仿佛必须走出这一步才能重新定义什么是神圣领域。现在被奉为神圣之物的东西，就是身体的微小组成部分，乃至于其化学构成。[16]

采访快结束时，朱朱若有所思地说道：“我一直跟人说的是，文身是为数不多的保证可以带到坟墓里的东西。说到这个，我有个客户，他父亲去世了，遗愿是留一块自己的皮肤给家里人，做成灯罩。”他说这话时没有笑。“但因为州法规，人家不许他们留下皮肤，所以很不走运，他们没能达成愿望。”在殡葬法规这方面，美国各州的差别很大。比如现在在俄亥俄，有几个遗体防腐师就创立了一家公司，会将带有死者文身的皮肤进行防腐处理后，返还给遗属，以作纪念。[17]这类用部分遗体制造的物品，远不止触发记忆这么简单，而是会带来巨大的影响。它们其实很接近以前常说的天主教圣物，只不过你叔叔不是圣人而已。当然，这些物件也有别的古老叫法，比如物神、护身符，或者符咒。人类学家花了很多笔墨来描述这类经常在非西方文化中出现的神物，但说真的，其实不用跑那么老远，我们身边的很多东西就很有意思。

拍完朱朱九个月后，我再次来到了他的文身店。这次是为了治疗我自己。我想在手上文一只蜻蜓翅膀，提醒自己别忘了在附近的另一个领域里，有灵魂在振翅飞舞。

图 4

^^^

1907 年，法国人类学家罗伯特 · 赫尔兹出版了《死亡与右手》（*Death and the Right Hand*），这是一本影响持续至今的比较研究著作。在对比过世界各地的葬礼后，他指出，这些仪式拥有一个共同的特征：它们的都是为了阻止社会基本结构因死亡而割裂，进而要“征服死亡”。它们的作用就是修补死者留下的“坑洞”。对于如今的许多美国人来说，无论是有组织的宗教，还是遗体防腐这类民族传统，都已经无法很好地填补这个坑洞了。[18]

本书要讲的就是美国殡葬业中出现的种种变化，以及我们能从中窥见一个怎样的美国社会——换言之，殡葬业会如何反映美国人对身体、个人以及宇宙运行方式的信仰和观念。我特别关注了相关的物质实践，以及人们对此有何评价，以便对那些既涉及形而上又涉及伦理的新兴大众理念做介绍。在某些方面，我确实认为美国做得更出色一些，但有一些趋势本质上是全球性的，尤其是在国际大都市，因为这些地方的中产阶级中持不可知论的人越来越多了。总体而言，这些物质实践反映的是仪式已经离宗教性葬礼越来越远，但这并不意味着已经不再需要仪式来纪念死亡，而是说人们拥有了新的空间，可以根据个人感受创造出对自己更有意义的做法，来弥合那个坑洞。

在研究过程中，我密切关注着新生的器物和新兴的实践，看它们能把我带向哪里。有时候，它们会引出一些支线故事，如宗教少数群体、移民的文化影响、长期存在的种族不平等，但我的初衷并不是制作一本反映美国丧葬习俗多样性的家庭相簿。或许这话从一名人类学者嘴里说出来有些奇怪，但我确实对传统没那么感兴趣。我好奇的是变化。现如今发生在美国老百姓中间最值得关注的变化之一，便是以开放态度对待关于仪式的建议。墨西哥的亡灵节祭坛、非裔美国人的扫墓、犹太人的绿色殡葬、印度教徒的火葬、艾滋病的影响、穆斯林裹尸布、北美原住民的治疗仪式、大乘佛教元素等等混杂在一起，形成了各种全新的丧葬习俗。要想精准地追踪、彻底地区分这些传统的影响，是一项不可能完成的任务，但它们又确实存在。为了能够搞清楚全美范围内的情况，我选择了用“美国式”丧葬习俗来概括，这确实有些过分简单化，所以还要恳请读者原谅。我的主要研究来源并非遗属或临终者，而是殡葬从业者和创业者。后者之中白人男性较多，这是因为整个体制更愿意向他们投资。但是他们的客户群体像迪士尼乐园的游客一样多元化。还有什么能比迪士尼乐园更美国式？

^^^

丹尼尔和我进行的第一组采访，发生在 2015 年美国殡葬协会（National Funeral Directors Association）在印第安纳波利斯举行的大会上，因为我们想从传统殡葬师入手，先熟悉一下行业现状。但实际情况是，我们在那个周末采访的大部分人一点都不传统。我随后会在书中介绍其中几位，不过最让人眼前一亮的还是布拉德。在他看来，殡葬业的变革与一种新的美国式存在主义有关。

身材高大、有些谢顶的布拉德大概四五十岁，眼神温和，声音温柔。他进入殡葬产业的时间并不长，但举手投足给人的感觉是他入对行了。事实上，你很难想象他以前还在美国海军的核潜艇上当过军官，后来又到华特迪士尼公司担任了高管。改行之前，他在迪士尼干了十二年，其中五年在艾波卡特中心："我上班的第一天，发生了'9·11'事件。我以前从来没管理过任何迪士尼主题乐园，所以那段时间对我们是个很大的考验，不过大家还是挺过来了。"

我们错过了布拉德有关殡葬公司未来的讲座，不过他之后倒是很大方地抽出时间，给了我们一次深入采访的机会。布拉德现在供职的公司在十三个州拥有三十六家殡仪馆、六家公墓。布拉德介绍这些的时候，语气听起来既自然又真诚；但后来我回顾拍摄素材时，才意识到采访刚开始时，他其实是在照本宣科，背诵一些精心编造的企业宗旨。比如，他说公司的愿景是"捕捉、认可、分享生活的目标，相信每一位至爱都有一个需要讲出来的故事。安徒生曾经说过‘每个人的一生都是上帝亲手写下的一个故事’。我们坚信这一点，坚信故事要讲得有创意、有新意，还要极具个性化。使用科技是其中的一部分”。

我请他介绍一下自己的背景，他才终于小心翼翼地开始脱稿发言：“你想想，葬礼其实就是一种体验，而我在迪斯尼的工作就是创造体验，所以简单来说，我想做的就是重塑葬礼体验。”把葬礼搞成娱乐，或者近似娱乐的东西？我被激起了好奇心，但也有些困惑，虽然本质上我似乎能明白他的意思。“我们使用的关键要素之一是多感官体验屋。”我不太确定那么写对不对，或许这个词的首字母应该大写—— Multisensory Experience Room ——或许他将其简称为 MER。他说自己在迪士尼工作时学到的一点是，要想把事先安排好的体验变成难忘的记忆，那你就必须调动人的所有感官。多感官体验屋里有高清投影仪、幕布、环绕立体声设备，甚至还有气味制造机。我都不知道现在还有这种技术，就在网上搜了一下，结果发现气味制造机是布置虚拟现实的可选装备之一。据布拉德说，这个机器的用途是“在葬礼上，把你带到不同的地点，尤其是那些对于至爱非常有意义的地点”。听他说话的口气，“至爱”（The Loved One）这个词绝对要首字母大写。

那一刻，我突然有点担心，害怕我们一不小心把项目拍成了伪纪录片。把好莱坞电影和洛杉矶的殡葬产业搞在一起，伊夫林·沃的小说《至爱》就曾经讽刺过这件事，我们要是再搞个山寨版，就实在太荒唐了。随后，我循着历史的“真菌神经网络”，研究了一下沃。果不其然，这位傲慢的英国人在一次美国访问期间还真的跟华特·迪士尼有交集，也正是此行赐予了他创作《至爱》的灵感。而我之所以探进这个兔子洞里，是因为想搞清楚为什么那位新型美国式来生的向导布拉德会给我留下一种怪异的印象。我感觉他就像殡葬业的威利·旺卡，而他口中的多感官体验屋就是旺卡的电视传送机。布拉德用讲睡前故事的那种温柔口吻说:“比如，我们会带你去海滩、去高尔夫球场、去山里、去禅意花园。逝者在厨房烘焙过饼干的话，我们甚至还可以给你重现那个厨房。”现在，这类特别的屋子出现在殡仪馆里，而它们——尤其是气味制造机——的目的就是触发记忆。布拉德说，每当被问到对至爱的印象时，遗属通常会想到气味，比如香水味、雪茄烟味，还有祖父母家老房子那种特有的气味。

如此说来，那我觉得我爸的气味应该是博洛尼亚大红肠和波迈硬红盒香烟的气味，可我有点不想重新体验，因为说到底，他后来得了肾癌，那款无过滤嘴香烟脱不了干系。

我又问了他一个语言问题，因为我注意到他始终在小心使用“死亡护理服务”的说法（这是个新词）。他说，迪士尼乐园也教给了他语言的重要性，比如他们会分别用演员和戏服来称呼员工和制服。除了把殡葬业重塑为死亡护理服务，他的公司还改造了其他用词。比如在遗体火化前供人瞻仰时会用到的棺材，偶尔会被称为“租用棺材”（rental casket），现在被改成了“仪式棺材”（ceremonial casket）；悼念活动也不再被称作“仪式”（services），因为这个说法有一定的宗教意涵，故而被改成了“聚会”（gatherings）；他和同事也不再是“殡葬师”（funeral director，字面意思是“葬礼指导者”），而是成了“筹备者”（arranger）。他说，人们并不想被谁指导来指导去，只想有人帮他们把愿望实现了。

和布拉德在闷热的大会新闻中心聊完后，我跟丹尼尔到展会现场走了一遭。会场中最引人注目的产品之一是个性化棺材。我指的不是棺材选品目录里能看到的那种一般的“个性化”选择，可以廉价定制海军陆战队的贴布或者爱国者队的衬布之类的。我看到的那些棺材本身就非常有个性，比如其中一口完美复刻了“托马斯小火车”，另一口小棺材则被涂成了迪士尼公主最爱的桃红色。这样的棺材让人不禁眼眶湿润，但看着确实挺可爱。一口黑色的大棺材上则装饰着丝印技术绘制的路易斯·阿姆斯特朗形象和彩色 LED 灯做成的“爵士乐俱乐部”字样，盖板上还放着一把小号。为猎手选棺材的家庭则可以考虑用迷彩布做内衬且粘着一对鹿角的棺材。这些都是独一无二的作品，类似加纳手艺人制作的梦幻棺材。[19]

经营这家精品棺材公司的夫妇可以说是和他们的产品一样“多姿多彩”。妻子（也是业务经理）染了一头亮粉色的头发，脚蹬一双戈戈舞靴，在展示厅的黑西装海洋里特别显眼。她让我想起了年轻版的莎伦·奥斯本。丈夫（就叫他“奥先生”吧）是手艺人，留着一把大胡子，走路大摇大摆，架势像个友善的牛仔。我之所以没用他们的真名，是因为一个给某真人秀制作人工作的大个子保安打断了我们的采访，不让他俩出镜，说是他们签了独家合同。虽然没法拍摄，但我还是从聊天中获得了足够多的信息，了解到了他们进入这一行的契机。奥先生曾有一位同样热爱打猎的好友，二十五年前去世了，奥先生去参加葬礼，结果却被走过场一样的仪式搞得很伤心。葬礼的方方面面都枯燥乏味，让他感到无趣，友人的独特个性似乎全被抹杀了。他想按照好友生前的样子来纪念他。奥先生觉得自己能做得更好，再加上他拥有以前按客户要求改装车辆和制作乐器时培养起来的技能，制作个性化棺材便成了他的职业。他说，干这种工作，拥有艺术家的修养会很有帮助，创造作品时“我得以亲近自己的灵魂，亲近那些往生之人。这是我的激情所在”。

这种通过物质实践来改善丧葬习俗的激情，也得到了越来越多的美国人的认同。通过重塑死亡，他们为自己的生命赋予了全新的意义。这本书要讲的就是这些人。

^^^

在接下来的章节中，我将讨论“9 · 11”事件之后，美国人开始用新的仪式彻底重塑死亡，而新冠疫情则有可能揭开了一个有待书写的全新篇章。造成大量人员死亡的严重灾难，常常会重构我们与死亡的关系。2020 年 11 月，候任总统乔·拜登在提名演讲中指出，美国历史就是由各种“拐点”塑造的。同样，美国丧葬文化的发展中也出现过几个重要拐点。遗体防腐的习俗始于造成至少 75 万美国人丧生的南北战争；1918 至 1920 年间肆虐的“西班牙流感”几乎夺走了同样数量美国人的生命。遗体防腐让一种因恐慌而产生的医学逻辑得以延续，进而被视为一项必要的卫生措施，并逐渐固定下来，成为 20 世纪的主流习俗。

随着预期寿命的不断提高，死亡在 20 世纪美国人的眼里变得越来越陌生。死者入土为安后，生者会叮嘱彼此要“向前看”，殡葬师逐渐将遗体防腐和遗容瞻仰视为一种加速修复心理创伤的方式。所以我主张，自 20 世纪中叶以来形成的趋势，与其说是对死亡的否认，不如说是对悲伤的压抑。过久停留在丧亲之痛中，对于美国这样一个建立在乐观主义和经济生产力之上的社会体系而言，是一种威胁。比如 2020 年 3 月时，特朗普总统就曾在一场新冠疫情新闻发布会上说，死是个“可怕的概念”——可以说是言简意赅地总结了冷战时期美国人对必死性的看法。

但是对许多美国人而言，情况在“9 · 11”事件后发生了一些变化。大众在电视直播中目睹了双子塔的倒塌后，像是遭受了巨大创伤，一下子便不再执着于“完美的遗体”了，而是再次接受了“尘归尘”的信条。我们实在别无选择，因为许多受害者直接就变成了尘土。或许更重要的一点是，在随后的几个星期中，时间似乎静止了，一切被按下了暂停键，而在那些翻滚而下的瓦砾与烟尘之中，有什么东西发芽了。人们开始自发在“归零地”的围栏上纪念逝者，使得这种自维多利亚时代以来便不被允许的公开悼念得到接受，而可辨认遗骸的搜寻工作从几个星期延长到几个月，再到几年，人们能够接受的应对悲伤的时间表也在社会层面发生了改变，美国人的火化率开始飙升。

“9 · 11”之后，流行文化经历了一场法医类电视剧的大爆发。从《识骨寻踪》（*Bones*）到《犯罪现场调查》（*CSI*）系列，美国人开始在高清画面中直面遗体，观察它的细枝末节，因为想要找到答案，就需要面对它，理解其中的奥秘。哪怕是最微小的遗体碎片，似乎也包含着线索，可以解答许多难题，尤其是“为什么会发生这种事？”和“他们去过哪儿？”。哦对，还有僵尸。从《行尸走肉》（*The Walking Dead*）再到人们自发组织的僵尸末日街头派对，僵尸无处不在，而现有的僵尸电影中，大约一多半来自21世纪的头几年。美国人开始沉湎于腐烂的场面。这或许是一个信号，标志着人们开始接受腐烂终会发生，而且是会发生在每个人身上的事实——除非你选择火葬，在烟灰中涤荡干净。

人们喜欢说，火葬现在越来越受欢迎是因为比较便宜。但问题是这种遗体处理方式早在19世纪80年代就出现了，却并没有在此前几次经济衰退中流行起来。况且，这个论点也着实有些怪异。在大多数文化中，葬礼都是社群生活中最重要的仪式之一（故而才开销最大）。2019年，美国人在葬礼上的平均花费大约为1万美元（算上遗体防腐和购置套棺的费用），在婚礼上的平均花费则超过了3万美元。可人只能死一次，所以图便宜的说法很难成立。在美国的黑人群体中，遗体防腐、遗容瞻仰、奢华葬礼依然备受重视。正如一位在城市工作的殡葬师对我说的那样，你必须展示出对死者的尊重，因为他们在生前没有得到过。在“黑人的命也是命”运动的背景之下，她的这个说法就显得意义更为深刻了。所以问题并不是美国人为什么要斥巨资办葬礼，而是为什么竟然有人会觉得殡葬仪式是一种“浪费”——浪费金钱、浪费空间、浪费时间。把经济思维用在本意是褒扬逝者价值的葬礼上，实在令人大开眼界。若按这个逻辑推演下去，你只能得出逝者毫无社会价值的结论。对于一个高度崇尚个人主义的社会来说，如此自相矛盾也实在令人惊叹。

或许正是为了解决这种矛盾，我在本书中描述的一些新型丧葬习俗才会涌现出来吧。火葬本身可以有两种解读方式，既可以理解为这种丧礼的意义已经被淡化，沦为了简单的交易行为，也可以看作为那些希望复兴仪式的人点燃了火种，让普通人也能成为自己的萨满和灵媒。火葬催生了一种新的物质来生，对于逝者本人而言也有好处。

气候危机这一缓慢袭来的灾难，也对当代美国的丧葬习俗造成了直接影响。不给逝者做遗体防腐，只简单地用裹尸布或可生物降解的棺材来埋葬逝者的做法，被称作绿色殡葬，现在广受欢迎。不过，由于地方政府和公墓经营者反应迟缓，这种殡葬服务有些供不应求。

疫情暴发九个月后，我再次联系了一些出现在本书中的人和企业，想了解其近况。同时，我也想知道已经写完的东西是不是得推翻重写，毕竟整个殡葬业都已经乱了套。但没想到，无论是传统的殡葬师，还是一些新奇殡葬用品的供应商，都告诉了我同样两件事：业务（很不幸地）增长了；疫情前讨论过的那些趋势非但没转向，反而加速发展了。我接下来要介绍的大部分做法，不仅在疫情时代适用，而且还有力地预示了未来的发展趋势。当然其中存在例外，比如家庭自办葬礼和极致防腐术（extreme embalming）[*]。它们同传统葬礼一样也被暂时叫停了，因为要保持社交距离，生者的安全必须得到保障。在疫情最严重时，不管逝者亲属有多少，参加葬礼的总人数都不能超过十个。有位殡葬师告诉我，在那期间，殡仪馆里总弥漫着一股紧张气氛，她无法像往常那样引导人们渡过这种艰难时刻，而是必须时刻防止这些悲伤的人们一时疏忽摘掉口罩，或者拥抱“家庭隔离圈”之外的亲友。一位担任圣公会牧师的朋友告诉我，在那种情况下提供安慰非常困难。她注意到，人们延长了在墓边举办仪式的时间，以此代替教堂的仪式，而且结束后也基本没有饮食招待，她很怀念葬礼上的三明治。疫情期间，殡葬师和神职人员最常提供的服务之一是利用线上会议软件或“脸书”视频连线，方便无法到场的宾客参加葬礼。然而，技术故障频频发生，而且总有客人用得不太熟练，或者没有稳定的网络信号，或者不满意此类体验。

在遗体处理方式的选择上，有一些迹象初步表明，在纽约这类疫情严重的地区，以及在以往对火葬接受度比较低的黑人和西班牙裔群体中，火化率呈现出了上升趋势。

* 指遗体不放在棺材里被瞻仰，而是经过特别的防腐处理后，摆成逝者生前常做出的某种造型或姿势。

一位殡葬师告诉我，他认为之所以有越来越多的有色人种客户选择火葬，是因为他们觉得小型葬礼没意思——他们的想法是要轰轰烈烈地离开这个世界。另一位殡葬师则说，如今的就业市场动荡不安，很多人实在是无法满足亲友的愿望。这些趋势会否延续下去很难说，但自从缺少了那种亲朋好友聚在一起参加仪式能带来的慰藉，人们似乎开始接受一些以前可能不会考虑的纪念性物品了。比如，“记忆玻璃”（Memory Glass，详见第三章）的老板尼克认为，他的生意之所以越来越好，增速甚至超过了不断上升的死亡率，正是因为这个。他说，每个人都能得到并珍藏一件用亲人骨灰制成的相似物品，会“拉近人与人之间的距离”。殡葬师们发现，纪念 T 恤、绘有逝者肖像的毯子等物品的订单也增加了。

火葬需求的加速增长或许挤占了传统葬礼的空间，但并没有影响绿色殡葬的生意。芬伍德公墓的经理简妮丝告诉我，疫情暴发初期，他们做好了火化率会上升的准备，但这种情况并没有发生。她还说了其他一些有趣的事，比如，“我看到越来越多的人来到这里，思考自己生命的必死性”；比如，疫情带来的另一个全美性影响，是许多年轻人也开始提前做准备了；比如，她所在地区的客户非常倾向于采用绿色殡葬；比如，让她特别感动的是，有个奋战在抗疫前线的护士在休息日跑到公墓来，跟她说“我怕自己哪一天可能就没了。我觉得我得做好准备”。2020 年的现实状况就是这样残酷，但简妮丝也注意到遗属开始把越来越多的精力放在了安排葬礼的细节上。人们承受着与亲人被迫分离的痛苦，“无法去医院陪伴他们，加重了人们的失控感，我觉得生者想要调和这样的情况，想要提供一些关照”（疫情期间的限制规定，无论患者死因为何）。疫情或许能让美国人重新学会关心自己的死亡。

我一方面希望本书能够帮助人们直面自己生命的必死性，趁着大好时光，更加彻底地拥抱人生；另一方面也希望它能帮助生者找到与逝者交流的新方式。

^^^

在接下来的章节中，我会带领读者体会遗体腐烂的过程。我们先从整体开始（第二章《肉》），了解美国遗体防腐的古怪历史、如今向自办葬礼和绿色殡葬的转变，以及新出现的极致防腐术。贯穿这些不同选择的主线，是遗体在美国丧葬习俗中拥有的神奇治疗性。在第三章《骨》中，我将考察工业火化的崛起及影响，尤其会关注那些用骨灰制作艺术品、珠宝及其他纪念品的艺术家和有创造力的企业主。我会仔细观察他们制造的物品，分析他们如何挑战了我们对“人”到底是什么的传统理解。之后，我们按照颗粒物的大小顺序继续往下走，来到第四章《土》，思考美国不断变化的死亡景观，具体说来就是逝者可以怎样（比如骨灰抛撒、遗体堆肥）或者在哪儿（比如生态保护公墓）重新回到大地。我采访的许多人都表达过想“变成一棵树”的意愿，而现在，让它成真的方式又多了一些。对遗体再生潜力的兴趣反映了一种不断增强的物质伦理观。在第五章《灵》中，我们将抵达精神层面。我会介绍几个人给大家认识，他们正在致力于寻找“消失在空气中”的新方法。我还询问了另一些人，了解了一下他们认为我们去世后会发生什么。最后，我会试着回答几个大问题：美国人的葬礼正在经历什么？21 世纪美国人的来生会是什么样？所有这些又说明了我们正在成为怎样的人？

第 二 章　　　　肉

我怎么都没想到再次见莉亚会是在葬礼上。

同大多数人一样，成年后不久，我就和死亡打过一些交道了：性情冷漠、不停抽烟的奶奶在阅读椅上去世；我曾照看过的一个小女孩的父亲死于可怕的自杀；一位高中同学在蜿蜒的乡间道路上，被某驾驶经验不足的少年撞死。尽管我清清楚楚记得自己听到这些消息时的反应——麻木、愤怒、震惊，但很难说它们改变了我的人生。但要说到莉亚，情况就不一样了。

莉亚和我从小一起长大，因为我妈妈得去上班，所以在我蹒跚学步的年纪，她妈妈就开始照看我俩了。现在一本家庭相册里还有一张我们俩的合照：两个两岁大的嬉皮士光着屁股，在可充气式泳池里给几条狗洗澡。即使在我们家搬走之后，莉亚和我也继续相约她家，又一起玩了许多年。她家所在的加州小镇，如今已经被葡萄园和财富吞没了，但我依然清楚记得她家那座维多利亚式村舍，记得房后那座生机勃勃的可爱花园。我非常喜欢那儿，她妈妈经常会给我们做奶酪通心粉，然后用白色莲花碗端到野餐桌上。我们俩时不时就会惹事，比如她妈妈在屋里冥想时，我们在一边大喊大叫，结果被赶到了屋外。在外面玩时，我们会惹出更大的麻烦，但好在她妈妈看不见。有一次（我记得应该是八岁左右），我们躲在夹竹桃树丛中，朝过往车辆扔石头，有个男人气冲冲地走下车，直奔我们而来。我俩吓得魂不附体，以最快的速度跑进了桉树林中，然后蹲在地上，一直等到那人转身离开。我以为他要弄死我们俩。那天晚上开饭时间过后，我们才回到家，当然挨了一顿训，但我俩交换着幸存者之间那种表达团结的眼神，心里感到十分踏实，因为这说明我们安全了。

莉亚比我大五个月，为人处世也比我成熟。她长得很好看，有四分之一血统是华裔美国人，四分之三是热情洋溢、满头金发、皮肤晒成棕色的加州人，和她打网球的爸爸如出一辙。她口齿伶俐、爱指使人，似乎很懂得人情世故。相比之下，我不爱说话，长相平平，顶着一头红棕色的头发，经常沉迷在自己的小世界里。她是小女生，我是个假小子。我们争吵，我们和好，我们慢慢变成了熟悉的陌生人。我不知道她是否意识到了我一直都很尊重她，因为她总有办法让别人按照她的意愿做事，而我总是被这人间事搞得头昏眼花。

出于以上原因，莉亚于我而言不是姐妹却胜似姐妹。虽然我上大学之后，我俩就断了联系，但我总觉得她会一直在那儿，总有一天我们会老友重逢。我心里暗暗想着，我们的关系会这样持续一生。将近而立之年的我们，各自在不同地方做着不同的事，我甚至都不知道她生了病。听说她去世后，我立马从新奥尔良飞回了加州。

我已经不太记得殡仪馆当时是什么样子了，只记得内部是灰白色，低悬的吊顶让人感到压抑，仿佛是在刻意营造一种郊区生活的静谧感。对于整个葬礼，我现在只能回想起来点点滴滴，就好像一个超现实的梦境。莉亚或许在真正地经历灵魂出窍，但我的体验也没差多少。我好像感觉不到自己的双脚在动，只是麻木地在殡仪馆里游走。除此之外，其他一切倒是正常得有些让人吃惊。我妈和我走进大堂时，看到一块布告牌用支架撑着，上面贴满了莉亚的生活照。我停下脚步，端详她那些被我错过的人生阶段，比如她女儿的出生（莉亚去世时，她女儿刚四岁）。我刻意避开了互相问候寒暄的宾客，就像小时候那样，因为我实在不知道该做什么或说什么。我知道自己得去跟她妈妈说说话，但我真的无法想象她心里的空洞有多大。

然后，我就看到了她。不是她妈妈，而是莉亚。

她正安详地躺在棺材里。我不太记得具体细节（棺材是黄檀木的？有没有白缎内衬？），只记得她的一头金发卷曲蓬松，似乎是烫过，有点 20 世纪 80 年代的风格，虽然在 1996 年显得有点过时，但也还算符合她那种啦啦队队长式的人设。她看起来——还活着，很健康，甚至有些光彩照人。我很想摸一下，看看那是否真的是她，因为你很难相信眼前这个人曾被癌症折磨得瘦弱不堪。

医生查出她得了宫颈癌，但为时已晚。她的人生永远停留在了二十八岁，乖戾无常的命运决定她只能活这么久。可是，这完全不是我在脑海深处为我俩的人生写下的剧本啊。看到她后，我的体内一阵翻江倒海，仿佛一切都排空了，身体成了一具躯壳。整个场面看起来那么怪异，那么不正常。我想从她的身体上找到一些蛛丝马迹来了解她的病况，来了解她的家人怎样在过去几个月中为这个结局做准备。但我什么都没找到。我感觉自己被骗了，她并没有死于癌症，这一切都只是一场精心策划的表演。我踉跄着找到一张带靠背的长椅坐下来，双眼望着前方——刻意没去看她的脸——等待仪式开始。但小孩子的笑声将我从怀疑之中拉了回来。莉亚的女儿和另一个幼儿园小朋友突然不知从哪儿跑出来，开始绕着她妈妈的开放式棺材跑，像极了我们小时候到处撒野的样子。那一刻我心想，整个殡仪馆里或许只有这个四岁的小女孩能理解我的感受，她也不觉得眼前这一切是真的吧。略带新教风格的致悼词仪式结束后，我看到莉亚的妈妈微笑着同陆续离开的宾客们道别。她看起来姿态优雅，还是老样子。但是她的镇定自若——她看起来并不痛苦——更加深了我的不安。她似乎也在表演出一副万事安好的样子。问题是怎么可能啊？

我鼓起勇气走到棺材前，想最后和莉亚单独告别。或许是出于人类学家尊重他人传统的习惯，或许是好奇心作祟，我站在那里仔细观察了一会她的面容。可我一转身，各种情绪便喷涌而出了。我想号啕大哭，想撕扯衣服，想彻底发狂。对于所有这些感受，我没有丝毫的准备。莉亚的遗体看起来栩栩如生，让我困惑不已。但更加于事无补的是，我心里——没有否认现实的那部分——又很清楚，她在不久之后就会永远消失。

^^^

当代美国人对于身体有一些非常矛盾的看法，一边说着我们的身体就是我们自己，一边又说我们不能止步于这具躯壳。基因只给了我们一块颜料有限的调色板，但如今的文化不光容忍身体改造，甚至还鼓励我们这么做，希望我们能以此实现“真正的自我”。通过发型、化妆品、整容手术、穿孔、健身、节食、美黑、文身、性别重置手术，美国人试验、表达、改造着自己的身份。每当我们望着某个熟悉且深爱之人留下的毫无生气的躯体时，这种“我们的身体/我们的自我”信仰体系会凸显出来。它的某些方面或许会被强化，但也会遭到怀疑。遗体让人感到既熟悉又陌生——真是不可思议，它夹在两个世界之间。有些东西遗留下来了，但有些东西离开了。**遗留**是个好词，真的，**离开**也是。*

* “遗留”的原文为 remains，作动词时是第三人称单数，表示遗下、遗留；作名词时表示“骨灰”。“离开”的原文是 departed，是 depart 的过去分词，作动词时表示“离开”，作名词时表示“逝者”。两个词在这里都是双关语。

处理遗体（也可称之为尸体、至爱）的手段，无论是火葬还是绿色殡葬，抑或其他方法，在专业上都被称作“处理”（disposition）形式。但大部分人都不太愿意把生命消失的身体想成待处理的“垃圾”——哪怕这正是土葬和火葬意图解决的问题。说到底，遗体就是一堆有机物质，已经对主人无用，又对他人有害，说得粗俗些，不“处理”又能怎么办？在废弃物处理行业中，诸如肉类及其副产品这种会腐烂并发出恶臭的东西，被称作“易腐败物”。在英语中，disposition 还可以表达“重新安置被放错地方的东西”这层含义，我们该把逝者放哪儿？他们及其遗体是否总被当作“放错位置的物品”，或者借用经典人类学理论的说法，是否是对社会秩序的扰乱？此外，“disposition”一词还可以指情绪或倾向。我们会以怎样的情绪怎样看待必死性？我们对于死亡有什么倾向？

要回答这些问题，最有用的线索并非来自人们如何谈论死亡，而是如何应对死亡——更重要的是，如何对待遗体。

^^^

2016 年盛夏的某一天，丹尼尔和我参加了“最后旅程”（Final Passages）的一节培训课程。我们看到一群人坐在大院子边上的成片树荫下，其中大部分是身着宽松艳丽服装的女性。素食午餐会即将结束，坐在后面露台上的人正三三两两地小声交谈，偶尔吹来的一阵风轻轻摇晃着他们头顶上的一串和平彩旗。另一些人则坐在院子那头的一棵大树下，装饰一个长方形硬纸箱。那是一口火化用的棺材，大家蘸着蛋彩画颜料在上面随意涂涂画画，并按照自己的喜好添加羽毛、贴纸、文字、符号和花卉图案。其中一个人开玩笑说好像在集体创作一本大号的成人涂色书。风铃声和鸟鸣声环绕着这场安静的人类活动。在他们身后，空旷的大院渐渐消失在树丛之中，隐约可见的院子边缘立着几尊佛像和其他并不属于北加州文化的石像——至少原本不属于。在这个研习班的远处，一棵老柳树正守卫着一顶轻薄的遮阳帐篷。大家可以在里面打个盹或者做做冥想，以便有人静修累了需要找地方休息一下。

在这田园诗般美好的喧闹中，研习班负责人、教育性非营利组织“最后旅程”的创建者杰瑞格里斯到处忙活着。“最后旅程”的目标是为那些有意自办葬礼的人提供法律、后勤、健康、精神方面的培训。[1] 当天下午有一节课，她和搭档马克正在做准备，把各种道具、家具、演示用品搬到户外教室，并在院子中间的遮阳篷下组装起一张按摩桌。一切准备就绪后，他们趁着休息的空当，向我演示了杰瑞格里斯早前跟我聊天时介绍的仪式。

一头灰色长发扎在脑后的马克，赤着脚优雅地爬上按摩桌，仰面躺下，闭上双眼，双脚翻向外侧，整个姿态看起来就像大部分人在瑜伽练习开始和结束时会做的“摊尸式”。丹尼尔已经开始拍摄，我在几米外观察着眼前的场景，然后想起了曾经在芝加哥的国际外科医学博物馆看到的一幅油画：一个几乎全裸的男人躺在长桌上，眼睛半眯着，正接受术前准备。画作本身似乎是在模仿“基督的哀歌”，一种文艺复兴时期的油画题材，也就是受难的耶稣被放平，准备接受涂油和装裹。在这类绘画中，你不得不直面平躺着的身体及其脆弱的整体性。画中平躺的身体和观众站立的身体形成了一种不言而喻的关系，让人想触摸一下。

杰瑞格里斯是站着的那个人。她走到马克身边，问他感觉如何，又问能否触碰他，马克小声回了一句可以。然后，杰瑞格里斯把双手悬在马克身体上方六七厘米处，开始慢慢“扫描”整个身体。她偶尔会把手放到他身上，停留好一会，再继续“扫描”。他闭着眼，而她睁着眼，笑容满面地工作。这就是爱情的样子吧。我们已经在这儿拍摄了两天的培训课程，但这是我第一次见到她这样安静沉着。上课时的杰瑞格里斯就像一名指挥家，要不断应对学生的关注和反应。但此刻的她似乎在另一个频道上。“扫描”结束后，她用接近耳语的声音问马克：“感觉怎么样？”马克慢慢坐起身，眼睛眨巴着睁开：“我复活了！”她大笑起来，说他是个小丑，还说他免费享受了十五分钟的灵气疗法，是多么幸运的事。不过，她又补充道，那天早上他给她按了脚，这就算是回报吧。

很快，两人又开始忙碌起来，整理毛巾和瓶子，为下午的遗体清洗课程做准备。之后，他们把大家召集到遮阳篷下，开始讲课。杰瑞格里斯用洪亮、清晰的声音解释着干冰如何使用，桌子如何布置，遗体如何清洗，涂油时用什么样的精油最好，以及为什么这些都很重要。她在这方面有二十多年的实践经验，但并不教条，而且还鼓励学生要变通，要找到最适合他们自己或者所帮助的家庭的方式。对于自己的工作以及训练学生们做的事，她更愿意称之为“帮助家庭自办葬礼”（assisting family-directed funerals）。在杰瑞格里斯看来，这种选择的意义之所在，并不是葬礼在哪儿办（在家还是在殡仪馆），也不是为了省钱，而是能给家人提供一个触碰遗体的机会。

杰瑞格里斯告诉我，她通过灵气疗法找到了自己的人生使命，成了家庭自办葬礼运动的元老。她每年都会在美国各地举办数次这样的培训活动，不过大多数还是集中在西海岸。她迄今已经主持了四百多场家庭自办葬礼，但由于近年来人们对此兴趣大增，所以现在培训他人占据了她的大部分时间。她协助创立了美国家庭自办葬礼联盟（National Home Funeral Alliance），向大众宣传家庭自办葬礼，并提供相关培训教学。这项运动发展得非常快，不过她强调："我觉得这不算是什么新趋势，在我看来，我们以前就是这么做的，不过是现在重新开始而已。以前的人们都知道怎么做，但是忘记了，进入了休眠状态……就好像一条路被野草霸占了，我们现在做的事就是除草，让路重新露出来。"

培训工作坊结束后的几天，我和杰瑞格里斯坐在门廊上，进行了一次深入采访，上面这段话是她当时告诉我的。杰瑞格里斯和马克住在索诺玛县的一间不起眼的村舍里，那儿也有佛像和风铃。

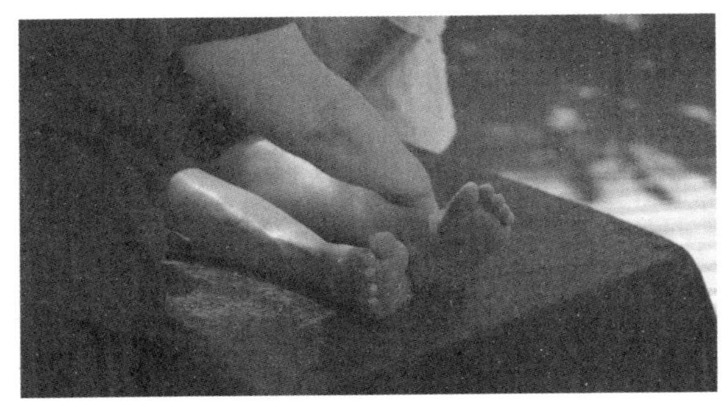

图 5

过去的四十年中，杰瑞格里斯一直在干这样或那样与身体有关的工作。但事实证明，工作对象从活人转到死人，并不是一个多么惊人的转变，甚至可以说是十分自然。20 世纪 90 年代初，她在做按摩师时对灵气疗法产生了兴趣，便开始跟着卡洛琳学习。卡洛琳是一位灵气疗法老师，兼职做护士，每个星期都会在家中举办学习活动。据杰瑞格里斯说，她有着一种独特的冷静与幽默感，两人很快便成了好朋友，而且这友情看起来似乎会延续一辈子。事实也确实如此，只不过不是杰瑞格里斯以为的那样长久。1994 年的某一天，她接到两人共同好友的电话，震惊地得知卡洛琳骤然辞世，死因可能是哮喘发作。但更让人惊讶的是，朋友们当晚聚集到卡洛琳家里哀悼她时，发现她竟然还留下了最后指示。她写了一张字条，上面说不希望自己的遗体被送到殡仪馆，而是想让朋友们带她回家，并亲手料理她的后事。她此前已经做过研究，知道这并不违法，但对于其他人而言，这可是一片未知领域。第二天，大家把她接回了家。朋友们带着些许焦虑打开运尸袋，看到她双眼紧闭、表情安详后，才松了一口气。对于这些工作就是跟身体打交道的人来说，把她从袋子里抬出来之后的下一步似乎很自然——就是把手放在她身上。卡洛琳的朋友们在她的遗体上施展了灵气疗法。

杰瑞格里斯解释说，灵气疗法的治疗师首先会将双手悬在半空，“扫描”身体各部位，寻找那些过热或过冷以及让双手有刺痛感的地方。治疗师是“生命力能量”的传导者，可以视情况增减或移动能量。灵气疗法于 20 世纪 20 年代由一位日本僧人发明，其理论基础是中医概念“气”。杰瑞格里斯回忆道：“惊人的是，虽然她在太平间待了一晚上，但我们从她的胸部、头部感受到了大量能量。由此我们才真正懂得，即使一个人呼出最后一口气，即使心跳停止，生命也依然在继续。”接下来的三天里，大家给卡洛琳清洗了身体，穿好了衣服，还在遗体周围放置了一些有意义的物品，比如她最喜欢的栀子花、一只鸟翅，一片浮木。然后，他们邀请了更多的朋友前来，有些仪式是某个人即兴举办的，有些仪式则是大家集体同意的。第三天，这群朋友把卡洛琳的遗体抬到一辆大众面包车上，送到了火葬场。整段经历更加拉近了他们的距离，大家都不想马上就解散。于是，能留下的人便趁着朋友的遗体被烧干、磨碎时，一起去吃了顿午饭，纪念卡洛琳。事后回去拿骨灰时，杰瑞格里斯回忆说，骨灰尚有余温，就像她的遗体那样。

杰瑞格里斯说，那几天发生了好多次巧合，让她得以全程参与打理卡洛琳的丧事。在好些时刻，她“就是知道做什么”，仿佛以前做过一样；有时候，她感觉卡洛琳正在天上看着她。那次经历就像某种入会仪式——无论对她自己还是对卡洛琳而言都是如此。

︿︿︿

杰瑞格里斯对死亡的近距离、私人化观察，与法国人类学家罗伯特·赫尔兹一百多年前在其著作《死亡与右手》中的描述有着惊人的相似之处。赫尔兹是位早成的学者，写完这本如今已成为葬礼研究经典的著作时还很年轻，但不久之后便在“一战”中牺牲了。赫尔兹在书中写道：“死亡是一种入会仪式。”根据从印度尼西亚文化、马来西亚文化及其他非西方文化中收集来的信息，赫尔兹坐在扶手椅上，记录下各种令人眼花缭乱的习俗。有些对他的读者来说可能显得非常陌生（比如食用过世族人的遗体，或故意让秃鹫吃掉遗体），而另一些则会让熟悉犹太教和基督教的欧洲人感到似曾相识。不过，赫尔兹最感兴趣的地方，还是各种葬礼背后的共通之处。当然，今天的人类学家肯定会异常小心，不会罔顾文化语境的影响，便对人类行为的普遍现象做出论断，但赫尔兹的某些观点确实流传了下来，并深刻影响了我们对死亡和仪式的理解。[2]

关于遗体，赫尔兹指出，在他研究过的大部分社会里，人们都知道身体腐烂的早期阶段很危险，因为此时灵魂正困在两个世界之间。刚刚去世的人要从一种生命形式过渡到另一种，不同的文化想出了不同的方式来应对这种阈限或者说临界阶段。非工业化社会的葬礼通常会分成几个阶段，虽然各阶段之间有时会间隔一年甚至几年，不过大部分一般都只有两个主要阶段。比如婆罗洲东南部的雅朱人，他们会把逝者停放在村中的房子里，遗属则要在这期间遵守一系列仪式和禁忌。这个特殊阶段会一直持续到遗体上的肉全部腐烂为止。之后，整个族群再举办一场盛宴，大家才会回归到正常生活。法属圭亚那的加勒比人会挖个坑，里面放个凳子，让死者坐在上面，周围再摆上食物和武器。直到遗体身上的肉全都消失，人们才会进一步处理遗骨。

这些做法都不仅从情感上和身体上将生者和死者逐步分离，也是在将悲痛万分的遗属和其他生者隔离开来，赫尔兹称之为“排斥阶段”（exclusion phase）。再往后则是“整合阶段”（integration phase）。死者进入一个前所未见的往生社会，而悼念者们则重新回到了日常社会的怀抱。赫尔兹指出，无论在哪种文化当中，“死亡都被视为一种持续特定时长的过渡状态……（因为）我们实在不愿意马上就认为逝者已经死了：他构成了我们本质中的很大一部分，我们也在他身上投入了太多自我，而且一同参与社会生活形成的纽带无法在一天之内就被切断”。[3] 赫尔兹还意识到，最关键的是，肉体性死亡（physical death）与社会性死亡（social death）并非同时发生。这里的“社会性死亡”是指逝者不再继续活跃在生者的生活中，比如在脑海中或在其他方面。人们可以感知到身体的死亡速度，死亡的过程或长或短（腐烂本身可以被当作死亡过程的延续），但灵魂有自己的时间表。有些时候，人一旦不再说话和呼吸了，灵魂便会立即离开；但有些时候，灵魂会在附近徘徊几小时、几天、几星期，甚至几年，直到有人举办像样的整合仪式（integration ritual）之后才会消失。若是整合仪式进行得不顺利，灵魂就会变成鬼魂。[4]

赫尔兹受到了导师、法国著名社会学家埃米尔·涂尔干的影响，将社会视为一个有机体。赫尔兹认为死亡给社会造成了一定创伤，而像缝合有助于伤口结痂一样，葬礼能让社会治疗自身的创伤。另一个稍有不同的比喻则是，社会中的一员去世，就是在社会这块织物上留一个破洞，而葬礼的目的就是重新将那个洞补好。无论你喜欢哪个比喻，修补都需要仪式和时间。在现代美国社会中，你总能听到很多人在亲友去世后说自己需要有个closure*。可有多少人停下来想过这是什么意思？到底要 closure 什么？一个章节？一份卷宗？一扇门？一个伤口？一个坑洞？殡葬师们都坚持说，遗体在让人释怀方面发挥着重要作用。难道他们用另一种说法演绎了赫尔兹的思想？

如果说杰瑞格里斯的做法遵循了什么指导原则的话，那就是以下三条：死亡是经历一个过程，而非发生一次事件；遗体对于遗属而言具有抚平伤痛的特性；举行仪式

---

* closure 有“释怀、合上、封闭”等多个含义，作为动词可以分别与下文中“章节”“卷宗”等名词搭配。

时，要跟着感觉走。我不知道杰瑞格里斯是否会阅读百年前的人类学著作，但她确实宣称自己受到了其他文化的影响。

在杰瑞格里斯的理解中，上面的第一点，即死亡不是瞬时性事件，包含了生物性和精神性两个层面：

> 世界各地有许多人都相信，遗体要至少在家停放三天，干了二十多年之后，我才终于彻底理解了为什么。遗体会经历各种变化，我们不但可以用眼睛看到，也可以用我们的身体感觉到、意识到这些变化。遗体会发生肉眼可见的改变。比如刚去世时，遗体周围似乎会环绕着某种美妙的光辉。事实上，会发生的事情之一……是死者脸上会露出微笑或者非常安详的表情……到第三天时，遗体会开始变得像个空壳，仿佛一件租来的紧身衣，里面的灵魂已经飞走了。你会感觉到生命力已经消失。人死后，它就一直在减弱，等到第三天就彻底消失了。双眼也起了变化，或许会陷进去一些。而且表情也会有所改变。这时候家人就知道，该把遗体送走了。

协助由家人主持的自办葬礼时，杰瑞格里斯就用这个为期三天的时间线来指导各个仪式阶段。她说得确实很对，这在世界上许多地方确实是普遍标准，美国和欧洲大部分地区过去也这么做。很多人大概只是听说过“爱尔兰式守灵”（Irish wake），但数日不眠不休在遗体旁守灵的做法在欧洲及其殖民地曾经一度很普遍，直到 19 世纪末期才开始逐渐没落。事实上，殡仪馆出现的原因之一就是为了方便人们在多日内瞻仰和吊唁逝者。远道而来的悼念者可以在此休息过夜，亲朋好友可以在此准备食物、招待宾客——借用新奥尔良一位殡葬师的话说就是“彻夜狂欢”。曾几何时，美国式葬礼的标准和人们的预期是，各阶段的仪式和对宾客的招待都要持续数日之久。根据杰瑞格里斯的说法，葬礼应当持续至少三天，因为遗体需要这么长时间才能失去体温、失去生命力。这种不慌不忙的告别也让亲朋好友有时间来触碰遗体，以此来接受一种不可避免的转变。

我问她是否有过犹豫要不要承接家庭自办葬礼的情况，她说如果逝者遭受了严重事故——比如身体已经四分五裂——她可能会拒绝。不过，“我肯定会仔细确认一下。我觉得遗属哪怕能碰一下逝者遗体的某个部位，比如一只手或者一只脚，也非常重要。摸一下，知道那就是自己爱的人，便会感受到治疗的力量，帮助他们接受亲人已经离开的现实。所以我会尽全力提供帮助”。

杰瑞格里斯相信有意义的巧合。就在几个月前，我采访的另一个女人说过几乎一模一样的话——哪怕是一小部分的遗体，对遗属也有治疗意义。我愿称之为“遗体疗法”（corpse therapy）。或许更令人惊讶的是，不只杰瑞格里斯那些家庭自办葬礼的支持者相信遗体具有的治疗性力量，就连殡葬产业中保守的专业人士也一样——尤其是充满神秘色彩的遗体防腐的操作者。

^^^

那个采访发生在2015年10月底，无论是我们所处的环境，还是所在的地点，都与之前的采访截然不同。当时，美国殡葬协会正在印第安纳州首府印第安纳波利斯召开年度大会，公关部门答应我们的拍摄请求后，还帮我们联系了几位采访对象。其中一个叫贝弗利的女人在喧闹的展厅里接受了我们的采访。会场里，卖家和殡葬师们正忙着拓展人脉、洽谈交易；近一半的展出空间都被用来展示最新款的灵车，从豪车型到赛车型，可以说应有尽有。好几位殡葬师告诉我们，这是展厅里最受欢迎的区域。但我们头一次参加殡葬业展会，对可生物降解的骨灰瓮、哀悼珠宝、监控墓地的无人侦察机更感兴趣。

我们在展位之间人头攒动的过道上见到贝弗利时，感觉她仿佛是这喧嚣之海中一只让人心静的铁锚。她握了握我的手——温暖、轻柔，却又坚定。她身穿偏男士风格的深色套装，留着青灰色的短发，说话直截了当、令人安心，但不是像慈母一般的感觉，而是更接近体育老师或者干练的护士。照护者是她的职业，她的肢体语言和说话语气非常有效地传递了这一点。在日常工作中，她跟太多的遗体、太多的情感打过交道，或许这锻炼了她对二者的适应能力。

我问贝弗利，回看她的职业生涯，有没有注意到殡葬产业有哪些变化？她没有直接作答，而是建议说，未来得有改变。她希望这个行业能“回归最基本的东西……我们的肢体语言，我们的说话语气，我们的遣词造句。你知道吧，一直以来我们这行用的是‘收走’或‘转移’这种词汇，但我们需要改变一下，比如可以说‘我们准备过来，把您母亲接过来照护’”。

贝弗利算是女承父业，而她父亲干这一行则属于主动选择。从很小的时候起，他便对死亡充满了兴趣，不但创建了自己的宠物墓地，还亲手给它们制作小棺材，甚至画过朋友们躺在棺材里的样子。在项目的进行过程中，我也遇到过一些他这样的殡葬业少年奇才，但数量并没有你们想的那么多。贝弗利接下来说的话，我在别处也听到过很多次，只是措辞稍有不同："我觉得好多人进入这一行都是受到了感召。我们觉得它就是一种职责，一种荣光。"但我觉得她受到的感召和她父亲的还不太一样。她是受命照护那些被死亡侵扰的生者，而她父亲则是受命照护死者。

谈到变化时，贝弗利跟几乎所有跟我聊过的专业人士一样，都提到了过去几十年里美国社会中选择火化的人越来越多。她猜测，这个变化可能跟美国社会的流动性越来越强有关，很多人生活的地方都离家庭或家乡的墓地很远，火化更便于运输。当然，这也让遗体处理变得更随意了。对于直接火化这一变化，她感到很惋惜：

> 一个小小的转变似乎出现了：遗属见不到遗体了。但这很重要啊。这是哀伤过程的一部分。我觉得如果可能的话，最好还是用开放式棺材，这很重要，因为这就是干我们这一行的现实

意义——亲人真的去世了，你得亲眼看到他的遗体。我们在殡葬学校受到的训练就是要创造一幅美好的记忆图景（memory picture）。

她认为，应当尽可能做遗体防腐和遗体修复，哪怕是在身体遭受过创伤的情况下，“殡葬师或者说防腐师的一个重要职责就是尽己所能，让逝者恢复如初”。

她的话让我一头雾水。“恢复如初”听着像是说防腐师是要让逝者起死回生，要制造出僵尸，或者像耶稣复活一样的场面。[5]但听她进一步讲解修复技术，我慢慢明白了她说的恢复如初，是指把逝者的容貌恢复到未曾遭受苦难和创伤时的样子。这正是经过防腐和修复后的遗体对于生者有特殊治疗性力量的缘由。“比如，逝者已经瘦得很厉害，已经皮包骨头了，好的防腐师可以利用组织再造技术，让逝者差不多恢复以前的模样。这就相当于差不多抹除了遗属陪着逝者经历的那段艰难日子，差不多让他们回到了妈妈还健在的时候。我们会给她做头发、化妆。”诚然，防腐师无法为已经超脱了痛苦的逝者抹除那些经历，但至少可以帮助生者淡化一下相关的记忆。在殡葬公司之间，遗体防腐可以创造一幅记忆图景的说法其实广为流传，但通过贝弗利的讲解，我才明白了这指的是修改后的图景，是一段被修复的记忆。经过防腐处理的遗体能给生者以安慰，并不是因为它将逝者离世时的模样永远定格了，而是因为它试图抹除一些不堪回首的记忆。

即使在身体损毁严重的情况下，贝弗利也认为遗体具有治疗效果，只不过治疗的力量有所不同——据称是为了帮助遗属接受逝者已死的现实（即库伯勒-罗斯模型中的“接受”阶段）。就这种治疗的力量而言，她与杰瑞格里斯的立场高度一致，不过她更多强调的是视觉感受而非触觉感受。接着，她又用一个故事说明了为什么有时候甚至都不需要全尸，仅仅是部分身体就可以达到这种效果——非常近似于杰瑞格里斯后来的说法。几年前的某个圣诞节，有个男人携妻带女驾驶小型私人飞机，准备降落在贝弗利所在城市的机场时，不幸坠机了。他与妻子当场死亡，坐在后座上的女儿却毫发无损，幸运地捡回了一条命。儿子因为工作关系没能一起出行，也幸免于难，但他怎么都不愿意接受现实。贝弗利说，那母亲的身体损毁程度算比较严重了，“父亲的身体简直都分不清哪儿是哪儿”。儿子既心烦意乱，又百思不得其解：都在同一架飞机上，怎么父母没了，妹妹却安然无恙？贝弗利说，他要求看看妈妈的遗体，看过之后理解并接受了她的死。但是——

> 他还想见见爸爸。我们只好让遗属们先出去，然后就……（她顿了顿，在想怎么说）怎么说好呢，他爸已经血肉模糊了，只剩左脚还完好。所以我们就从运尸袋拿出那只脚，清洗干净，用一小块天鹅绒盖上。时至今日，我依然记得他坐在长椅上抚摸那只脚的样子。当然，有些人肯定会觉得这太血腥了，或者质问“你怎么能这样？”，但我心里很明白，他要是没这么做，心里那道坎就过不去。他可以看到妹妹，也可以看到妈妈，但他还得再看看爸爸，哪怕只是他的一部分，然后才能真正接受现实。

即使是部分残骸也可以让人不再否认死亡。当然，展开来说的话，这里要解决的问题并非如厄内斯特·贝克尔在《死亡否认》（*The Denial of Death*）中指出的那样，是否认我们自己的必死性，而是不再否认他人的死亡。有种说法流传在美国的殡葬公司之间：能看到熟悉的亲人遗体，就意味着可以向逝者（或遗物）表达爱意、诉说思念，故而会让人更容易接受亲人已死的现实。此外，按照大众心理学的说法，这也能让人战胜悲伤过程的“否认”阶段。

我采访过的大部分传统殡葬师和防腐师都坚信遗容瞻仰或者说记忆图景所具有的治疗性力量。但在我采访过的所有非专业人士中，只有一个姑娘表达了愿意接受遗体防腐和遗容瞻仰。她在这个问题上其实并没有偏好，只是觉得家里人都是天主教徒，遵循传统能带给他们安慰。大部分情况是，外行人会觉得遗体防腐和开放式棺材“让人心里发毛”，但迫于社会压力，在参加传统葬礼时，他们可能无法表达这种不安。我看到莉亚经过防腐处理的遗体时，内心反应介于二者之间：并不是很害怕，但也不觉得有多么安心。对我而言，遗体防腐不但没有发挥其应有的作用，反而让她患癌而死的事实显得更加难以置信，因为那样的遗体看起来太不真实了。

^^^

拍摄期间，我们经历了许多非常有意思的时刻，其中最好玩的一次发生在 2015 年万圣节前夜的新奥尔良。一对中年夫妇停下脚步，同意跟我们聊聊。女人打扮成了某种重金属哥特风格，男人则化着灰绿色妆容，脸看起来要化掉了，衬衫上血迹斑驳，走路还故意一瘸一拐，像个僵尸。我和他简单聊了几个作为“僵尸”可能会遇到的问题，比如忘了把手指放哪儿，之后我便抛出了老问题：“你希望遗体被怎样处理？”男人不再扮作僵尸，突然变得严肃起来，但他似乎不是受到了冒犯，而是很欣慰终于有人问出了这个问题。他说，不久前他刚刚处理完父母的后事，对这个问题有很清晰的看法：“我觉得葬礼仪式和遗容瞻仰真是人类有史以来发明的最病态的东西。”所以，我的研究发现之一就是：“僵尸”坚决反对遗体防腐。

人们如今对遗体防腐和遗容瞻仰的看法差异之大，说明了美国人对什么算是病态这个问题无法达成共识。在我看来，这也是火化率上升的原因之一：虽然防腐师认为自己的工作具有治疗性，但公众却越来越不买账，很多人都觉得开放式棺材很可怕，一点都不让人心安。纵观历史，这是一个极其重要的转变。美国是一个多种族、多宗教的国家，但直到最近为止，遗体防腐都是主流传统丧葬习俗的关键组成部分。20 世纪中期，95% 的遗体采用了遗体防腐和遗容瞻仰的处理方式。即使在今天，美国也是世界上遗体防腐率最高的国家，黑人群体、天主教信徒

（不分种族）以及美国南方人（同样包括各种族）依然十分偏爱这一处理方式——不过，其受欢迎度在这些群体中也正逐年下降。在世界其他地方，一般只有在纯粹出于实际需要，比如医学解剖、长途运输或公众人物要供人瞻仰时，人们才会对遗体进行防腐处理。从全球来看，美国在1900年前后到2000年的丧葬模式着实有些异常。

学者和社会评论人士指出，美国人之所以偏爱遗体防腐，想让死者看起来栩栩如生，是因为他们倾向于否认死亡。这是美国优越论的又一例证，历史学家大卫·斯隆称之为“死亡忌讳”（death taboo）。但贝弗利告诉我，瞻仰或触碰经过防腐处理的遗体，恰恰能让人们不再否认死亡。稍后，我还会再来探讨这个谜团以及我为何会开始怀疑死亡否认论中的一些强硬说法，但现在我想先来深挖一下遗体防腐的历史根系，看看美国人当初为什么会成为“新埃及人”。[6]

^^^

研究过相关历史的学者都认为，南北战争是美国丧葬文化发展的分水岭。战争期间，为了减缓遗体腐败的速度，以便将阵亡将士的遗体送回故土（大部分都是送往北方），野战医院启用一种简单的防腐方法。由于当时遗体都是在士兵阵亡几个星期甚至几个月后才从战场上拉回来，所以此种早期遗体防腐的目的并非重现记忆图景，而是为了阻止遗体在无冷却功能的车厢中渗漏液体、散发气味，以此减缓肉体的腐烂速度。这么做纯粹是出于现实性和必要性。直到战争快结束时，瞻仰经过防腐和修复的遗体才开始具有了象征性力量。1865 年春，一辆送灵火车搭载着经过防腐和化妆后的林肯总统遗体驶出华盛顿，中间停靠数站，最终在两周之后抵达伊利诺伊州首府斯普林菲尔德。那是一场史无前例的盛况，成千上万的美国人亲眼看到了总统苍白、沉睡的遗体，通过石版画和报纸了解了相关情况的人更是难以计数。当然，人们前来瞻仰遗体究竟是出于对这位为国献身的总统的尊重，还是出于对遗体防腐这种新生事物的好奇，实在不好说；但考虑到战争结束之后，对遗体化妆与防腐的需求在那些财力允许的美国人中间开始激增，后一种动机也不应当被忽视。此外，在同一时期，美国人还疯狂地陷入了“埃及热”当中，木乃伊的展览和仪式性拆解曾是 19 世纪广为流行的娱乐活动。我们现在回过头去看，可能会觉得对亡魂归来的这种痴迷很古怪，但其实如今许多电影也是靠着同样程度的痴迷来赚票房。“埃及热”与遗体防腐盛行之间的联系绝非巧合。早期的防腐师曾明确说过，他们这门技术的灵感就来自古埃及人，只不过在美国“人人都可以是法老”。我采访过的好几位防腐师也非常郑重地说，古埃及人即使不能算是祖师爷，也绝对是这一行的先驱。[7]

由于对遗体进行防腐处理需要专门的培训、设备和技术，所以在19世纪末，殡葬业开始专业化，一个标准化的行业就此崛起。南北战争之前，遗体的清洗、装裹、安放工作，一般都是由家人或者有经验的左邻右舍来做，而且基本上都是女性来操办。换言之，当时的葬礼是“由家人主持的自办葬礼”。接生、养孩子、照顾病患、处理后事这些要与身体接触的工作，都被算成了家务事。料理遗体的工作一度和葬礼承办的工作是分开的，但后者在当时含义比较狭窄，并不包括遗体处理，而是指木匠和车夫偶尔会承担制作棺材、用马车将遗体拉到墓园的工作。

南北战争之后，遗体防腐及其他与殡葬有关的货品和服务，开始由男性专业人士接手，职业称谓也由此从“葬礼承办人”（undertaker）变成了“殡葬师”（mortician）。“Mortician”这个英文单词发明于19世纪末，前半部分“mort”是拉丁语中的“死”，后半部分“ician”则是借用了“physician”（医师）的后缀，说明这一新工种的从业者希望被视为某种特殊的医师。诚然，这样的形象重塑无疑是想让他们的工作显得更有尊严，但同时也可以被理解成这个新职业的从业者有意要确定自己作为一种特殊医师的地位。到“一战”结束时，从业余到专业的过渡已经完成，专业组织、殡葬学校、从业证书、保护性法规全部就位，葬礼这一本由家人亲自主理的人生大事件，也终于被彻底商业化和标准化。

不过，要想搞清楚“埃及热”和瞻仰林肯的遗容为何会导致 19 世纪末的美国公众对遗体防腐的兴趣激增，我们还得把时间再往前推一点。早在遗体防腐技术发明前，美国各地就已经有了下葬前瞻仰遗体的习俗。通常情况下，哪怕逝者遗体已经开始发臭、腐烂，也会在家中客厅停灵三日，供家人、朋友追悼。如果遗体因为天气、疾病或运输的原因需要尽快下葬，前来参加葬礼的人也会在坟墓旁打开棺材盖，最后再看一眼逝者。

家人和朋友在葬礼正式举行前为逝者守灵、瞻仰遗容的做法，在世界各地及各大宗教传统中并不罕见。除犹太教徒和穆斯林很少这样做之外，佛教徒、印度教徒、基督教徒一般都允许这种做法，有时甚至还期望这么做。但在大部分情况下，到了举办葬礼的主仪式时，棺材都会封好。事实上，封棺通常都意味着公开葬礼的正式环节要开始了。但相较之下，遗容瞻仰在美国建国之初就已经成了仪式的重要组成部分。到 18 世纪末时，人们对“再看最后一眼”的固执迷恋愈加诡异，甚至让来访的英国旅行作家都要在日记中厌恶地记上一笔。在现代遗体防腐技术发明前，棺材制造商为了方便生者再见逝者最后一面，制造棺材时会在棺盖上遗体头部对应的位置镶一块玻璃。（这里顺便说一下英文中的 coffin 和 casket 的区别：两者都指棺材，但前者头粗尾细，棺盖与棺身分开，最后要用钉子固定住；后者则是长方体，棺盖用合叶与棺身连在一起。）此外，这种“再看一眼”的需求还催生了银版照相法最初的用途之一——维多利亚时代流行的遗体艺术摄影。到了 19 世纪 90 年代，遗体艺术摄影开始衰落，遗体防腐在美国兴起——有些学者指出，这是因为后者满足了同样的视觉需求。如此梳理下来，我们或许就能理解为什么防腐师们会把自己的工作称之为创造记忆图景了。[8]

不过，我们还有一个问题尚待解答：为什么美国人要如此执着于瞻仰遗容、维护遗体呢？研究死亡的学者和殡葬师提供过许多答案，但都不足以令人信服。有两种解释都提到，在殖民地时代和建国初期，大部分定居者、奴隶、移民都信仰基督教。虽然美国新教无论过去还是现在都有很多宗派，但是自第一次大觉醒运动（1720—1740）之后，“福音派”占据了优势地位。历史上的“福音派”十分相信“在人间认识的人上天堂之后也能相互认出”的说法[9]，所以这很可能使得人们非常注重在守灵时或下葬前把逝者的容貌烙印在脑海中。在财力许可的情况下，遗属还会为逝者制作死亡面具、绘制肖像画或拍摄照片。

另一个偶尔会被提到的解释则比较现实，而且也会被用来证明火化的好处，那就是美国地广人稀，遗体经过防腐处理后，可以给亲朋好友留出相对充裕的时间，让他们前来参加葬礼。但这个解释如果成立，那在国土面积同样广大的国家，如澳大利亚或俄罗斯帝国，遗体防腐也应该成为人们的首选方案，可事实并非如此。而且如果防腐仅仅是为了保存遗体，那在 20 世纪 30 年代冷冻技术被发明后，它也应该会被取代才是。

还有一种解释比较奇葩，说遗容瞻仰缘起于 19 世纪曾流行一时的活埋恐惧症。在这个时期，一些聪明的发明家想出了给棺材安装呼吸管和铃铛的主意，以便被埋之人醒过来后可以通知墓地工作人员，告诉他们自己的生命还没结束。此外，“守灵”在英文中被称作wake，与“醒来”是同一个单词，一种流行解释认为这与该恐惧症有关：守灵的目的就是确认逝者不会再次 wake up（醒来），守灵人要观察遗体是否还有生命迹象。如果遗体出现了前面杰瑞格里斯描述的外貌变化并散发她提到的气味（她禁止使用过多芳香油），那就证明人是真的死了。相反，如果棺材的玻璃下面（棺盖上镶玻璃的另一个好处）或者放在嘴巴前的镜子上出现了雾气，那就说明人还没死，只不过是陷入了昏迷状态，呼吸比较浅。相比之下，遗体要是做了防腐处理，就完全不用担心活埋问题了，因为遗体在做防腐前要先把血放干，人肯定会死得很彻底。当然了，明明人还活着却被拉去做防腐处理，这事本身也有其特别的恐怖之处。但就活埋恐惧症而言，目前无任何证据证明美国人更容易患上这种罕见的病症。[10]

上述解释或许都不尽如人意，但一个无可辩驳的事实是，在过去两百年中，大部分美国人都热衷于看看逝者——不论是死后三天里蜷缩在棺材中的遗体，还是防腐处理后很不自然的遗体，抑或是通过相机镜头捕捉到的“灵魂”。直到近来，无论种族差异，无论教派分歧，遗容瞻仰都是美国式葬礼中神圣的一环。

但话说回来，大部分美国人在遗体防腐方面都是外行。人们时常会产生一种误解，以为这是出于医疗卫生的考虑，是公共卫生法规的要求。但实际上，强制要求对遗体进行防腐处理的情况极为罕见，而且由于操作时需要切开皮肤、触碰遗体，还要把血放干，在健康风险方面，遗体防腐处理反而弊大于利。这也就是为什么在新冠疫情期间世界卫生组织曾建议暂停这种做法。不过，美国人一向我行我素，所以疾病控制与预防中心并没有叫停这项民族传统，只是提供了专门的防控指南，要求从业人员加强个人防护。虽说科学家提出过反对，也没有哪个宗教有这种要求，但遗体防腐作为一种文化习俗，哪怕正在慢慢丧失其吸引力，也依然受到了宗教自由般的保护。这个怪异的事实似乎佐证了一个理论，那就是最好把美国人对遗体防腐的热衷当成一种全国性仪式来理解。尽管遗体防腐的历史根系广布，但它的发展成果却非常单一。那么，遗体防腐到底有何用处？其仪式性目的又是什么呢？[11]

^^^

现代动脉防腐术的起源可追溯到 18 世纪末 19 世纪初的欧洲。当时，人们出于医学解剖的需要，发明了这种遗体保存方式。操作方法是在遗体的动脉经过处切口，插入导管，再由一台特殊的泵把化学防腐剂从导管推入循环系统，同时将血液引流出来。[12]

我见过各种防腐工作间。有的是在“家得宝”买来的铝制仓库，里面是自己动手搭建并组装的设备；有的超级干净、灯火通明、配了最先进设备，如手术室一般；但一般情况下，防腐工作间位于殡仪馆地下室的一角，看起来像业余科学爱好者做实验的地方。处理遗体时，血液、其他身体排泄物以及可能溢出的有毒防腐液，会直接排入下水道。这进一步表明，如果说防腐处理是出于卫生原因的话，那也更多是为了控制情感层面的污染，而非生物层面的污染。事实上，比起遗体，我们更容易从活人身上沾染疾病。世界卫生组织曾言简意赅地指出：“遗体会带来健康隐患的说法广为流传，但与事实不符。”除个别情况外，大部分致病因子在宿主死后都无法继续存活。当然，威胁也不是没有，只是发生概率很小：某些能在血液或排泄物中存活的细菌或病毒在两种情况下有可能进入饮用水源，一种是随着防腐液的溢流进入水源，另一种是随着未防腐遗体在埋葬后渗漏的体液进入水源。一般说来，防腐师采取医疗卫生措施，不是为了保护公众而是为了他们自己。[13]

遗体可能会造成污染是伪医学说法，是夸大其词，但很容易让人联想到赫尔兹的观察，也就是在非工业化社会中，人刚过世的那段时期会被认为是一个危险的临界阶段，而人们谈到遗体和挣脱肉体的灵魂会给生者带来各种危险时，常常会用充满神秘色彩的语汇来表达。那么，考虑到遗体防腐的科学依据本来就十分牵强，或许美国人对于死亡的看法要远比我们以为的更充满神秘色彩。以解读人类象征性行为而闻名的英国人类学家玛丽·道格拉斯曾指出，通常情况下，某文化传统创造出各种仪式，都是为了控制那些被该传统中的成员认为会造成污染或危险的状态或物质。她由此得出的见解之一便是，身体污染与社会污染之间的界线会几近消失。为了论证这个观点，她考察了那些与泥土、鲜血、食物有关的恐惧症、禁忌、净化仪式背后的文化逻辑。在人们看来，某种事物对人体造成威胁时，也会对社会造成威胁，反之亦然。比如在某特定文化中，当个体处在一种模糊或“既非—也非”的状态下，无法被划分到得到认可的社会类别里时——比如来月经的少女、跨性别人士、陌生人、低种姓的劳动者——就会被认为是危险的接触传染源。人们通常会避免接触他们的体液或不让他们触碰自己的食物，哪怕不一定能说清楚为什么会有这种想法，也会以厌恶或恐惧的眼光来看待他们。他们可能会被禁止接触群体其他成员，也可能被迫通过净化、整合仪式来变得“安全”。[14]我们在前面说过，与亲人遗体的互动被认为具有神奇的治疗性。但与此同时，是不是因为遗体既非人也非物，故而才会被认为具有危险性？对遗体腐烂的恐惧，是不是另一种迷信想法？遗体防腐真的是一种净化仪式吗？

^^^

在我见过的人里，防腐师可以说是最有意思的一群人。他们中的一些人认真又热情，另一些则松弛又幽默。但总体来说，如果对他们多一些了解，你就会发现他们都胸怀悲悯、处事豁达。由于日常工作的性质，他们常常不得不思考那些与生死有关的大问题，默默观察着美国家庭在压力重重的时刻所展示出的动态状况。他们非常清楚自己这一行的名声不怎么好，所以只能站在社会的边缘往里看。对于传统、社会关系、文化趋势，他们有许多自己的看法。从这个角度来讲，他们其实跟人类学家差别不太大。

五十多年来，鲍勃一直在芝加哥近郊某工薪阶层住宅区经营一家小型社区殡仪馆。如今退休了，他也没有彻底闲下来，还会时不时参与一下殡仪馆的工作。在大都会地区，鲍勃算是个小有名气的大师傅，多年来在本地殡葬学校培训遗体防腐技术，带出了许多徒弟。我们把采访地点定在了他那家简朴的新殖民主义风格殡仪馆的办公室。几年前，他已经把这爿生意卖给了一家控制着美国 20% 殡葬市场份额的大集团。同许多这类并购业务一样，集团高管并没有更改殡仪馆的外观或招牌，因为他们很清楚，令人心安的熟悉感才是大部分人对殡仪馆的要求。当然，大企业与小生意之间的角力如今在殡葬公司之间同样真实存在，但我这里恐怕无法主持公道。感兴趣的读者可以去看看 HBO 电视台的经典剧集《六尺之下》（*Six Feet Under*），里面真实表现了许多与此有关的细节。

鲍勃回答我的问题时，操着一口现在已经很难听到的旧式芝加哥口音，像一位心地善良的叔叔。这些年来，他亲眼见证了社区人口构成的巨大变化，不同民族的习俗让整个殡葬业变得十分有趣。他说自己要是一直都只服务同一个群体的话，肯定早就厌烦了。他现在的客户群来自各种不同族裔，如意大利裔、波兰裔、立陶宛裔、墨西哥裔、非洲裔；他主持过的葬礼仪式也各有特色，如穆斯林风格、佛教风格、日本神道教风格。当然，他的大部分客户还是天主教徒，而这个群体依然希望葬礼要遵循“传统”，要包括守灵、瞻仰、吊唁、正式的仪式以及下葬。芝加哥大都市区还拥有数量庞大但背景不同的东正教信徒（具体到鲍勃所在的近郊，主要是叙利亚人和塞尔维亚人），根据他们的传统，守灵时家人通常要陪伴在逝者身旁，而且遗体不能火化。虽然自 20 世纪 60 年代开始，天主教教廷已经不再禁止火化，而且鲍勃服务的许多天主教客户都是移民家庭，原先生活的地方很少有人会对遗体做防腐处理，但来到这里之后，他们似乎已经接受了这一美国式传统，将其视为入乡随俗的必要一步。鲍勃说，在他服务的社群当中，葬礼可是重要的社会活动，散居在附近社区和远郊的亲朋好友会聚到一起，通过传统来维护他们之间的联系。在这方面，不光移民群体如此，非裔美国人也一样——他们同样倾向于给遗体做防腐处理，在葬礼上使用开放式棺材。

卡拉·霍洛韦等黑人学者指出，遗体防腐在黑人群体中起到了一个重要作用，那就是确保逝者遗体能被送回家，送回社区中间。更重要的是，“还乡”仪式给了逝者

“受到隆重吊唁的机会”，其中暗含了他们在生前可能未被给予的“尊重和崇敬”。“黑人的命也是命”运动将警方暴行暴露在阳光下之后，死得有尊严作为一种需求变得更为强烈。尽管在 2020 年的大部分时间里，大型葬礼都被叫停了，但之后情况很可能会回暖，一旦人员聚集不再具有风险，那些推迟的庆祝活动也会重新举行。当然，在这种情况下，遗体已经不可能出现在仪式现场，或许这会让丧亲之痛更加深切。正如霍洛韦所言，“亲手摸一摸、亲一亲遗体，通过瞻仰遗容来表达自己的哀痛，是至关重要的传统……非裔美国人向来都尊重遗体在场所具有的情感力量，所以（遗体防腐）很轻松便融入了他们的传统之中”。[15] 虽然不同群体的丧葬习俗如今差异巨大，但非裔美国人依然保留了遗体防腐和遗容瞻仰这两项，这种现象或许可以帮我们搞清楚为什么以前会有那么多人选择这么做。

鲍勃告诉我，家属要想为逝者守灵，“99% 的情况下遗体都得做防腐”。不过，鲍勃鼓励人们这么做，主要还是为了避免麻烦。毕竟，要是发生什么“恐怖”的事就不好了。“只要有遗容瞻仰环节，通常就意味着得做防腐，无论最后怎么处理遗体，是土葬还是火化，都没差别。我们会安全些，遗属也会安全些。一切都是按部就班。”对鲍勃而言，遗体防腐是出于安全需要。但从他的话里我们可以推断出，所谓的安全，一方面是指避免体液渗漏、口眼大张、肉体腐烂的浓重气味给遗属带来的情感伤害，另一方面则是指从法律角度保护自己。他暗示道，他可不想给遗属留下任何起诉他的理由，说他给别人造成了精神伤害。遗体防腐是一种干预手段，旨在解决死后自然发生的生化过程可能会触发的严重焦虑感。难道美国人对遗体腐烂尤其忌讳？

在办公室聊了一会后，我们乘坐一架宽敞的货梯（方便运送遗体和棺材），来到了殡仪馆的地下室。这是一片显然不会向公众开放的区域。沿着一条短短的走廊看过去，首先是个工作间，主要用作修理、改装棺材的场地，对面是个储物间，里面堆放着一箱箱十字架和装饰华丽的纪念性骨灰瓮，若是把它们放在某个老奶奶的陈列柜里也毫无违和感。各种用品堆得满满当当，甚至已经溢到了走廊；一些印着“婴儿棺材/中国制造”的纸箱子摞在一起，看起来摇摇欲坠。走廊尽头则是配备了茶水间的休息室。

鲍勃要先收拾一下防腐工作间，我和丹尼尔便在外面等着。这时，我注意到走廊墙上贴着一张破破烂烂的教学海报，列举了一系列尸检案例。这一大串的死因（近一百条）把我看呆了。“凶杀”“自杀”这种我猜到了，但没想到还有“拔牙”“烟花”“矿场意外”导致的死亡；以及还有些不知怎的让人感到很难过的条目，如因“酗酒”“受冻”“饥饿与脱水”而死。我有些被震撼到了，我们的人生故事原来有这么多种结束方式，而故事的最后一章竟然会由自己的遗体来讲述。

鲍勃拖着一个不知装有什么东西的塑料大垃圾袋走了出来，然后交给路过的员工，叫他扔了去。“别担心，不是污染物。”他不打自招地解释道。这下子，我更想看看里面到底是什么了，但鲍勃要领着我们继续参观别处，我只得作罢。这里的防腐工作间只具实用性，不怎么美观。“富美家”贴面的工作台和地上铺着的油毡，都露出了岁月的痕迹，在惨白的荧光灯之下更显老旧。屋子一边被管道设备占据，那东西看起来就像清洁工用的水槽，只不过多了几根软管。水槽旁边有一个小型的医用手推车，最上面搁着一台古旧的防腐灌注机。一根亮橙色的软管从中伸出，连接到一个盛放着防腐液的透明箱体上。灌注机表面喷着白色珐琅，调节流量的旋钮显得有些过大，整个装置看起来就像出自 20 世纪 50 年代的某部科幻电影。后墙上方挂着一排储藏柜，下方则摆着一溜操作台。台子上放着廉价的洗发露、发胶、化妆品，以及一个小音箱。我有点好奇他们在工作时会听什么音乐，感觉鲍勃很可能听的是芝加哥小熊队的比赛实况。

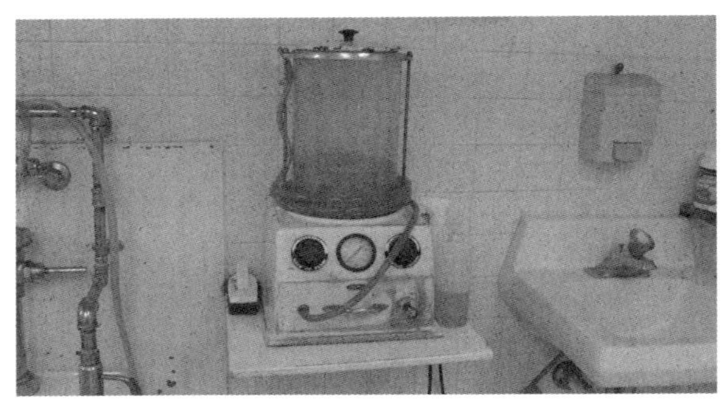

图 6

我们在鲍勃的领子上别了一个小麦克风，让他先进了防腐工作间。丹尼尔扛着摄像机，跟我站在走廊里。鲍勃转身面向我们，毫不做作地问道："所以，你们想让我来一场遗体防腐的小讲座？"我点点头。

> 简单说来，我们的循环系统是个封闭系统。你记得家里以前用的暖气片吧？里面流着热水。你家地下室里有个热水器，水烧热以后会被泵进管道里。加热系统不停往外泵水，让热水循环

起来，你的心脏就相当于这个泵。暖气片和其他的东西则相当于你的循环系统，也就是动脉、静脉、毛细血管那些。遗体防腐用的就是这个系统。

他进一步解释道，防腐液有不同种类，具体用哪种要根据每个人的死因、年龄、体重等因素来选择。体形是一个很重要的因素，无论是身材瘦小的人还是体格庞大的人都有适合各自体形的防腐液，你可不想防腐做得不够或者做过了头。接下来，他说话就直截了当了许多："好了，然后就是注入防腐液，你要先挑好血管，开始放血，让血流到那里面。"他指了指地上的下水口，继续说："很多人都说，'哎呀老天，直接就走下水道了呀！'是，就是直接走。我们这社会有好多事都直接进下水道了*，但我现在不想聊这个。"中西部人的幽默。

然后，鲍勃又介绍了在处理损毁严重或做过尸检的遗体时会用到哪些技术。有时候，他不得不建议家属别选开放式棺材，尤其是在死者死了几天乃至几星期后才被发现

---

* 此处原文为 going down the drain，常用来比喻某事或某物被白白浪费掉或彻底失败了。

的情况下，“这就是基本的化学常识，你想想，遗体晾在外面会怎样？防腐能阻止这种情况的发生。我们不是要在这个国家盖金字塔，我们也不在乎遗体能否像木乃伊那样从古埃及时代一直保存到现在。我们虽然不是上帝，但还是能做到很多像魔法一样神奇的事”。

我开始做这个项目的时候，怎么都不会想到自己会跟魔法师和古埃及人扯上关系。

^^^

迈克尔也是一位职业防腐师。他和伴侣生活在旧金山，两人的公寓位于一片靠海的平坦地带，环境十分安静，整个社区常常被笼罩在海雾之中。我们把拍摄地点定在了他家客厅。进门之后，我发现地上有一个小小的祭坛，上面摆着一个古埃及人用来象征生命的安可架、一尊猫首人身的巴斯泰托女神塑像、一只圣甲虫、两只分别用法老守护神荷鲁斯和死神阿努比斯（与木乃伊制作有关）的头像装饰的骨灰瓮，还有一些我叫不上名来但显然与古埃及有关的物件。我们在客厅里调试好设备，准备开始采访，迈克尔坐在复古软沙发里，织锦沙发的图案是许多飞翔的小天使。

迈克尔曾做过牙科技师和化妆师，后来转行做防腐师，因为他发现这份工作正好可以将自己在医疗保健和美容方面的工作经验结合到一起。他说话语气缓慢而谨慎："我的技艺是一门不同寻常的技艺。我从一开始就很清楚，我能做些有用的事。"在殡葬学校接受职业培训并获得从业证书之后，迈克尔加入了某大型集团——鲍勃的殡仪馆就是卖给了那家企业。正如我从其他殡葬师那里了解到的一样，在主城区运营的大公司一般都会悄悄将遗体转运到工业区的集中处理设施处，经由防腐师和修复师组成的团队处理后，再运回殡仪馆，让处理好的遗体最终出现在葬礼上。

没过多久，迈克尔每月处理的遗体数量就达到了一百具。他的专长是针对枪伤等外伤的遗体修复，但这份工作强度非常大，也不太符合他对这门手艺和照护的理解。同贝弗利一样，迈克尔也将自己所从事的工作视为一种使命，但他受到的感召可能更接近她父亲那种。他的服务对象是逝者，不是遗属。他说自己做的事"远不止一份工作，而是单独与逝者个体相处的机会，这是他们最后……（他顿了顿）被人们看到的样貌"。我有些好奇他原本准备说什么——最后的派对？最后一次拍照？最后一幅记忆图景？但他改了口，或许是因为在这个日新月异的领域里，他还在努力找到自己的角色以及正确的语言吧。采访期间，迈克提到那些受自己照护的逝者时，没有用“至爱”这个叫法，而是反复称其为个体。很多小型殡仪馆的殡葬师也会兼做防腐师，所以他们要照护的人既包括逝者，也包括生者，但像迈克这种专职防腐师就很少和家人有交集了。

最终，迈克尔离开那家大企业，加入了一家主要从事遗体防腐和自然殡葬（或称“绿色殡葬”）业务的创业公司。他对两种处理方式都能接受，但也逐渐开始担心遗体防腐可能会对环境和人身健康造成的影响。新一代的化学防腐剂的腐蚀性虽然不像以前的福尔马林那么强，但依然可以渗入和灼伤皮肤。他解释说，遗体下葬后，防腐处理产生的液体和气体会逐步消散，土壤就像一个天然的过滤器。但传统墓地里的套棺由混凝土制成，有毒物质被屏蔽其中，而且会越聚越多；只有等到逝者的配偶去世，需要开棺合葬时，或者套棺在自然力量的缓慢作用下不可避免地开裂后，有毒物质才能逐步散去。

尽管他的祭坛上供奉着埃及神明（我们没有讨论这一点），但迈克尔说，现代遗体防腐处理并不是要把遗体变得像木乃伊那样万年不腐，而是只会在短时间内有效，一般是几年，或许能达到几十年，但达不到几百甚至上千年。由此，我又意识到一件事：在对遗体防腐处理的理解上，专业人士与普罗大众之间有一条巨大的鸿沟。大部分外行人似乎都认为防腐处理可以让遗体永不腐烂，但实际上，同所有考古遗迹一样，遗体的腐烂速度跟所处环境有关，受土壤的化学构成、墓室和棺椁的设计、水分含量、四季的温度变化影响。防腐处理只能推迟腐烂，不能阻止，这个技术本质上还是为了服务葬礼。

采访快结束时，我让迈克尔讲讲工作中最难受的事。他的回答和我采访过的其他殡葬师一模一样：孩子。他给我讲了第一次给小孩子做防腐的经历，整整一个小时里他都在想，一个人有了孩子、当了父亲之后，又失去孩子，会是什么感觉。

在美国另一端的某座南方小城，我倒是采访了一位已为人父的防腐师杰弗里。他女儿是个意志坚定的少女，采访期间，杰弗里受到她的“短信轰炸”，导致我们的聊天数次被打断。谈到社会变化对殡葬产业造成的影响，杰弗里非常坦率。在他生活的地方，绿色殡葬极少被人提及，火化率的增速也低于全美平均水平，但别的变化很明显。首先是来参加葬礼的人越来越少了。这倒不完全是出于主动选择，很大程度上是由于很多人搬到了其他州的城市，一家人分散在天南海北。此外，低收入群体（大部分为黑人，也是他客户群的主体）根本找不到那种可以提供带薪丧假的工作。传统葬礼一般要分几个阶段进行，从守灵到下葬，再加上亲朋来访所需的时间，至少得三四天，所以就连近亲都做不到请这么长的假。他说，现如今参加葬礼，亲朋好友能心无旁骛地把注意力集中在死者身上的时间，通常只有四十五分钟左右，还不如一集电视剧长。在杰弗里看来，这是美国人现在生活得匆匆忙忙的表现之一。葬礼规模“变得越来越小，是因为在当下的文化环境中，我们不能再像以前那样休假，没有这个自由了。人们只能被迫在‘我是趁放假去参加姑姥姥的葬礼呢，还是利用这几天多陪陪孩子？’之间做选择”。来葬礼的人少通常是一件很尴尬的事，他开玩笑说“也许是因为去世的那个奶奶是个泼妇”，但又赶忙解释道，幽默是这行的应对机制。“我们通过开玩笑来释放压力，能笑的时候就得笑，因为剩下的时间你只能哭。每天都跟死亡打交道的压力实在太大了。”在我采访过的传统殡葬师中，愿意承认这一点的人寥寥无几，他是其中一个。其余大部分人在这行浸淫已久，都已经习惯了情感不外露。

只要客户的要求合理，杰弗里都会尽量满足，但对于曾经帮助遗属实现过什么样的特殊请求，他不太愿意多说。“我发现有意思的是，很多人都会找来对死者意义特殊的东西，要求一起放到棺材里。这种情况很常见。我们都上过历史课，知道古埃及人喜欢这么干，但其实这在今天的社会也依然盛行。我就见过各种各样的陪葬品，从烈酒到照片，再到大麻，甚至还有一次是只导盲犬，只有你想不到的……”

好吧，“美国式埃及人”又出现了。在古埃及神话中，豺头人身的阿努比斯会陪伴法老前往来生，而且埃及人还会把宠物做成木乃伊来陪葬。但对于那只导盲犬，杰弗里只说那是因为狗跟主人差不多时间去世，便没有继续解释了。他不希望这成为一种趋势，所以也嘱咐遗属别把这件事讲出去。顺便说一句，杰弗里自己也是一位爱意泛滥的“狗爸”，养着一只高大、立耳的杜宾犬。

采访快结束时，丹尼尔问杰弗里在职业生涯中有什么印象深刻的故事或经历。杰弗里突然严肃起来，给我们讲述了他如何经过艰难的内心挣扎，满足了一个叫凯勒布的小男孩提出的特殊请求。一天，凯勒布的父母打电话给他，解释说孩子得了白血病，在与病魔搏斗期间，凯勒布本人一直参与治疗方案的探讨，而且总会问很多问题，比如接下来要怎么治、会有什么感觉。但随着救治可能性越来越小，凯勒布意识到自己快要死了，便把兴趣转向了遗体防腐。他想去参观一下防腐工作间，看看自己的遗体最终会去的那个地方，还希望杰弗里能跟他讲讲会发生的事。这样的请求把杰弗里吓个半死，起初他还想劝凯勒布的父母别这么做，但听到对方解释说这确实是凯勒布的一个遗愿后，他同意了——

> 我带他参观了殡仪馆。当然，我提前确认好了防腐工作间里当时不会有任何遗体。我没带他进去，只是在门口看了看，跟他介绍了房间的用途以及里面的那些东西。三天后的夜里，电话铃响了，是他爸妈的来电。他刚刚去世，现在躺在卧室里，身上还穿着蝙蝠侠睡衣。我赶过去，把他的遗体接回了殡仪馆。但最难过的事还是把他一个人留在防腐工作间里，然后关灯离开。因为我想起，就在几天前，我还拉着他的小手站在门口，跟他解释什么是什么。这可能是我这辈子最

艰难的一次遗体处理。

杰弗里哽咽着说完最后几句话，抓起一张纸巾（殡仪馆里随处可得），擦了擦眼睛。接着，他露出一个大大的微笑，开玩笑说最后这段表演免费，不用我们再加钱了。但我知道，他并不是在演戏，而且他似乎对自己的反应有些惊讶——或许是平时很少有机会跟别人说起工作上的事吧。人们可能很少会问，因为他们不想知道。

凯勒布的故事之所以动人，不是因为最后那个不可避免的忧伤结局，而是在于他不仅敢于面对死亡，还敢于追问自己的身体在死后会怎样。在面对现实的问题时，这个八岁小男孩的勇气不逊于任何人。

^^^

新奥尔良人最自豪的一点是他们在很多事上都特立独行，面对死亡也是如此，比如他们有闻名遐迩的地上坟墓和爵士乐葬礼。[16] 不过，现实情况是这座城市有着浓厚的天主教色彩，虽然信徒不一定有多少，但城市文化却深受宗教影响，所以火化率的增长非常缓慢。一位新奥尔良的殡葬师告诉我，这个数字目前只有 30%，也就是说除非遗属遵循的是较为保守的犹太教或伊斯兰教习俗，否则大部分遗体还是会做防腐处理。当然，选择遗体防腐也不一定就意味着无聊。同美国各地一样，新奥尔良的殡葬业也正经历着各种变化。唯一不同的是，新奥尔良人不仅继续直视死亡，还认为死亡也要直视他们。

帕特里克一家人都做殡葬生意，到他这儿已经是第五代殡葬师。这份家族生意的总部位于一幢维多利亚时代风格的大宅子中，我们把采访地点也定在了这里。这家人的创业经历很具有代表性：1874 年的一场黄热病大流行，让他的高曾祖父辞去代人养马的工作转入了殡葬业，一个在南北战争的尸骨和灰烬中迅速崛起的新兴行业。

帕特里克带着我们一一参观了大宅子的各个房间，还介绍了里面的各种古董，每一件都有个有趣的起源或背景故事。但我想采访帕特里克的原因，并不是他这爿生意是南方殡仪馆的典型，值得拍成好莱坞电影，而是因为他最近协助组织了一场非常特别的葬礼。说到米基·伊斯特林人生故事的最终章，帕特里克倒是很乐意聊一聊：“她坐在那种公园长椅上，是从她家后院找来的一张锻铁长椅。她穿戴整齐，别了一枚钻石胸针，手上夹着一个烟嘴，里面插着香烟，脖子上围着一条羽毛围巾。她是新奥尔良的社交名流，只想最后再办一场派对。你真的得亲眼看到（才能理解），因为那幅场面确实有一点冲击性。”讲最后一句话时，他脸上露出了一个腼腆的微笑，但神情中又夹杂着一丝调皮。

经过防腐处理后，米基·伊斯特林的遗体被摆成了清醒时的姿势。有些殡葬师谈起这项新技术时，会把声音压低到耳语：“极致防腐术。”简单去搜一下，你就会知道这个潮流大约在 2000 年代中期起源于波多黎各，如今在拉丁美洲依然算是新鲜事物，而在美国的话，据我所知只在新奥尔良出现过。竟然还有这种潮流，我的兴趣一下子就上来了。丧葬习俗跨越国家和种族界线的速度往往非常快，而极致防腐术就是其中一例。[17]

伊斯特林女士不是第一个这样做遗体防腐的新奥尔良人，当然也不是最后一个。第一个“尝鲜”的人是备受当地人爱戴的莱昂内尔·巴蒂斯特叔叔。2012 年，这位出身音乐世家、来自非裔克里奥尔人聚居区特雷梅的爵士音乐家经过极致防腐术的处理后，被巧妙地用一根假路灯柱子撑起来，以站姿出现在他自己的葬礼上。向来衣着时髦的巴蒂斯特头戴圆顶礼帽，身穿奶白色西装，系着明黄色领带，胸兜里塞着同色系方巾。据某报的报道，“他脑袋微微歪向左边，似乎准备从天鹅绒制的隔离带后出来，悠闲地走到法国街，在那里尽情跳舞，尽情喝酒。斯特利维尔顿足者乐队的大号演奏者伍迪·皮尼尔说：‘他去世前的那个星期四，我去看过他，他今天的状态看着比那时好。’”这些非常特别的安排全部按照他儿子的愿望设计，他说自己的父亲是一个“很有个性”的人，做儿子的希望父亲的葬礼也能反映出这一点；而且他答应过父亲，要让他走得“别具一格”，趣味和幽默当然是必须要有的元素。尽管媒体揪着巴蒂斯特葬礼的“冲击性”不放，但前来参加葬礼的人显然没有什么负面看法。帕特里克回忆道：“我都有点觉得他会动……以前从没见过这种场面，很完美，既美好又奇怪。”承办这场葬礼的夏博内殡仪馆同样已经传到了家族的第五代人，该机构的高级殡葬师说自己从业五十载，还是第一次这么处理遗体。不过，他不太愿意分享商业秘密，只是俏皮地说：“你得跳出框框来思考，所以他就来到了框外，我们不希望他被局限在棺材的框框里。”[18]

极致防腐术服务肯定需要额外收费，但不是只有莱昂内尔叔叔或米基·伊斯特林这类公众人物才能享受。梅女士在去世前并不是什么名人，五十三年的人生基本上都在新奥尔良某个闭塞落后的街区度过，2014 年时她得了中风，最终因并发症死在了医院。她当女儿一样养大的侄女泽莫拉，给她安排了后事。我问泽莫拉为什么会做出如此不寻常的选择，她说她想和姑妈多待一会，而且姑妈是个很特别的人，她的守灵仪式得反映出这一点。在殡仪馆举行的葬礼上，梅的遗体被摆成坐姿，身穿圣徒队的运动服，靠在自家厨房的餐桌上，然后边抽着烟，边喝雪山啤酒，宾客们可以坐在她身旁对她诉说哀思。这简直是把“吊唁”提升到了一个新层次。我们采访泽莫拉时，葬礼已经过去一年，但她时不时还会用好像姑妈还在的语气来谈她：

> 她就是与众不同，是个胸怀宽广的人。有时候特别好玩，但有时候也挺刻薄——好的意义上的刻薄！你真的很难去描述她的个性。我知道她喜欢什么。她喜欢自己的家庭，喜欢派对，所以我就组织了一个派对。我在殡仪馆放了很多桌子，上面放着啤酒和口杯。葬礼上，大家喝着酒，就像参加派对一样，只不过她已经去世，没有亲临现场。我想要快乐的气氛，现场确实很快

乐。梅是一个充满爱心的人，心思像少女一样。

我很怀念那样的她。

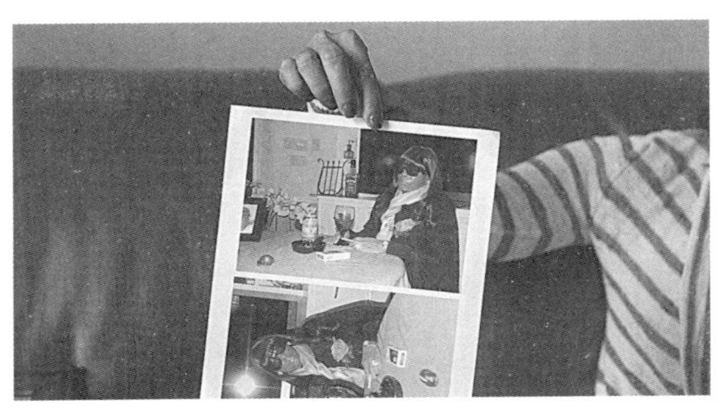

图 7

泽莫拉说姑妈“没有亲临现场”，着实让我有些困惑。这说明泽莫拉并没有把梅和她的遗体画上等号，但梅又似乎以别的形式出现在了现场，让派对得以进行下去。或许正如赫尔兹在其他文化中观察到的那样，在仪式举行的过程中，梅的遗体和灵魂开始分离，最后成了两个完全不同的存在吧。至少在人们的想象中，梅女士“目睹”了整场葬礼。泽莫拉说：“我知道她不会忘记这段经历。”梅处在临界状态的遗体非但没有让人害怕（至少对朋友和家人来说是这样，他们对葬礼的评价都很正面），反而把葬礼变成了一场令人愉快的活动，让人们多了些时间与她告别。泽莫拉把梅女士的葬礼办成了她在世时会喜欢参加的那种派对。

如果死者是早逝或意外死亡，那遗属会需要更多时间与之告别。新奥尔良的另一个极致防腐术案例发生在2018年。年仅十八岁的雷纳德·马修斯被人开枪打死后，夏博内殡仪馆承接了葬礼活动。马修斯的遗体坐在椅子上，面朝电视，手里拿着一个游戏机手柄。家人希望记住他正做自己热爱的事情时的样子。这是一幅记忆图景，或者更贴切一些，是一尊记忆雕塑，将他定格在了枪击发生前的欢乐时光里。[19]

^^^

你要真的想否认死亡，难道不会见遗体就逃跑？难道不会合上棺盖，马上把遗体送去火化，或者在追悼仪式上直接用照片来代替遗体，或者干脆不举办任何仪式？其实，遗体防腐与遗容瞻仰之外的多种非传统殡葬仪式正越来越流行。而且我发现，美国丧葬习俗与死亡否认之间的关系，要比大部分学者和文化批评人士认为的更复杂。或许对很多人而言，站在开放式棺材前瞻仰经过防腐处理的遗体已经不像以前那样有魔法般的治疗性了，但我们如果观察得再仔细些，就会发现这种怪异的美国式传统中还包含着一些有趣的事实。

防腐师们打心眼里相信，与一具容貌经过修复、看起来平静安详的遗体相处具有治疗力量。正如鲍勃所暗示的那样，防腐处理作为一种净化仪式，旨在中和逝者的遗体可能会给生者造成的在情感上的危险影响（但被误解为出于卫生考虑）。悼念者不用着急接受必然发生的事，也就是腐烂的过程，因为这会让逝者看起来不像他们认识的那个人，进而引发各种混乱。就像迈克尔说的，这一切只与逝者个体有关。遗体及其代表的那个人，就是葬礼中的圣物。

按照传统殡葬师的说法，遗体防腐是一种治疗的魔法，因为它可以给生者一个与逝者见面、向逝者诉说的机会；为亲朋好友留出足够的时间来整理思绪、与逝者告别，帮助他们接受死亡的事实；为哀伤过程的最后阶段"接受"（acceptance）打开突破口。倡导家庭自办葬礼运动的杰瑞格里斯及其支持者，也十分重视"遗体疗法"的功效，只不过他们临时保存遗体时用的是干冰，不是福尔马林。

美国人对于亲眼见到逝者有一种明确需求，而遗体防腐就是为了满足这种需求而引入的最新技术实践。无论如何，两百多年来，美国人都确确实实以这样或那样的方式直面死亡。遗体防腐是从一种可以被称作“死亡见证”（death witnessing）的古老传统中脱胎而来的巨大创新。通过思考、缅怀逝者独一无二的身体与灵魂，死亡见证给予了死者应有的尊重。而在这充满留恋的注视中，死者与生者的关系也被排到了人神关系的前面。

遗体防腐与遗体修复的目的，不是要制作木乃伊，而是为了操控人们对时间的感受。我觉得罗伯特·赫尔兹在他与人类学继续打交道的来生中也会点头同意。遗体防腐可以拉长生物性死亡与社会性死亡之间那个模糊的临界阶段。睡眠是二者的中间地带。经过防腐处理的死者（几乎）总是双眼紧闭，棺材也总会用缎面做内衬，里面还会放上枕头。防腐处理似乎让时间神奇地回到了逝者死亡前没有遭受痛苦的时候，它减慢了时间的流逝，推迟了腐烂的发生，让遗属们有几天的时间来举行仪式。经过防腐处理的死者徘徊在两个世界中间，尚未“完全死亡”。而这种徘徊，且不论是如何完成的，都能让生者有机会慢慢告别，进而抚平社会创伤与情感的伤口。美国人并不想用遗体防腐来否认死亡，而是把它发展成了一种减慢死亡速度的仪式，让生者能再留恋地看一眼，再好好地道个别。尽管到了 20 世纪，美国人的遗体防腐和遗容瞻仰作为一种民族习惯，显得十分怪异，但我们若将目光转向西方文化传统之外，就会发现美国人其实一点都不孤单。葬礼所起到的作用，正是传统的功能主义人类学认为它应该具有的功能：把人们团结在一起。

第 三 章 骨

我最珍视的首饰是一个挂在金链上的小玻璃瓶，透过瓶身可以看到里面装着的东西——杰萨的十几克骨灰，那是她母亲，也就是我嫂子亲手装进去，然后用软木塞封好的。每当我看到它时，都会好奇她这样处理女儿的骨灰时是何种心情。当然，在我眼里，这条项链更像是护身符，而不是一种“死亡警示”（memento mori）。它一点都不病态，它的目的不是让我们记住死亡，而是记住杰萨的生命。手心里捧着这个玻璃瓶，我会更容易想到她。我侄女现在分散到了家人和朋友身边，存在于许多地方的许多纪念品中。这条项链我戴过几次，但大部分时候都挂在一只相框上，里面是杰萨去世前不久的一张自拍照，看起来是那么美好，就像一朵娇柔的少女花。

^^^

“摄像机关了吗？那玩意关了吗？”亚当指着丹尼尔的摄像机问我。丹尼尔关掉后走到一边，把三脚架留在了原地。亚当经营着一家位于近郊的殡仪馆，接受采访时，他时而魅力无穷，时而暴躁不堪。我问他对火化这一趋势有什么看法，他思考了一会，严肃地看着我说：“那是工业焚烧。”但他很清楚，大部分客户对于事实真相并不感兴趣。

火化用的大型焚化炉在业内被称作“干馏炉”（retort），由不锈钢、铝、耐火砖制造而成，并配有传送带和计算机控制按钮。干馏炉的烟囱会喷出各种颗粒物，数量多到了环境保护局要定期监测的程度，而如果喷出的烟雾太黑，还会引来当地消防部门。尽管一些殡仪馆和公墓还有自己的火葬场，但今天的大部分火葬场都会建在都市工业区内，与焊接厂、飞机场及防腐机构为邻。

火葬场是大规模集中处理遗体的地方，各家火葬场都拥有自己的冷藏间来存放待焚化的遗体。在办公时间，灵车和冷藏车进进出出，将遗体从附近几家（有时甚至是几十家）殡仪馆运到这里。干馏炉和处理医疗废物垃圾的焚化炉差不多，生产厂家都是同一个，但前者的内部温度可达约 800 到 1000 摄氏度，所用燃料为天然气或丙烷。火化时间从四十五分钟到两小时不等，一般取决于干馏炉的结构和逝者的体形。据某大型干馏炉生产商报告，他们的产品平均“销毁率”可达到约每小时 45 千克。但干馏炉并非像人们以为的那样，直接能把遗体烧成珍贵的骨灰，想得到骨灰还要借助人力。火葬场的工作人员用耙子确认棺材（通常就用硬纸箱）、衣物、血肉都已经被烧干净后，会将剩下的干骨清理出来，准备压碎。大一些的骨头，如颅骨之类，或许还得用拨火棍才能取出来。正如世界其他地方用柴堆火葬（pyre cremation）烧出的遗骨那样，从干馏炉中清理出的骨头其实很容易就能辨认出哪块是哪块。在一些文化传统中，焚烧后的遗骨会用瓮、箱等容器存放，这种情况下火化后还要再加一个步骤，那就是用手将较大的骨头折断，使之更容易放入逝者最终安息的容器中。到 19 世纪末，火化和骨灰瓮开始为越来越多的欧洲人接受之后，这个碎骨过程也被工业化了。人们发明了骨灰研磨机，能把骨头磨成大到石子、小至沙砾的均匀颗粒。经此处理之后的骨头已经完全看不出曾经的模样，所以这种处理方式也很快就变成了受欢迎的选择。[1]

人们这么做，或许是想尽可能将《圣经》中“尘归尘”的说法变成现实吧。我们通常会将工业火化的输出品称为“骨灰”（ash），但严格来讲，那其实是骨头经过焚烧、研磨后形成的粉末。木头、煤块燃烧后留下的灰烬主要由残炭构成，但人体在火化时，所含的碳都会被烧掉，所以最后的产物叫“骨尘”（bone dust）可能更准确。现在还有些人开始把这一最终产物称为“火化后的遗骨”（cremains）*，但大部分我采访过的殡葬从业者都认为这种新称呼令人反感。同遗体防腐一样，大众对火化也有很多错误认知，而其中最大的一个误解便是火化要比传统土葬更绿色、资源损耗更少。但事实是，多数干馏炉都需要大量化石燃料来维持运转，再加上有机物质的燃烧，火化过程会释放二氧化碳（主要温室气体）及一系列其他有害气体（二氧化硫、氮氧化物）并生成包含重金属的微粒。烧完之后，逝者的遗体主要是磷酸盐（48%）、钙（25%）、硫酸盐、盐分、钾、二氧化硅和一大堆微量元素（含量多少取决于逝者的年龄、饮食习惯、生活区域、病史）。在

* 由 cremated remains 缩减合并构成。

遗体火化前，起搏器和外科植入物会被取出来，因为这些东西可能干扰火化，甚至引起爆炸；在遗体火化后，补牙用的填料、戴在遗体上的首饰等小物件都会被一块大磁石吸走，剩下的东西才会被送入骨灰研磨机。[2]

^^^

当然，火化也可以很浪漫。1822 年，英国诗人珀西·雪莱乘船出行时不幸遇难，他的好友拜伦勋爵等人在意大利某处海滩上堆起柴堆，为他举行了露天火葬。无论是在生前还是在死后，浪漫主义者都希望能复兴在他们看来更为高贵的古希腊和古罗马的事物。受过教育的欧洲人慢慢接受火化后，其他欧洲人对它的文化偏见（主要来自基督教文化）也开始一点点减少，但直到 19 世纪末，火化才真正流行起来——只是“火起来”的原因完全不同。当时，英国及欧洲大陆开始力推工业火化，主要是为了解决城市墓园臭气熏天、过度拥挤的危机，早期试验对象则主要是穷人的遗体。这场卫生运动虽然没有让欧洲像美国那样开始对遗体进行防腐处理，但确实推广了火葬。进入 20 世纪后，在欧洲大陆、英国、澳大利亚，越来越多的非天主教徒开始把这种“干净”的处理方式列为首选。当然，这样的历史谱系可能有一点过于简洁、过于以欧洲为中心了。历史学家大卫·阿诺德认为，促使火葬被更多人接受的另一个重要因素，是印度的印度教徒、佛教徒、锡克教徒强力驳斥了英国殖民政府对传统火葬的批判。这样的争论让更多人了解了什么是火葬，而政府出于实际需要，也必须满足印度移民的火葬需求。[3]

火葬作为一种人类丧葬习俗，可以追溯到远古时代。考古证据显示，澳大利亚土著至少在两万年前就已经有火葬的做法了。实际上还可能追溯到更早之前，因为火化后的骨灰无法长久留存，除非是被放置在专门的骨灰瓮或盒里，否则便会混入其他地层或地面垃圾中，在考古挖掘时极易被忽视。在亚洲地区，火葬的出现时间可能要远远早于印度教和佛教诞生的时间（分别兴起于四千年前和两千五百年前*），这两大宗教不但鼓励火葬，有时甚至会要求火葬。在近东地区和欧洲，考古学家发现过一些骨灰瓮等容器的证据，并将火葬的历史追溯到了至少五千年以前。时间再往后推一些的话，罗马帝国时期已经出现了火

* 事实上，一般认为印度教自婆罗门教发展而来，形成于公元 8 世纪左右，而佛教起源于公元前 6 世纪至公元前 5 世纪之间。此处可能是作者的笔误。

葬后专门用来盛放遗骨的容器，通常由大理石、雪花石膏或玻璃制成，堪称艺术品。社会上层人士会将骨灰瓮放在装饰华丽的坟墓中，方便遗属在各种重要节日——尤其是罗马亡灵节——纪念死者。而在平民中间，骨灰瓮可能由其他东西代替，有可能是长方形的大木箱，也有可能就是一个酒瓶子。在青铜时代和铁器时代的欧洲，盎格鲁-撒克逊人等“野蛮人”也曾有过火葬习俗，但基督教传入欧洲后，对于亡灵归来的怪异崇拜（认为火化的遗体不能在末日审判时复活）将火葬这种处理方式抹除得一干二净。进入 19 世纪后，在新教、新异教主义、世俗主义以及来自殖民地的移民影响下，火葬有了重返欧洲的机会，而火葬的复兴也意味着精美的罗马式骨灰瓮得以再现江湖——雪莱应该会很高兴。[4]

现代火葬的故事一部分是历史复兴，一部分是工业创新。但越来越多的美国人开始渴望一种更加“真实”或者说符合浪漫主义的火葬形式。同家庭自办葬礼或绿色殡葬运动的支持者对遗体防腐及商业化殡葬的批评一样，新型火葬的倡议者也希望这种处理形式能少用一些技术，多留一些家庭自主权。他们认为，露天柴堆火葬会与自然元素更协调，也更符合古人的习俗。我们在根恩维尔公墓遇到的埃里克很喜欢维京人的船棺葬，但其实有他这类想法的美国年轻人并不在少数。乔是一名考古学专业的学生，在我和丹尼尔开始准备合作拍摄纪录片时，他很好心地答应了我们的采访要求。我的想法是通过采访他来练练手，好搞清楚真正开拍后该怎么做，比如，怎么站在丹尼尔身旁但不入镜，怎么帮他布置采访现场和录音，怎么在不影响后期剪辑的同时保证对话顺畅。可没想到的是，乔竟然成了我们采访镜头中最有魅力的人之一。而且更让我惊讶的是，他也同埃里克一样，深入思考过自己想要什么样的葬礼：

> 我想被烧掉。我想要火葬。我一直都对火有着某种迷恋，还有某种依恋。除了那些随机产生的火，比如森林大火、意外失火，大部分的火都具有社交性质，人们围着火做饭、吃东西、取暖、告别。如果你希望在你去世后，朋友们能有机会聚到一起，聚在一个温暖的地方，那我觉得比起聚到毫无生气的殡仪馆大厅，大家在河岸上生个火，再喝点小酒要好得多。我觉得没有比这更美好的告别方式了。

但正如乔在采访中指出的那样，这种殡葬形式目前在美国大部分地方都不合法。毕竟，明火本身比较不好控制，而且要在一堆木柴中找出所有遗骸也不那么容易。科罗拉多小城克雷斯通是著名的静修胜地，吸引了众多印度教徒、佛教徒以及嬉皮士们前来静修，而在“克雷斯通临终项目”（Crestone End of Life Project）的努力下，这里也是我写这本书时美国唯一一个允许露天柴堆火葬的地方。公众对此兴趣异常高涨，所以没过多久，组织者便不得不设下一条限制：只有萨沃奇县的居民和土地所有者才能享受这一服务。但结果是，现在该地区的人口有了小规模增长。与此同时，密苏里州民主党参议员杰森·赫斯曼在 2019 年提出过一项议案，旨在让密苏里成为第一个完全将露天火化合法化的州。在这个政治分歧严重的时代，该议案在两院获得了通过，但最终却被州长否决了，理由是议案未充分说明“健康和安全关切”要如何解决。赫斯曼的议案被戏称为“绝地武士处理法案”，因为“星球大战”系列影片中出现过柴堆火葬场景。但他还援引了其他文化的影响：“维京人、美洲原住民、移民……我个人很希望自己的生命结束后有一场露天仪式。我不想被放进焚化炉里，也不想被埋到地底下。可现在，当权者和政府却说我不能那么做。我觉得这违背了美国的价值观。”赫斯曼认为政府不应当强行规定我们如何处理逝者遗体，这说明美国人的公民自由观念现在终于同公民宗教发生了冲突。我们或许可以称之为葬礼方面的反联邦主义。当然，赫斯曼也不忘同各位立法者强调，密苏里若通过这一议案，便拥有了一个得天独厚的机会，可以将露天火葬这个小产业推向全美市场。美国人的创业精神从来都不让人失望。[5]

当然，对于宗教自由的需求，工业化火葬场的经营者也并非充耳不闻。比如，为了服务印度教徒以及其他相信见证火化过程非常重要的群体，他们也对火化服务进行了一些现代化改造，其中之一便是设立观察室，让遗属可以站在窗户后面，亲眼看着遗体进入干馏炉。另一个相对常见的变化则是允许遗属亲自启动炉子的开关——就像火炬手点燃火炬一样。

为了让遗体处理更为方便，相关技术也在不断进步。考虑到焚化炉会消耗化石燃料、排放污染物，工程师一直在寻找其他解决办法。其中，碱性水解法主要利用加热后的碱性溶液来溶解软组织，不会消耗化石燃料，也不会排放烟尘，所以有时会被宣传为“绿色火化”（green cremation）或者“水中火化”（water cremation），目前已经在一些州获得了批准。另一种目前还在完善的方法叫作“冷冻葬”（Promession，这个词已被发明者注册了商标），其过程主要是将遗体冷冻干燥后，再将其摇晃成碎片。所有这些创新都表明，人们对于快速处理遗体有着迫切的需求。一个原因当然是早点熬过令人不适的腐烂过程，另一个原因则可能是家属想要尽快拿回骨灰，以便举行葬礼。和遗体防腐一样，处理仪式也是为了控制时间，只不过防腐是为了减缓社会性死亡的速度，火化是为了加快生物性死亡的速度。[6]

^^^

曲线造型的经典骨灰瓮脱胎于“姜罐”，一种古代人用来盛放油、药膏等产品的容器。这种容器的盖子可以拿下来，其设计初衷是用于存放经常取用的物品。考古学家会告诉你，食物等必需品的储存虽然是一种不太受关注的人类行为，但却推动了大量的文化创新，让我们可以去想象并规划未来，控制灾难或物质紧缺带来的风险。此外，储存或者说囤积物品也是一种控制供需、聚敛财富的手段。这一切都是期货交易。

然而，把亲人骨灰储存起来，以后能有什么用处呢？

在其他社会中，用瓮存放逝者的枯骨可能是为了方便把先人的一部分留在身边，因为有些仪式需要他们参与。但美国的大众宗教一般都反对偶像崇拜，所以祖先崇拜的说法似乎行不通。从钱的角度来讲，火葬确实要划算一些，甚至有些提前规划自己后事的人也是这么解释的，但死亡毕竟是大事，真是很难想象遗属们在悲痛万分的情况下，还会一心惦记钱多钱少的问题。同遗体防腐一样，在现代火化的问题上，很少有人会停下来问一问这份工作对于那些承担火化工作的人到底意味着什么。回顾历史，西方的火葬推广运动显然与城市人口过密导致的公害问题有关。火化倡导者为了支持自己的立场，往往会想方设法地恶心人，让大家想象腐烂的过程有多恶心，想象亲人的遗体埋到地下后必然会被来回蠕动的蛆以及其他密密麻麻的小虫分解掉。在那场卫生运动的顶峰时期（约 1880—1920），这一策略可以说行之有效。不过，火葬其实同宗教和反宗教也有关系。宗教学者斯蒂芬·普罗瑟罗指出，火葬在美国尤其受反天主教人士的欢迎，但同时，无神论者、唯灵论者、互相竞争的新教派的信徒分别出于各自的意识形态原因，也会选择这种处理方式。所以，火葬从来都不只是为了省钱和图方便。[7]

火化之后会发生什么？我们时不时就听说猫咪或者小孩子打翻了骨灰盒，然后引出了尴尬的事情：到底该不该用吸尘器来清理？尴尬感往往能制造出最好的笑料，电影《谋杀绿脚趾》（*The Big Lebowski*）和《拜见岳父大人》（*Meet the Parents*）中的骨灰事故就是明证。我想，我们之所以发笑，是因为不知道自己在做什么或者为什么那么做。火葬或许很好地证明了一个甚少有人讨论的人类学现象，那就是有些文化习俗似乎是不完整的。几十年来，美国人一直在急急忙忙地为这种物质实践设仪式、订规矩、找理由，但人们当初决定这么做时，根本没怎么考虑过后续怎么办。诚如亚当所言，火葬本质上是“工业焚化”，是一种垃圾处理方法，但哪怕是面对骨灰这种看起来既卫生又方便的形态，我们似乎也很难把人的遗骸简单地视为某种无生命物质。所以，要怎么办才好？

在维多利亚时代，罗马风格的瓮变得流行起来，在墓园中或家庭里都随处可见。有些瓮被用作装饰性花盆摆在园子里，而“姜罐”形状的瓷瓮则通常会和各种小摆件一起挤在中产阶级和上层阶级人家的壁炉台上。20 世纪初的一些文学作品也时不时提到此类物件，但要想搞清楚它们到底从何时开始变成了家中盛放骨灰的容器，确实有些困难，因为即便在 20 世纪中期，商业杂志上宣传的大部分骨灰“瓮”其实只是木盒子。到了 20 世纪 60 年代，随着火葬越来越受欢迎，墓地迅速跟上形势，开始设立安放骨灰盒的壁龛并提供埋葬骨灰盒的服务（到目前依旧是唯一被天主教会批准的骨灰归宿）。但与此同时，一场“带它回家”的运动也开始兴起，而壁炉架上那些瓮，自然就成了把亲人骨灰带回家的现成容器。不过，最后有多少盒骨灰是在被塞进柜子之后，几乎被遗忘得一干二净呢？

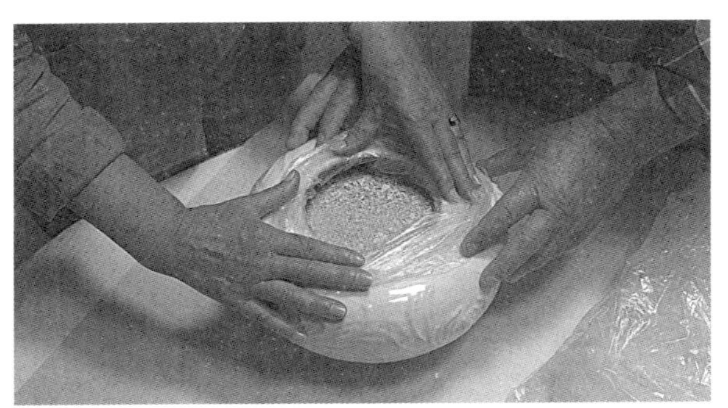

图 8

在某个寡妇去世后或者某栋房子被卖掉后，暂未清算的财产中很可能会包含一盒无人想要的骨灰。据北美火葬协会（Cremation Association of North America）的统计，在美国，骨灰的最终归宿基本上可以等分为三种：三分之一被安置在墓地，三分之一被抛撒到各种地方，三分之一被装在骨灰盒或骨灰瓮中带回家。而在最后一类中，“因为没想好怎么办”所以只能带回家的人，要多过“希望把亲人留在身边”才带回家的人。[8]

在美国人买走的骨灰瓮中，约有 60% 会被放在家里，或者说至少会放一段时间，剩下的则被埋进了墓地。如今的殡葬市场提供了一系列令人眼花缭乱的选择，从独一无二的艺术品到量产的可生物降解骨灰瓮，可以说是五花八门。莫琳在加州的格拉顿经营着一家名为“葬具”（Funeria）的小艺术馆，里面的藏品别具一格，都是来自世界各地的当代骨灰瓮。参观者可以找到放在各种展台和架子上的精美木雕姜罐，还有蓝色的陶瓷狗、微型的伊特鲁里亚坟墓，以及让人联想到冥河渡神卡戎的船。设计是莫琳平生的兴趣所向，但她并没有走寻常路。小时候，她喜欢想象各种各样的防空洞，然后画下来；到中年时，她成了贸易展销会的展览空间设计师；进入新千年之后，她开始赞助设计大赛并担任评委，而比赛内容就是让艺术家来设计骨灰瓮。莫琳说她觉得骨灰瓮就是另一种形式的庇护所，但同时也是另一种形式的包装：

> 我发现基本上没有什么设计精美的骨灰瓮之后，心里就想，人生是什么？说到底就是包装。我们活着的时候都会把自己包装好了再呈现给世界，无论是身上穿的衣服，还是符合我们品位的娱乐节目，抑或自己看完后分享给他人的书，都反映了我们是怎样的人。可我们走了之后，还剩下些什么？

当然，这种自我包装在很大程度上会受到文化的影响。文化决定着大众的选择，还有意无意地限制我们的个人风格，甚至还会提供所谓的“好品位”规则——当然，我们可以选择故意去打破。莫琳指出，维多利亚时代的殡葬文化走的是哥特式“全黑美学”路线，在当时就没给人提供多少选择，到现在就更不适合美国人了，“反映不了现代人的品位和个性。我们是一个多姿多彩的民族，充满了生机和活力，做事方法也有很大的不同”。

我们当中有些人还很幽默。比如她的艺术馆有一件引人注目的藏品，名叫“吸灰瓮”（Urnamatic）。这件似乎是由老式吸尘器改装而来的骨灰瓮，既为那种发生在壁炉台的事故提供了解决方法，又似乎在冲我们眨眼示意，嘲笑保留骨灰的荒唐行为。不过，我最喜欢的藏品当数一台装满了透明塑料小球的糖果自动贩卖机，但里面卖的不是糖果或一次性小玩具。往机器里投 25 美分，用莫琳的话来说，你就可以得到“一点点乔叔叔”。艺术家的设计理念是，小球里可以装上骨灰（展示样机里装的是报纸碎片），举行葬礼时，亲朋好友只要愿意，而且兜里也正好有 25 美分，就可以带走一点点乔叔叔，自己留着或者抛撒在什么地方都可以。当然，如果乔叔叔是个缺乏幽默感的老古板，这个选择肯定就不太合适了。

尽管坟墓、骨灰瓮、葬礼这些东西会经常浮现在考古学家的脑海里，但我发现殡葬产业的从业者却不怎么在意考古的事，不会去想他们是在为未来创造一种重要的物质记录——直到我遇见莫琳。小时候的她曾对纽约大都会艺术博物馆的考古展览着迷不已，尤其是石棺展和木乃伊展，而现在的她则希望自己博物馆里那些骨灰瓮有一天也会从“一堆瓦砾中”被发掘出来。她的出发点特别好：“它们可以告诉未来的考古学家我们是什么样的人。后人想到我们的时候，不能只认为我们有手机和其他科技，也要记得我们有精湛的手工艺品，有伟大的想象力，有在意的东西。”我真心希望莫琳对未来考古的想象能成真。不过，

“葬具”目前服务的还是利基市场，而且也面临着各种激烈的竞争，比如越来越热门的骨灰抛撒，以及含有（而非存放）逝者部分遗骸的纪念品。

^^^

有些类型的骨灰抛撒并非出于自愿。促使李把自己的艺术技能运用在逝者身上的，是另一种类型的碎片。2001 年 9 月 11 日，两架飞机撞向了曼哈顿下城区的世贸中心双子塔，这位当时正在上班的计算机程序员逃了出来，但她的很多同事没有。一些人直接化成了血雾，如雨点一样砸落在下面的人身上。那是一场大规模焚化，一场令人痛苦的非自愿柴堆火葬。

在罹难的 2753 人中，有 1000 多人的身份至今无法确认，因为残存的遗骸过少，即使有也很难从瓦砾之中找出来。袭击过后，李辞去科技行业的工作，搬回俄亥俄州，并在那里重新发现了自己的艺术创作激情。最终，她创立了一间名为“玻璃纪念”（Glass Remembrance）的艺术玻璃工作室，为客户定制含有骨灰的纪念品。她那些作品就像一座座奋起抵抗彻底毁灭的小堡垒，捕捉、留存了那些原本可能被有意无意抛撒掉的东西。

美国现在出现了一项新运动，旨在满足遗属将逝者遗体的部分有机物质转变成全新物品的念头，而李正是该运动的成员。有些人把这类物品叫作“信物”（keepsake）或“纪念性物品”（memorial object），听起来好像就只是用来留个念想，但事实上，它们的影响远不止于此，而是具有更直击内心、更形而上的意义。我有时称之为“死亡物品”（death objects），但这无法反映出它们所蕴含的活力。要想给它们起个合适的名字太难了，因为它们虽然是无生命物，但其设计目的却是在遗属的人生中发挥积极作用，唤起生者的思绪和情绪。有些人会同它们交流，甚至带它们参加家庭活动——简言之，生者与逝者的联系可以借由它们延续下去。尽管其中一些可能看起来跟同一家工厂或作坊生产的其他纪念品一模一样，但制作者和所有者都明白它们是独一无二的。

含逝者骨灰的纪念品种类正在迅速增加，甚至多过了骨灰瓮的款式。目前最受欢迎的品种一般都涉及二次烧制，也就是要分两阶段转化，第一步是净化、减除成分，第二步是制作成新的东西。人为的凤凰重生。毁灭与创造的熔炼。

李不是唯一制作玻璃纪念品的人，但她的作品都是定制艺术品，可以说是独树一帜。另外，把骨灰掺入瓷器是很容易的。事实上，英国的“骨瓷”就是将动物骨头压成粉后混在瓷土中，然后通过高温烧制来模仿中国瓷器的质感。我们也是动物，你可以说这是很实用的生物质再利用，但此类纪念品其实并不会这样来营销。新墨西哥有位设计师制作过一套用骨灰作釉料的餐具，之后，他又开始制作一种名叫“离别石”（Parting Stones）的瓷质纪念品。据他公司网站上的宣传，这种“净化”服务会将骨灰制成二十五至三十个大小不等的白色光滑石块，既可供人触摸，也可用来展示。遗骸未经加工时，我们可能不太敢去触碰，会觉得焦虑，但将其制成石块后，或许就有可能在生者和死者之间培养出一种健康的关系。“把骨灰制成坚硬固体后，不会再让你感到不舒服，反而能与逝者产生一种有意义的联系。”[9]“离别石”赤裸裸地推销的东西，其实就是一种净化仪式，把原本具有危险性和污染性的遗骸改造成了更容易管顾的圣物。此外，可以永久留存也是它吸引人的地方之一——原来我们确实可以变成石头。这让我想起了神话和童话（以及“哈利·波特”系列）中那些有关石化的故事，说某个人被施了魔法，生命被禁锢在某种坚硬、静止的物体中。从这个角度想的话，或许那些故事也没有那么偏离现实。

莫琳在包装问题上的看法很正确。如今，越来越多的美国人都希望利用死后的“包装”反映出自己生前是个什么样的人，用殡葬业的术语来说叫“个性化”（personalization）。[10] 你最喜欢某支运动队，那就把队标（相当于当代美国人的部落图腾）印在棺材上；你最喜欢某辆老式汽车，那就利用 3D 打印技术制作一辆同款“骨灰车”；演员凯丽·费雪的骨灰就安放在一个巨型“百优解”胶囊里；而音乐家“王子”的骨灰则安放在了其工作室“佩斯利公园”的迷你模型中——可以说他现在永远在家了。现在，决定死后包装的因素不再是大众审美观，而是对于当事人而言最具标志性的物品。不过，个性化的选择越来越多，其背后的推动因素更大程度上可能是商业响应，而非莫琳或李这些人的艺术冲动。当然，传统殡葬师通常要比客户保守一些，因为他们所处的商业文化以“人的尊严”为首要考虑，所以遵循的原则不一定会得到服务对象的认可。许多殡葬师告诉我，他们的主要工作之一其实是教育人们，让人们了解尊重遗骸的必要性以及其中的具体含义。所以说，殡葬产业不只会对文化潮流做出回应，还会反过来试着影响它们，虽然有时会失败。

虽说跟我聊过的大部分殡葬从业者确实都不太愿意追随潮流或者给客户提供那种最吸引眼球的产品，但他们也认可个性化骨灰瓮、个性化棺材及其他个性化物品的重要性，只不过希望这些东西展示的个性与品位属于逝者本人，而非遗属。但话说回来，且不论是只此一件还是批量生产，死后的包装到底能留住多少逝者的特质呢？

^^^

逝者的遗骸成为纪念性商品的重要组成部分后，主体和客体间的界限就会变得模糊。我发现，人们在谈论这些客体时，经常会一不小心就从谈论“它”变成谈论“他”或“她”或“他们”，就连那些尽量对灵魂世界的存在不置可否的殡葬业者也无法避免。

“人观”（personhood）这个术语在人类学中很常用，也很有争议，但它表达了一件我们可能会视为理所当然的事，那就是“人”的定义并非固定不变，而是会受到文化的影响。要想理解这一点，我们用眼前的一个例子就可以。人们常说堕胎讨论的争议在于对生命开端的定义，但这种说法明显有问题。大部分生物学家都承认，培养皿中的细胞只要能自我繁殖，就是一种“生命”形式，但没有几个人会反对消灭一个大肠杆菌菌落。所以，堕胎争论的关键点其实是如何界定“人”的开始。

“人”（person）和“个体”（individual）不完全是一回事。人类学中一个公认的看法是，并非所有文化中都存在“个体”概念。个人主义（individualism）的意涵或许很粗略，但却是美国人世界观的基本构成，这就导致我们有时很难理解它作为一种意识形态所具有的文化特殊性。当然，即便在当代美国，从极右派保守主义到左派的自由意志主义和身份自由主义，基于各种伦理和政治的个人主义之间也依然竞争不断。但一般来说，个人主义者认为每个人都独一无二，都有各项权利，其人观存在于同样独一无二的身体当中。个人主义认为身体和心灵紧密关联，二者又同意识紧密关联，而意识就是我们在头脑中主观体验到的“自我”（the self）。[11] 在美国，个体是重要的法人实体，个人权利受法律保护，而且要高于集体权利。而在更宽泛的文化术语中，我们谈论个体的“身份”（identity）时，通常指的是显而易见的身体特征，如年龄、性别、种族、体形等。总而言之，美国的人观概念一直以来都建立在独特而具体的“个体”这一理念之上。[12]

但在其他社会中，人观的概念并不一定非要以个体或者身体为基础。人或人的一部分时常会通过梦境、附身、魔法以及死亡来逃离身体。他们会变成鬼魂和祖先，或许一部分会重新转世投胎。此外，世界各地的许多信仰体系还正式或非正式地为动物、树木、河流、圣山赋予了人格。

人类学家玛丽莲·斯特拉森在研究太平洋西南部的美拉尼西亚人时，提出了“非个体”（dividual）的概念，因为这个族群所理解的人观指的是不同社会关系的表现，与“个体”（individual）概念正好相反。借由她的理论，我们就可以解释为什么有些社会中个人比集体重要，而有些社会中集体比个体重要了。（即所谓的个人主义者和社团主义者，或者说自我中心社会和群体中心社会）这些术语很好地概括了不同人观概念之间的关键差异，另一位人类学家卡尔·史密斯解释得更好：

> 简单来讲，个体就是无法被分割的自我或人。换言之，它指的是一个人的本质核心，或者说是一个人的精神。它是一个整体，并以其特殊性定义了自我。若改变、去除或以任何别的方式改变这个整体，就等于从根本上改变了“自我”；

那么，他或她实质上就成了一个完全不同的人。相比之下，非个体则可以被分割，是一个由多个可分离维度或面向——它们相互关联但本质上独立——构成的复合体。

在非个体信仰体系中，“我”有一部分是“妹妹”。这部分的我非常接近于一个正在阅读本书，同时也是某人妹妹的人。作为一个非个体，我是不同社会关系的混合体，我就像一个组合（妹妹 / 妈妈 / 老师 / 作者 / 邻居）一样独特。但随着围绕我展开的关系和自身角色的不断变化，我的人观本质也会随着时间变化而改变。但在个体的体系下，一个人被认为具有独特的核心本质（精神、灵魂、性格），无法被分割，而且无论人生处在哪个阶段都不会改变。那个人或许会随着时间的推移而发生变化、做出调整，但此类改变更多会同身体的逐渐老去联系在一起，而非发生变化的社会角色。在典型的个人主义者的世界观中，一个人可以感到“被困在”自己的身体中，但在现代美国，这个特质已经越来越模糊。个人身份几乎同外表画上了等号，以至于在某些方面，一个人就是他的身体，或者说至少很难对其分开看待。美国式个人主义下这种人观与身体的密切联系，可以从另一个角度解释为什么遗容瞻仰在美国传统葬礼中占有重要地位：悼念者瞻仰遗体就是在和逝者本人互动。[13]

但在非个体主义世界观中，个人身份不会一成不变，而且更重要的是，许多“部分”通过重组构成了自我，其结果便是“可分割的自我”（partible self），自我可以被分开后重新分配。“可分割”（partible）在英语中算是一个过时的形容词，现在只在说到“可分割财产”（partible inheritance）时才会使用。人死后财产会被分割，然后分发给继承人。那人观也可以这样分吗？

^^^

克雷格举着一个中心有些混浊的透明玻璃球说：“这个就是彼得。”那个球比棒球稍微大一些，看着又重又结实，放在他手里正合适。克雷格六十多岁，声音沙哑，长相帅气，再加上一头银发和一把修剪整齐的山羊胡，看起来有点像个魔法师。彼得是他的一个好哥们，在 1997 年突然去世了，那个玻璃球中心的混浊物质就是彼得的骨灰。不过，彼得的球只是他们的产品原型，我们在一间小车间里看到了数百个正处在不同生产阶段的玻璃球。2008 年金融危机后，克雷格和儿子尼克在南加州开始创业，临时在自家车库中成立了现在的公司。多年来，公司业务一直稳步增长，增速基本上和美国在 2000 年到 2015 年之间火化率增长速度持平。

我们参观完办公室后，来到了后面的车间。克雷格和尼克的主营业务为生产纪念性玻璃球和吊坠，它们都是在这里被制造出来的。熔化炉、加热炉*、退火炉不间断地运转着，周围的空气像是要沸腾一样。玻璃吹制需要的温度为 1100 摄氏度，比火化温度还要高几百摄氏度。顶底杆、工作台、大剪刀等玻璃吹制工艺所仰赖的用具散落在车间各处，跟其他艺术玻璃工作室的情况差不多。当然，二者也有细微差别。首先是“记忆玻璃”有着极为严格且可重复的生产流程，几名员工每日可制作两百件玻璃纪念品。每个制作阶段都被分解成了既独立又统一的几个步骤，而且整个生产过程受到严密管控，就像任何一家装配厂一样。不过，这期间仍然需要**手工劳动**，这里的生产类型大概介于工业化生产和手工艺制作之间。另外一件你很难在普通玻璃工作室中找到的东西是挂在后上墙的一只上

* 指玻璃吹制过程中使用的第二个熔炉，主要用于重新加热正在制作的玻璃器具。

锁的储物柜。尼克带着我们参观到这里时，打开那个看起来有些古怪的柜子，里面原来是一排排摆放整齐、颜色鲜亮的盒子，大概跟抽纸盒差不多大。每个盒子里都放着一个小药瓶和一份资料。尼克打开几个瓶子，给我看了看里面放的东西。一个瓶子里是黑乎乎的颗粒，看起来像咖啡渣，另一个瓶子里则是奶白色的粉末。尼克说，其实每个人的骨灰都有着不同质地，连颜色也不一样，有黑色、灰色，也有棕色、粉色，甚至还有蓝色的。他说："每个人的个性也会从中体现出来，超越了死亡。"这种个性是许多殡葬产业的从业者以及对"记忆玻璃"感兴趣的客户都秉持的一条信念。

个性化墓碑和定制棺材是从"包装"上体现逝者的个性，而骨灰纪念品的定制则将消费个性化抬升到了一个新水平，即通过重新包装逝者遗体本身来体现其个性。正如尼克所言，"你可以选择自己的死亡形态"，死亡也可以量身定制。同时，这些新的产品 / 创造 / 实物也将人观抬升到了一个新层次，使之变成一种新的媒介。这些纪念品反映出了美国人的人观概念正在经历一种令人惊叹的转变。

进入现在这一行之前，尼克没有任何玻璃吹制或艺术创作的经验，可他知道如何创业，因为他父亲和爷爷都是生意人——而且据克雷格说，一家三代人全都不信教。不过，“记忆玻璃”虽然是尼克孵化出的宝贝，但灵感源头其实是他父亲。克雷格在成为成功的房地产开发商之前，和许多“婴儿潮”同代人一样，当过一段时间的嬉皮士，和一小群艺术家、社会实验者在树林里生活，彼得便是他在那里结识的朋友。后来，彼得乘船时不幸遇难，其女友希望以一个独特的方式来纪念他。作为一名艺术家和玻璃吹制师，她想到了把一点彼得的骨灰放进玻璃球里的主意。十年之后，她的行动催生出了一家成功的创业公司。现在，彼得已经分散各处，在不同物体当中。

图 9

在公司接待处的办公桌旁，尼克和克雷格向我展示了一些产品原型。彼得的球当然位列其中，另一个是“永远在一起”的最初款式，里面存有尼克爷爷奶奶的部分骨灰，它们混在一起。“我们偶尔也会好奇他们俩这样在一起开不开心。”克雷格既是在开父母的玩笑，也是想看看我的反应。我注意到这款的设计同其他产品一样，所含的骨灰也只有一茶匙的量，便问克雷格其余骨灰是怎么处置的。尼克若有所思地看了他一眼，克雷格似乎有些难为情。原来，剩余的骨灰就在他的卡车上，放在驾驶座后面的一个盒子里，仿佛随时准备前往什么未知的目的地。他也不知道该怎么办好。克雷格说，其实可以直接扔进垃圾桶，因为火化本质上就是一种“废物处理”形式，但他又喜欢把父母带在身边，时常跟他们说说话。

尼克拿起一件更加独特的物品，不透明的蓝玻璃中嵌着一些白色的骨灰（代表海水的泡沫），外形被做成了破碎的海浪。这是他们专门为克雷格的弟弟拉斯提制作的纪念品。几年前，拉斯提来看望哥哥，没想到突遭意外，倒在了浴室地板上。说到这时，我们几个的心情都沉重起来。弟弟的遗体是克雷格发现的，但他此时已经没有心情再开玩笑，只是眯着眼睛，回想当时的悲痛。“我一辈子都忘不了。”尼克说。拉斯提一生热爱冲浪，所以他们就做了这个玻璃海浪，“亲眼见到他离开让人很难过。但看到他在这里面，在一个跟他很搭调的东西里，我们又很开心”。

采访转向私人话题后，我借机问了一下他们自己如何看待灵性和来生，但没有得到十分坦率的回答。我怀疑他们之所以躲闪，一定程度上是因为有些客户认为纪念球中包含了一些逝者的精神要素，而他们希望尊重这些客户的信仰。克雷格说他就是不想把骨灰瓮摆在壁炉架上，所以更喜欢纪念球:“这个东西看起来不唐突。别人也没必要知道这是彼得。”采访过程中，克雷格时而把那个球称作“彼得”，时而又说它不过是一点点骨灰和记忆。我再三追问后，他才说，他相信人死后“记忆”和 DNA 会继续存在，因为DNA本身会将记忆编码，一代代传下去。克雷格在投身商海前曾是生物学家，比较愿意相信这种带有一定科学色彩的来生。

我转而问尼克我们去世后会发生什么，他说自己是不可知论者，但承认确实也有过一些奇怪的经历。厂子里常年存放着数百人的骨灰，他说他能感受到这些人的存在。有一次，他们准备把一些骨灰放到球里，但尝试了五六次都没成功。每次一放到退火炉里，玻璃球就会碎。他们试着做一些技术调整，比如调整温度、助熔剂和烧制时间，但还是不行。他们对制作流程的控制已经相当成熟，这种失败情况实属罕见，所以员工们心里也有些发毛了。尼克打电话给送来骨灰的殡仪馆，问他们是不是火化过程有什么问题，或者逝者有没有什么特别之处。但对方也想不出任何异常，只是说那个人出了车祸，但不是死于撞击，而是被挡风玻璃碎片割伤致死。最后，尼克认为此人的灵魂不想被困在玻璃中。他说，尽管我们根本不可能知道死后到底会发生什么，但这次经历让他相信了“来生确实存在，我们也是其中一部分”。

尼克的措辞让我觉得很有意思。有来生，但不是在彼岸，而是在我们身边。我们这些生者可以积极参与到它的创造中。

“记忆玻璃”会确保产品所含的骨灰来源可溯，独属于你的亲人。由于大型集团现在在殡葬产业中占主导地位，尼克的公司可以从全美两千多家殡仪馆接受订单，并在整个过程中对骨灰的动向进行严格的把控、确认和追踪。员工收到新的骨灰后，会马上为其分配唯一的编号，然后通过详细的记录系统来追踪骨灰样品在各生产阶段的情况。凡是处理骨灰的地方都装有小型安全摄像头，若有人对骨灰的归属有任何疑问，他们就可以调监控查看。整个殡葬产业都非常注重保护遗骸的唯一归属性。从法律上来讲，一次只准火化一具遗体，而且遗体必须装进某种容器之后才能进入干馏炉，以确保骨灰不会被混到一起或者归属模糊。从遗体在去世地点被取走，到骨灰被埋葬或被移交给家属，逝者在所有处理阶段都会被一条伦理和法律的警戒线紧紧缠绕。至于像“记忆玻璃”的产品“永远在一起”那样将不同人的骨灰混合的做法，可以由家属提要求，但这种选择几乎可以说是一种神圣的权利，或者叫仪式。殡葬从业者若是擅自做主这么做，或因过失导致骨灰混在一起，那么他或她的行为就不单是对死者不敬了，而是属于犯罪。美国法律中有关人体的规定可以说是一项饶有趣味的唯物主义思想研究。严格来说，你像拥有财产一样“拥有”你的身体；在你去世后，身体则归近亲所有；介于二者之间时，专业人士拥有临时照管你身体的权利，而且他们必须在一系列严格的监管之下来保护它。[14]

纪念性物品的属性比较模糊，可以说类似法医证据。“记忆玻璃”还可以为顾客制作小吊坠，有十六种鲜亮的颜色可选。尽管顾客从线上产品目录里选出的产品有着相同的外观，但当把他们提供的一撮骨灰装进灼热的玻璃中后，每件物品就变得独一无二了。此外，如果想让这种独特性变得更直观，你还可以多花 50 美元，让“记忆玻璃”

通过激光镌刻技术把逝者的指纹刻在冷却后的吊坠上（遗体火化前，殡葬师会在准备时收集逝者指纹），这样一来，每件吊坠饰上就不止有一种，而是两种逝者的生物特征代码了。我之所以称之为“代码”，是因为就像克雷格指出的那样，只有你会知道这件首饰是由逝者的遗体制成，这是个秘密，属于你和逝者的私人关系，别人不需要知道。

^^^

将某人的编码留存下来，甚至视之为珍藏的冲动，已经跨越了材料的界限。现在，我们再回到美国殡葬协会的大会现场，来认识一位推销员。本是一家新公司的代表，在一个挂着蓝色布帘、展示着各种信息和物品的标准展位前，他向我们介绍说，这家公司现在研究出一种方法，可以将个人的 DNA 双链提取出来，放到一块性质稳定、肉眼可见的基质上，而且可在室温下存储。通常来说，提取 DNA 需要功能强大的显微镜和可由实验室控制的冷藏库，温度必须设置在零下 80 摄氏度。但“DNA 纪念”（DNA Memorial）的目标市场不是实验室而是大众，而且他们重新包装的 DNA 既可以从活人身上提取，也可以从遗体中提取。

“DNA 纪念”的基础产品叫“家庭基因瓶”（Home Banking Vial），售价约 300 美元。本从亚克力展示柜中拿出一个看起来像是装订婚戒指的首饰盒，向我们展示了一下样品。他郑重地打开那个小盒子后，我们看到里面放着一个小玻璃瓶，以及一份用黑色小丝带捆好的认证证书。整件产品看起来像是出自 18 世纪的药材铺，或者魔法商店。

我问他为什么人们会买这种产品，他说：“我们现在涉足殡葬产业，是因为祖先的DNA确实有重要的医学和宗谱学价值，而这是保存它的最后机会，因为火化会破坏基因记录，埋葬之后再提取也很困难。所以说，我们给那些悲痛的家庭提供了保存基因记录的最后机会。”该公司宣称，他们这种微型档案可以为顾客提供重要的医学信息和家族历史，更便于遗属追溯遗传性疾病以及那些“优良的遗传特征”，而且很有可能为未来的基因疗法做出贡献。

本对逝去的祖先和未来的技术都表现出了极大热情，他的时间观和他这些商品的价值，实际上远远超出了一个人的生命长度。此外，他还用常见的经济学比喻解释了此类纪念品的价值：“在某种程度上，这有点像投资，因为我们的产品会随着时间的推移而增值。”他解释说，了解

DNA研究价值的人马上就能接受，而那些一说起DNA就想到刑侦剧的人则会谨慎很多（可能担心某一天会被用来对付他们自己？），还有一些人因为听信了一些“误解……（转而）讨论起克隆”。我问他有没有试着纠正这些错误观念，他没有直接回答，而是说科学发现被普罗大众接受的速度很慢，通常需要一二十年。

本接着向我介绍了展示柜中的其他物品，说他的公司愿意满足客户的任何需求。换言之，其实就是说他们生产的商品价值有高有低。他最喜欢的产品是一条银质吊坠项链，这也是他们公司的首款可佩戴产品。项链上的吊坠是一个带有金属盖的小瓶子，虽然比“家庭基因瓶”还要小，但你能清楚看到里面有一条白色细线悬停在某种液体中。他说，那是“货真价实”的活性DNA样本，什么时候提取出来都行。可以说是一个迷你时间胶囊或人类存储器了。

但看着那个瓶子，我心里想到的却是“遇险时请打碎玻璃”这句标语。那个瓶子看起来很像老式汽车和旧电器里那种小小的延时玻璃保险管——我知道这个是因为我爸爸以前是电工，所以这件产品在我心中引起了一种特别的感受。但从更普遍意义上讲，这件产品让我认识到，要想理解美国殡葬业的现状，就必须先理解人们是如何通过物品来思考、行动和感受的。

本又给我们看了一些别的产品。一件是泪滴形玻璃，里面带有白色和红色的旋涡，在尺寸和美感上有点类似“记忆玻璃”的纪念球。另一件是玻璃心形吊坠项链，里面也混着 DNA，但几乎看不清楚。本拿出这条项链给我看时，解释道:“正因为每个人的 DNA 都是独一无二的，所以这些首饰也同样是独一无二的，是具有情感价值的物品。当然，里面的 DNA 已经失活，但确实存在其中。而且这些都是由艺术家纯手工制作，上面还有他们的签名。”“家庭基因瓶”提供的是科学价值，而这些含失活 DNA 的玻璃制品则能带来“情感价值”。本邀请我试试展示柜中的另一件首饰——一枚镶有宝蓝色玻璃的金戒指，外形有点像那种小巧的毕业纪念戒指，不透明的蓝玻璃中含有某人的独特基因代码。可惜的是，我当时只顾着惊叹，忘了问问自己手指上戴的是谁。不过，我惊叹的并不是那个人神奇地让我感受到了他的存在（里面若是我爸爸的 DNA，或许我会有感觉），而是如此珍贵的东西竟然可以被买卖。“DNA 纪念”卖的是概念和感受，而且卖得很成功。在那个展位前，我也相信了他们贩卖的观点，那就是你可以把逝者的微型蓝图，或者说他们的本质，拿在你的手里。或许，那个人既有过去，也有未来，而且在某种可分割的状态下，同时存在于当下，在我的手指上。

︿︿︿

作为一家初创公司，“DNA 纪念”将赌注下在了对未来的预测上；但其实在过去二十多年里，一家名为“生命宝石”（LifeGem）的公司也一直在努力将科学和情感结合到一起，而且其产品更具发展前景。在创立“生命宝石”前，迪恩在汽车行业设计零件，并没有殡葬产业的从业经验。他创建这家公司的点子，其实是源于他哥哥多年来挥之不去的一个想法：他不怕死，但怕被人遗忘。这种恐惧伴着他哥哥从小长到大，甚至在他当上了航空公司的飞行员后也挥之不去。迪恩是受过专业训练的地质学家和工程师，有一天他突然想到，可以把人体内的碳元素提取出来，然后合成人造钻石。

尽管火化会把人体中大部分的碳释放到空气中，但只要没有焚烧过度，骨髓和软组织中有少量碳还是可以留存下来。当然，要想回收这些碳可不简单，得先把这些特殊要求告诉火葬场，再把骨灰拿回“生命宝石”的实验室进行多层级的净化。“生命宝石”的技术人员通常可以分离出足量的样品（约 200 毫升）来制造一颗钻石，他们不需要（或者说并不想要）全部的骨灰。宝石的制作过程取决于死者的“可分割性”。

“生命宝石”的“骨灰变钻石”工艺已经取得专利，简单来说就是利用极高的温度和压力，加速实现碳单质转化为钻石的自然地质过程。自 20 世纪 50 年代以来，这种通用方法一直被用于制造工业用的钻石；到 70 年代，珠宝行业也开始使用这一工艺来制造人造钻石，以便替代“血钻”。需要说明的一点是，这些人造物并不是立方氧化锆，因为从矿物学的角度来说，它们是“货真价实”的钻石。

“生命宝石”的工厂位于芝加哥西北郊奥黑尔机场附近一座僻静的工业园区中。走进这座外观普通的单层建筑后，你会发现里面并没有什么豪华展厅，迎接你的是机器的轰鸣。透过面前的厚玻璃墙，你会马上意识到墙后的六台机器正在非常努力地运转着。整座厂房看起来像医学实验室，但听起来像炼铁的高炉。里面的机器是制造钻石专用的熔炉和压机，后者可以产生相当于每平方厘米约 60 吨重的压力，以及高到惊人的热量——3000 摄氏度。参观过程中，迪恩告诉我们，压机制造好钻石时，金属板会裂开并发出枪响一样的声音。其实他根本不需要解释，因为就在我们说话的时候，其中一块突然炸裂。我被吓了一大跳，耳朵也被震得嗡嗡响。迪恩有些不好意思，但他自己似乎也被吓到了，场面一时有些尴尬。迪恩和员工们会遵循严格的技术流程，但和“记忆玻璃”一样，人工控制也有其限度。通常情况下，工人会预估一下钻石加工完成的时间，然后提前戴上工业级别的护听器。人工合成钻石是一个昂贵、缓慢、嘈杂、闷热，而且有点危险的过程。

“生命宝石”的主要客户是美国人（约占 80%），剩下的则来自加拿大、日本及其他一些亚洲国家。该公司可以生产各种大小和颜色的钻石，价格从 2 500 美元到 25 000 美元不等。钻石的制作过程很需要耐心，因为加工一颗用于镶嵌的碎钻至少也需要四个月，大一些的可能需要一年。“生命宝石”从遗骸抵达工厂起便会开始精确追踪其动向，为每份都分配唯一的编号。制作完成后，公司会将钻石成品以及未用完的骨灰一并交还给客户，并附上一份防伪证书，上面标注着一个微刻在钻石上且已被录入全球钻石登记簿的编号。他们的每颗钻石都可以说是真正的独一无二，因为制作所需的碳基质来自一个不可复制的人的身体，而最后的成品钻石又带有世界上唯一的识别码——只是，逝者的DNA早已在熔炉中被彻底破坏掉了。

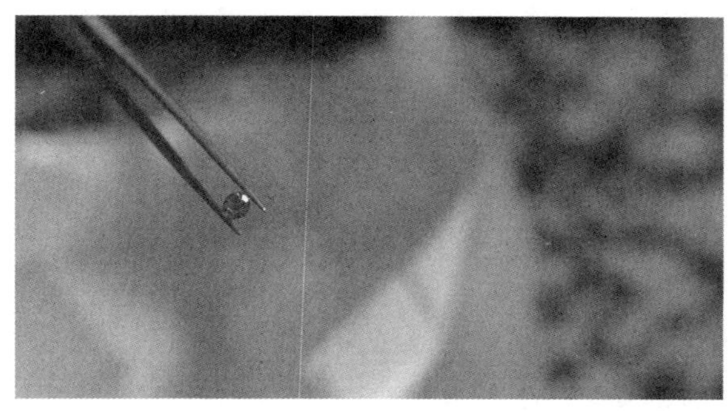

图10

我在这个项目中遇到过很多有趣的人，但迪恩的有趣与其他人完全不同。他讲起话来轻声细语、严谨周密，不像销售人员，也不像梦想家、艺术家或者殡葬业者，倒像个工程师。谈起人类如何改善自然时，他一下子变得眉飞色舞。我问他为什么人类这样看重钻石。他说，不仅是因为钻石反射出的光泽独一无二，还因为这是人类目前已知的最坚硬物质；而且（在自然条件下）从软碳开始，要经历千百万年，甚至十几亿年的时间才能形成钻石。他说，自然制造钻石是随机行为，是巧合，但他的钻石都是人为设计。

戴比尔斯公司曾创造出了经典广告语“钻石恒久远，

一颗永留传”，而“生命宝石”则更进一步，浪漫地暗示你的至爱也可以“恒久远”“永留传”，以物品形式拥有一个恒久的来生。“生命宝石”的钻石是地球上最耐用的商品，不仅会比个人记忆更持久，而且还可能超越整个人类的记忆。“生命宝石”的时间架构，不是属于祖先的远古，也不是科幻小说中的未来，而是地质年代。这或许是我们最接近永恒的时刻。

钻石是当今世界经济活动中最为昂贵的原材料之一，是跨文化的财富象征，但迪恩不愿意用这种惯常看法来对待钻石。有些人把收藏钻石当作资产保值的好方法，币值或许有涨有跌，但钻石的价值却始终如一,十分可靠。但迪恩坚持认为，“生命宝石”和其他钻石不一样，“在珠宝行业，天然钻石或传统钻石都可以被视为投资品……但我们的产品本质上是很私人的东西，你既不会把它当投资品，也不会转卖掉。我总开玩笑说：‘知道吗？没人想拥有我做的钻石’”。

这样的钻石扰乱了我们对价值的看法。普通钻石被人珍视，是因为它们几乎可以万世永存，而且每一件都独一无二。但用曾经在世的人制成的钻石，实在是太过独特，无法用来买卖。它们很昂贵，但也是真的“无价”，因为根本没有销路。通常情况下，钻石是用来彰显财富和品位的奢侈品，但稀有的骨灰钻石并不是炫耀性消费品。就像克雷格在谈到“记忆玻璃”纪念球时说的那样，“别人不需要知道”。你戴上一颗“生命宝石”的钻石，看起来很漂亮，这就够了。但它们的价值来源既非投资潜力（一种存储方式），亦非交换潜力（换成货币或其他商品）。这些稀有商品很不寻常，所以难以用一般的经济思维来评估。它们的交换价值是以现实世界中人与人的关系为基础，是仅仅发生在生者和死者之间的有意义交换。把所爱之人变成这种耐用久远又昂贵的小物品，说明了那个人有很高的价值、很珍贵，但这只是对你而言，对其他人来说并不是。而且它还表达了一种夙愿，那就是他们会以某种形式永远活着，或者说至少能活二十亿年。

迪恩说，他的客户们最重要的共同点是都与逝者关系紧密。大部分客户是女性，而且可能有佩戴钻石的习惯。用作钻石“种子”的骨灰可能来自配偶或父母，也可能来自子女或宠物。[15] 还有些绝症患者会在生物性死亡前就决定将自己的骨灰变成钻石。我们可以从“生命宝石”官网上的感谢信看出，虽然被迪恩称为纪念品，但那些钻石显然不只是为了留作纪念，对于一些客户而言，它们是逝者的全新化身。遗属会将自己的钻石唤作“斯坦”或“妈妈”之类的，谈论它们的特别之处（比如蓝色、玫瑰色、方形）如何反映出逝者本人的性格。有些感谢信还证实了除了拥有回忆之外，拥有实物也非常重要，用一位女士的话来说便是，“有一件能亲手摸到的东西很美好”。还有位女儿说：“我第一次看到它时，眼泪马上就涌出来了，因为我觉得这颗钻石绝美无比，仿佛浓缩了我母亲的精髓。”这些物品甚至还能让生者感到逝者依然在参与自己的生活，比如有位年轻女士写道：“无论是在我步入婚姻殿堂的时候还是享受美妙假期的时候，奶奶都永远和我在一起……我一直想带奶奶做很多事，现在你们让我终于有机会完成那些以前做不到的事了。”“生命宝石”的客户反馈基本上都会提到钻石如何帮助他们走出了悲伤。把逝者变成某种物品确实有一定的治疗性，前文提到遗容瞻仰（本质上也是一种物品）具有短期治疗效果，而骨灰纪念品的治愈性则可以一直延续下去，因为它们的作用不是让生者“释怀”，而是恰恰相反，要在生者和死者之间创造一个切口、一种途径，让他们的关系继续下去。

同我采访过的大部分殡葬业者一样，迪恩面对关于灵性的问题时也很小心。对于那些认为骨灰钻石有神秘特质的客户，他会尽量不做评判。不过，他倒是承认我们正在见证一场科学和灵性的全新融合。我觉得他这个观察很对。虽然这种融合依赖的可能不是科学事实，而更多是科学观念——比如认为你可以克隆自己的奶奶，或者火化不会破坏掉DNA，或者人观是由生理决定的。

^^^

这类新型殡葬纪念品的隐匿性似乎受到了许多美国人的欢迎。他们可以把至爱伪装成不起眼的首饰珠宝，或者和其他收藏品一起放在架子上，旁人根本不必知道。这类物品能带来一定的隐私感和亲密感，但是否也表明人们依然觉得死亡是一件难以启齿的事情？我确实认为死亡否认的观点有些言过其实，但又不得不承认，好多美国人在面对死亡时会产生一种强烈的社交尴尬情绪——比如得知有人去世后，不知道自己该说什么或做什么。而我们这些有过沉痛丧亲经历或者曾失去多位亲人的人，都有过不敢谈起逝者的经历，因为一说起来别人似乎就不舒服，好像我们很“病态”。我们要是为去世多年的逝者庆祝生日的话，别人甚至可能觉得我们得去看心理医生了。那么多新的骨灰纪念品很少被人公开谈起，或许正是这个原因。逝者还在人间，但大多数旁观者看不到，因为逝者已经被伪装成了一件普通商品。这是骨灰纪念品的一个奇妙之处：它们的外观和内在完全不同。不过，现在有一些人正在想办法让逝者以显而易见的方式回到他们的生活中。

达斯提（真名）*是一位自学成才的画家，工作内容主要是用天然的油画颜料混合骨灰为逝者画像。我们首次遇到他，也是在美国殡葬协会的大会上，当时他的展位和“DNA 纪念”的展位只隔了几米远，但达斯提比本更受关注，因为他刚刚赢得了“最佳新展位奖”。不过，达斯提自己似乎对这突如其来的认同有些惊讶，因为就像我采访过的大多数殡葬师指出的那样，殡葬业作为一门传统行业，向来比较保守，对于新想法一直都十分抗拒。

大会之后，我们去达斯提设在田纳西州孟菲斯市的工作室再次拜访他。说是工作室，其实是他家的一间小卧室，里面堆满了半成品画作以及养育两个孩子之后会积攒起来的日常杂物。孩子们见到我们后很是兴奋，也想在电影中露个脸。经过努力，我们终于让房间恢复了安静，只有这样才能用麦克风录下达斯提用研钵和杵碾碎骨头的声

* 英文为 Dusty，做形容词时有灰尘弥漫的含义，作者是想说并非因为他用骨灰作画才起了这个名字。

音。他正在准备创作另一幅画，我们就边看他画，边跟他聊。达斯提给人的印象是友善、好奇、亲切，生活充满了快乐，没有任何秘密。

图 11

他正在创作的画像其实是先前一幅作品的仿制品，画中人叫唐尼，是达斯提的好兄弟，一天下班回家路上被车撞了，年轻的生命戛然而止。为了排解心中的痛苦，达斯提选择了为唐尼画像，而且他知道唐尼肯定会认为这么做很酷。达斯提把第一幅骨灰画像给了唐尼的妻子，现在这幅则要送给唐尼的母亲。她起初和许多人一样，也觉得达斯提的画作往好里说是诡异，往坏里说是吓人。但在唐尼去世后的这些年中，她慢慢接受了这个想法。

达斯提一家几代人都做鲜花生意，他从十几岁开始就帮忙往当地殡仪馆和墓地送货。这些老熟人为他介绍了

“骨灰画像”（Cremation Portrait）的首批付费顾客。现在随着业务的迅速发展，他的大部分订单都直接从殡仪馆获得，不必再直接跟顾客打交道。他一幅画的基准价是200美元，虽然他明白殡仪馆肯定会加钱卖，但这样更方便一些。作为一名熟练的肖像画画师，达斯提可以根据照片迅速完成画作，而且和游乐场里的素描画家一样，他一天也可以画好几幅。对于一个曾经是月光族的人来说，这样的收入已经很不错，而且还稳定。

和其他制作骨灰纪念品的人一样，达斯提也要仔细记录好骨灰的所属人、配送信息等基本情况，并提供防伪证书。他的大部分订单都是单幅肖像，一般会耗费大约200克骨灰，但偶尔也会收到需要制作副本的订单，因为有多名遗属想要。有些家庭一直把骨灰存放在骨灰瓮或火葬场给的那种普通盒子里，在多年之后才选择用这种方式来处理骨灰。这么看的话，骨灰盒终究还是有其用处，可以让遗属有办法暂时保存骨灰，直到想出合适的处理方案，或者说为逝者寻找合适的来生。

骨灰用于制作玻璃纪念球或钻石时，其个性特征会被掩盖，在达斯提的肖像画中，骨灰本身的颜色和质地却能提升作品的视觉效果。达斯提收到的骨灰有黑色的，也有灰色或棕色的，有些是精细的粉末，有些则颗粒粗大，甚至会弄坏他的画笔。同大多数艺术家一样，他很乐于接受不同材料带来的挑战，利用其特性和局限性达到不同的创作效果。他的每一幅肖像画都是双重层面上的独特。从看不见的层面来说，基础材料来源于某个人的身体；从看得见的层面来说，画像定格了那个人在某一时刻的形象，而且每幅画作的笔法和风格都各有差别。达斯提强调说，画作最重要的是表现出人物的个性，尤其是眼神和嘴的样子要画对。如果他对自己根据照片画出传神肖像的能力没信心的话，根本就不会进入这一行。毕竟，这种工作不可能敷衍过关。

我问达斯提有没有想过自己的生意为什么越来越好。他和迪恩一样，在回答中都提到了宗教在美国人的日常生活中日渐丧失影响力。但他同时指出，人们也越来越渴望拥有更加独特的纪念方式，尤其是那些五十岁以下的顾客。当然，达斯提的创作早已超越了个性化，而且带有更多激进的意味，用“纪念”这个词来描述可能也不太合适。采访结束后，我脑子里一直在反复琢磨他说过的一句话：“我的肖像画不仅仅是再现他们曾经的样子，那就是他们。墙上那幅画就是唐尼本人。”

^^^

达斯提选择的创作媒介可能独一无二，但他绝对不是第一个用逝者形象来制作纪念性物品的人。从古埃及到文艺复兴时期的欧洲，死亡面具（Death mask）曾经很时髦，人们会在逝者死后不久，用石膏模或蜡模将其面部形象保存下来，之后再用耐久性更强的材料铸成面具。著名的拿破仑青铜死亡面具就是这样制作的。

夏末的一天，我结识了斯坦，他住在新英格兰地区的某个小镇上。曾经当过殡葬师的他现在在家做一点分销生意，主要经营与火葬相关的新奇产品，包括个性化骨灰瓮、珠宝以及一些不太寻常的物品。聊了一会他的转行经历后，他向我展示了家中的存货。

我不太清楚自己当时看到只有头、没有身体的前总统巴拉克·奥巴马雕像后，脸上闪过了什么样的表情。我表面上虽然维持了专业人士应有的态度，但内心其实混杂着既着迷又厌恶的感觉。当然，现场没有血肉横飞，因为我看到的是与奥巴马头部等大的复制品，由 3D 打印机制作（把照片传输进去后就会得到一个沉重的塑料复制品）。成品的顶端有个盖子，可以像假发片一样掀起来。这个展示模型内部是空的。斯坦说，这是他在自己网站上用来给新推出的 3D 打印骨灰瓮做广告的样品。我们或许可以称之为“极致个性化”（extreme personalization），但这种做法尚存一些争议。当然，斯坦并不是要客户把亲人的骨灰放在奥巴马的脑袋里，而是放到逝者本人的 3D 打印头雕中。就如达斯提的“骨灰画像”一样，这种产品也有双重的独特性：外部是看得见的逝者相貌，内部是看不见的逝者骨灰。

︿︿︿

目前来看，要想把所爱之人的一部分留在身边，最简单的方法还是火化。对于美国殡葬趋势发生从土葬到火葬的爆炸性转变，最常见的解释是后者成本相对较低，其次是人口流动打破了我们同家族墓地或故乡墓地的关系。但我认为还有其他更为深刻的原因。对大部分美国人而言，瞻仰经过防腐处理的遗体已经不再像以前那样具有治疗性，因为这种习俗有些神秘，你得事先了解才能接受，如果不理解整个仪式的过程，可能就不会有所动容。相较之下，火葬没有和任何仪式产生关联，仅仅是一种处理形式，只涉及身体，不牵扯信仰。尽管火葬可能是无神论者和世俗人文主义者的首选，但这种形式本身并不排斥任何对于灵性的需求。事实上，它反倒让人们有机会来创造自己的仪式和圣物。

死亡面前人人平等，但从“婴儿潮”一代开始，许多美国人似乎都在竭力抗拒死亡这位伟大的平均主义者，每个人都希望自己的独特个性在生物性死亡后依然能得到认可。为了对逝者表示尊敬，我们会称颂他们和别人有多么不一样。这种认为人观是独一无二、无法分割的信念一直存在，并且跨越了种族和宗教的界限。随着消费主义社会越来越大声地告诉我们，买什么样的东西就代表了我们是什么样的人，美国的个人主义也越来越显著。正如莫琳所说，我们正在“包装”自我。购物品位会透露我们的身份，这是已经被人们广泛接受的观点，所以对个性化殡葬用品的推销现在变得如此普遍，也就不足为怪了——当然，其中所暗示的观念，依然是人观会在生物性死亡后继续存在。

具体到用遗骸制作的纪念品上，其实还有一个变化，那就是人观正在变得更加可分。我越来越相信，骨灰制品的存在体现了美国人正在重新构想什么是人观——尽管这一思考才刚刚开始。人观应当关乎本质而非身份，关乎内在而非包装。此外，这些纪念品也说明生者与死者的关系正在经历一场深刻的转变。长期以来，美国人一直相信个体的人就等同于他们的身体，遗体艺术摄影以及后来的遗体防腐便是明证。但现在，遗体的完整性概念已经变得没那么重要了。一种模糊了科学与未知、物质与精神的世界观正在兴起，按照这种观念，哪怕是最细小的碎片，也包含了一个人神秘而重要的部分；哪怕是身上如灰尘大小的人体微粒，不论是DNA还是其他类型的分子，都包含了那个人的本质。我们若是能留下这个部分，逝者就会继续陪在我们身边，以另一种形式继续存在，而且还可能存在很长一段时间。

这种可分割的人观跟美拉尼西亚社会所理解的人观还不太一样。人观并非不同社会角色的总和，而是指我们的身体和神秘自我之间的关系。越来越多的美国人认为，我们的独特个性与其说是体现在包装上，倒不如说是刻在骨子里，而如果连身体中最微小的构成要素都包含了我们的人观，那肉体一旦死去，整个“人”便可以被分割、分享、转化和重新分配……甚至还可以被回收再利用。

第 四 章　　　　土

没记错的话，当时应该是 2005 年 10 月初。一个多月前，卡特里娜飓风席卷了新奥尔良，防洪堤也被洪水冲溃。灾后，路易斯安那州需要评估新奥尔良历史建筑的受损情况，我便报名做了志愿者。等洪水完全退去后，我同其他志愿者及专业救援队一起坐着面包车四处勘查当地景观的状况，进行“挡风玻璃式调查”*。我们每天要工作十二个小时，行进途中便靠闲聊来打发时间，话题从荒唐故事到私密感受无所不包。面对满目疮痍，我们只能以此来化解内心的悲痛，在深深的迷失感中寻找出路。不知怎

* 指调查员驾车巡检受灾地区的非正式调查，主要供研究、记录之用。

么的，我们聊到了希望如何处理遗体的问题——或许是因为我们当时的状态就像穿行在一团死亡的浓雾中吧。灾后的最初几个月里，整个城市都弥漫着腐肉的味道，我相信每个当时身在新奥尔良的人都对此记忆犹新，那些经历过战争及其他重大灾难的幸存者或许也有类似体验。那恶臭的主要来源是各家冰箱里已经腐烂了三个月的肉，还有在飓风中丧生的猫、狗和人。有一次，我们在下九区调查建筑损毁状况，但中途不得不折返回去，因为我们发现救援队里有人掉队。

在我印象中，尽管那天气氛很沉重，但我们的谈话却很轻松。我到现在还清楚记得自己说了什么。以前我从未考虑过这个问题，可答案却脱口而出：我想土葬。我不介意腐烂，毕竟我见多了。而且，我是个干考古的，要是不给后世同人留一些可以让他们苦思冥想的东西，对他们来说不太公平。我的遗愿还包括，在埋葬我时也放一些物品陪葬，留给他们当作线索。我的墓会成为一个时间胶囊，一只一位考古学者留给另一位考古学者的漂流瓶。比起其他形式的来生，这是一种我更有信心想象的形式。

^^^

十一年后夏末的某个午后，北加州刮起了冷风，雾气如升华的干冰一般罩在黄绿交错的山峦上。克里斯边介绍芬伍德公墓，边带我们往一座崎岖的小山上爬，我在乱石间跌跌撞撞，竭力追上他的两条大长腿，丹尼尔和音响师则跟在我后面不远处。克里斯有股少年般的可爱劲，对于接受采访非常紧张。或许是因为这个原因吧，他一直往别处看，又一个劲地继续往前走，想向我们展示这片他日常维护的 13 公顷左右的土地上还有哪些东西。但是风真的太大了，偶尔停下脚步说话时，他必须得用一只手压住头上松软的登山帽，而麦克风基本上也只收进飕飕的风声。克里斯拥有环境科学专业地理信息系统方向的学士学位，所学的知识在他的墓园管理员岗位上正好都能派上用场。他创建了一个地图系统，具体来说是将编了号的铜质小别针插在地里，标记那些无标记坟墓或以后可用作坟墓的地块。

犹太人墓区生长着一些禾叶栎、金棕色的燕麦草，还有深绿色的“郊狼灌木”，乍看去像是一片种植着低矮本地植物的地块。按照被称为“哈拉卡”（Halacha）的犹太教律法和传统，正统派和保守派教徒的葬礼是将未经防腐处理的遗体用裹尸布包起来，或者放在不使用金属及其他无机材料的普通松木棺材中。紧邻这片区域的是“下草地”（Lower Meadow），这是第一片为那些想要绿色殡葬的人预留出来的墓区。虽然他们的信仰体系不同于犹太宗教，主要以“地球母亲”为中心，但遵循的殡葬原则和犹太人的大体相同。除了这片墓区，芬伍德公墓现在还有六块小气候和植被各有差别的绿色殡葬区。克里斯带我们继续往山上走，来到了“传统”墓区。从地理位置上说，这里是公墓的中心，柏树、柳树、棕榈树等外来种树木中间立着许多不同时代、不同风格的墓碑。一些坟墓上还有用水泥做成的花瓶，里面插着扫墓人留下的花束——有的塑料假花已经被晒得有些褪色，还有一些墓碑上则刻着葡萄牙文和中文。出了“传统”墓区，我们拐进一条小路，继续往山上爬，来到了“祖先森林”（Ancestral Forest）。这里植被茂密，长满了芳香四溢的月桂树和虬枝盘曲的橡树。虽然我们的拍摄是在和迅速消失的天光赛跑，但至少森林里的风小了不少，我问了克里斯问题后能听清他的回答。

芬伍德公墓不只是一座提供绿色殡葬等新服务的公墓，更是一个用死亡景观来恢复自然生态的试点案例。这座公墓是加州生态多样性的缩影，至少包含了五种不同的生态区，其中每一种都有独特的光照、风、水分及植被特征。“能获得野生动物栖息地认证，让我们感到非常自豪，”克里斯说，“我们让这里慢慢恢复到了自然状态，认证需要的一些条件其实跟绿色殡葬特别契合。”要满足认证要求，公墓就不能给土地施肥或浇水，而且还要严格遵循相关方案清除外来入侵植物，让本地植物有机会恢复其生态领地。[1]

芬伍德公墓的栖息地恢复计划有效拓展了金门国家游乐区附近的野生动物活动区域。公墓中生活着多种鸟类，有随处都能见到的鸣禽，也有外观较为显眼的红头美洲鹫和翱翔天空的红尾鵟，还有从郊狼溪飞来猎食囊地鼠的大蓝鹭和白鹭。到了夜深人静时，郊狼、狐狸、山猫和鹿就会开始在公墓中溜达；有天早上，一位公墓员工甚至看到一头美洲狮趴在墓碑旁晒太阳。

克里斯解释说，绿色殡葬意味着不会做防腐处理，也不会用含金属或塑料的标记物、殡葬用具和陪葬品——这些是考古学家的术语。殓尸要采用可生物降解的木质棺材、柳条棺材或天然纤维裹尸布；如有可能，墓坑也要人工挖掘，以便减少碳足迹（目前大多数公墓使用的都是小型反铲挖土机）。犹太墓区和绿色殡葬区乍一看不太像墓地的原因，是这类坟墓只能将天然石块放在坟头上做标记，若遗属希望，当然也可在石头上做些雕刻。这类坟墓上不允许种植树木，不过克里斯及其团队会鼓励遗属在挖出的土堆上撒些本地野花的种子——比如我就看到在某座墓上有些红色的火焰草和金色的花菱草欢快地长了出来。

开始做裹尸布生意前，埃斯梅拉达曾在刚建成不久的芬伍德公墓工作过，“某种程度上就像动画片里的闹鬼墓地，杂草丛生，像一片荒野，但也很特别、很神奇”。几年后，克里斯来到公墓工作时，这里还是“一片崎岖、荒芜的野地”，经过多年的景观管理，这里才恢复得更像原野，有了更多的本地动植物。当然，芬伍德公墓恢复计划的目标并不是创建一块孤立的自然保护区，而是要让这片土地成为也适宜于人类的栖息地。克里斯称之为“墓地公园”（burial park），它跟纯粹的公墓不同，其功用更多。“我们这儿有人遛狗，有人骑山地车，有一家人来闲逛，有人远足，有人扫墓，大家都会来这儿。人们可能从没想过这种地方还有绿地，现在整个社区都可以把这片绿色空间和谐地利用起来。”我们在那里拍摄期间，时不时就得停下手头的工作，给熙熙攘攘的人群让路。芬伍德公墓绝不是一个被死亡笼罩的地方。

图 12

我问克里斯希望自己的遗体被怎样处理。他回答，自从来这儿工作后，他改过几次主意，但现在，“我觉得被埋在一棵树旁边，成为树的一部分，可能是最美好的离开方式。这样的话，家人可以在你的枝干上荡秋千，顺便看看你。我觉得绿色殡葬特别好。遗体防腐？我感觉没人愿意把那种东西灌进亲人身体里吧？为什么不回到我们诞生的那个系统呢？”克里斯的表述方式十分类似有关骨灰纪念品的暗示，即经历了生物或法律意义上的死亡后，逝者仍然会以某种形式存在。你所爱的人仍然与遗体存在某种联系，所以你不想对它做什么残酷的事。但躯壳里面的实体——克里斯含糊地称其为“灵魂之类的东西”——会慢慢放松下来，直至最终离开，甚至有可能转变为另一种存在形式。骨灰纪念品正是为了实现这种转变而出现的。具体到绿色殡葬上，转变结果则是成为其他生物，比如枝干盘曲如舞姿的地标性植物加州橡树，或是可以让泥土变得肥沃的微生物。

将墓地变成利用率高的绿地，是芬伍德公墓的共同所有人兼首席执行官泰勒想出来的点子——当然，除他之外，许多支持绿色殡葬的活动家和其他公墓经营者也在努力推动这项将死亡再自然化（re-naturalize）的运动。[2] 我们与泰勒约定的采访地点是芬伍德公墓的大楼，就在公墓入口附近的山脚下。在人们的传统印象中，殡仪馆都是新殖民地主义或新古典主义建筑风格的大宅子，而且门口一定会有条环形车道。但这座由混凝土和玻璃构造的建筑则完全不一样，它看起来美轮美奂，由著名的 SOM 建筑设计事务所设计，整体为 20 世纪中期的建筑风格，但也散发着一点日本现代主义的气息，对于以西方化佛教和打破传统的创业精神而著称的北加州来说，这样的混搭最合适不过了。公墓的办公室、准备室、火化室，以及悼念室（可供亲友聚会和举办仪式）都在这栋楼里，我们采访泰勒时，透过他背后那堵厚厚的玻璃墙，看到庭院里有一条弗兰克·劳埃德·赖特设计风格的瀑布。在北加州容易干旱的地景中建造这种人工水景，显然是希望它能像自然风景那样让人得到心境的平和。

泰勒其实名声在外，他更为人知的头衔是好莱坞永恒公墓（Hollywood Forever Cemetery）的开发商。这座位于洛杉矶的公墓原本叫好莱坞纪念公园（Hollywood Memorial Park），是塞西尔·B. 戴米尔、简·曼斯费尔德等众多名人的安息之所，但到 20 世纪末时，由于多年疏于管理，整座公墓已经成了一片满是大理石和杂草的野地。1998 年，泰勒从洛杉矶市政府手中低价买下公墓后，通过调整墓地空间，使之重新焕发了生机。他不但将服务对象扩大到了泰国佛教徒、亚美尼亚东正教徒、墨西哥天主教徒、俄国犹太人等已经把洛杉矶当成家园的各移民群体，还剑走偏锋，把公墓变成了服务在世者的社区空间和文化场所，主办了从独立摇滚音乐会到电影放映会（这儿毕竟是好莱坞）在内的各种活动。

泰勒说，对好莱坞永恒公墓的改造是出于执念，而对芬伍德公墓的改造更接近顿悟。一天，他躺在吊床上晃悠时，脑中突然灵光一闪：

> 我心想，人们老说墓地浪费空间，可好莱坞

永恒公墓并不是都市丛林中的无用空间，人们需要它，需要树木，需要孔雀和天鹅，用这些来愉悦心情。这一切具有缓和性和治疗性，提醒人们不要忘了生与死。要是墓地真的可以成为保护区呢？如此一来，死亡不就变成一种保护自然景观的方式了？

马林县是试验这个想法的好地方，而且那儿也有一座疏于管理、待人竞购的公墓。米尔谷的周边环境非常多元化，既有奶牛场，也有城郊的西班牙裔聚居区，还有至今依然生活着嬉皮士的小镇。当然，该县更出名的原因还是，这里属于全美最富庶的区域之一，而且政治上又倾向于自由主义。[3]

有些企业家能成功，靠的是敏锐的社会洞察力，泰勒就是这样，他对于文化潮流和历史转折点有着精准的洞察。他认为，美国殡葬业的变化具有“周期性”。在20世纪，“我们的文化崇尚物质主义，所以丧葬习俗也反映了这一点。（它）十分接近中产阶级的理想——‘别人有的，我也要有’。这是一种社会地位的象征，选什么样的棺材和选什么样的车，本质上没有太大区别，人人都想要高级的金属棺材”。他指出，我们的社会正变得越来越世俗化，但怪异的是，同时又不再那么崇尚物质主义了。不过，更矛盾之处还是自 20 世纪 80 年代以来，虽说自认为是基督徒或犹太教徒的美国人数量出现了断崖式下降，但丧葬习俗却愈加向《圣经》靠拢。比如，泰勒就发现，芬伍德公墓的很多潜在客户“开始接受遗体，认识到对遗体表达尊重的方式不是将体液抽干，再灌入化学物质、涂上化妆品，而是使之回归本源。但如此一来，我们又绕回到了‘尘归尘’的观念”。“尘归尘”的说法出自《创世纪》3 章 19 节:“你必汗流满面才得糊口，直到你归了土，因为你是从土而出的。你本是尘土，仍要归于尘土。”泰勒以及其他潜在的绿色公墓经营者去找市县规划部门商谈时，对方经常会误认为遗体防腐是法律要求，他们这是想搞特殊。为了纠正此类误解，泰勒指出，犹太教正统派使用的葬礼物料也一样是绿色的，所以禁止绿色殡葬就等于违反了美国宪法第一修正案中有关保护宗教自由的条款。[4]

“《旧约》里的葬礼就是这样。这不是什么新鲜事，反而是老传统，舍弃了后来增加的那些无用功。我经常听很多人说，‘哎呀，就把我放在普通的松木棺材里埋掉得了’。我觉得这是真心话，他们就是想回归本源、得到解脱。”芝加哥犹太殡仪馆的老板大卫证实了泰勒的说法："犹太葬礼就是绿色殡葬……碳足迹非常少。我们来自土地，又回归土地。”他补充说，遗体的沐浴和包裹仪式是一件“很美好的事”，遗属们正重新亲自参与这种净化仪式（即“犹太净礼”），既表达了对死者的尊重，也表达了对地球的尊重。与家庭自办葬礼运动一样，殡葬业目前出现的一些所谓的变化，不过是恢复了工业化时代以前的做法。

前面曾提到，泰勒认为美国人一面越来越“世俗化”，一面又开始重新接受《圣经》风格的葬礼。乍听起来这话好像自相矛盾，但其实不然。近几十年来，受塔拉勒·阿萨德的影响，世俗主义一直是人类学的争论热点。阿萨德认为，世俗主义并没有如许多人所认为的那样，变成一种不受宗教或神圣观念影响的价值体系。许多国家只是名义上的世俗国家，比如美国实际上早已将某些仪式、信仰、道德准则神圣化了。但讽刺的是，“宗教信仰自由”的观念其实在某种程度上也是一种信仰，判断人们应该尊敬什么、保护什么，而这就是“神圣”一词的基本定义。此外，世俗主义体系中往往会暗含一些偏见，但针对的不是全部宗教，而是某些宗教。对此，身为穆斯林的阿萨德以

“9·11”恐怖袭击后自己在“上帝之下的国度”的生活经历为例，进行了深入剖析。尽管世俗主义的定义和原则已经随着时间的推移而发生了变化，并且还因为文化语境的不同而出现了差异，但人类学家目前基本上认为，“绝对贯彻世俗主义的社会不存在，绝对贯彻世俗主义的心理状态也不存在”。[5] 换言之，人类几乎无法从自己头脑中抹除形而上和重视伦常的思维习惯。

绿色殡葬或许可以吸引那些自认为是世俗主义者、无神论者或不可知论者的人，但葬礼过程中也少不了一些虔诚的行为。采访快结束时，泰勒反思道：

> 我觉得，我们这些比较在意气候变化和生态退化的人，心里总会有些责任感和负罪感。对我来说，这一概念的美妙之处和灵感来源，就是我们可以在一定程度上凭借这伟大的最后一幕来缓解气候和生态压力。这样做的人越多，我们就越有机会用自己的死亡扭转人类给地球造成的死亡。

换言之，绿色殡葬运动就是人们通过此种仪式来表达他们的伦理世界观和对救赎的看法，人们把自己的遗体作为见证和治疗的手段，就算将绿色殡葬视为一种仪式性献祭，可能也不是多么标新立异的观点。

^^^

对于历史学家和考古学家而言，墓地有着天然的吸引力，因为这里能提供许多关于过去社会的线索。有关这一殡葬话题的文献，在数量上远远超过了关于遗体防腐或壁炉架上的骨灰瓮的研究报告。大约在一万两千年前，也就是新石器时代，人类学会了种地，建造起城镇，过上了定居生活，而墓地这种专门为死者建立的社区也开始成为常规。当然，在现代社会以前，埋葬方式并非只有这一种。把逝者埋在住宅的地下或临时的坑里，等遗体白骨化之后再把干净的骨头搬到藏骸所，也是最常见的处理方式之一。不过，土葬或者说专门将逝者埋在远离生者的地方，是世界各地的通行做法，在亚洲和欧洲的传统尤其深厚。

考古学家曾通过考察墓地发现了美国历史上的一些重大转折。20 世纪 60 年代，詹姆斯·迪茨和埃德温·德特勒夫森对马萨诸塞州 1680 至 1820 年间的墓碑设计元素进行了研究。通过记录下的数千个案例，他们发现了潮流的变化，总结出了三种主要的母题：骷髅头、小天使、柳树与骨灰瓮。他们将研究古代社会的考古技术应用到距当代更近的社会上来，极具开创性，而且证明了考古学家可以发现那些或许会被历史学家遗漏的东西。具体到美国的话，他们在研究中发现，不断变化的墓碑设计反映的是意识形态的根本性变化。我们前面曾说过，菲利普·阿里耶斯把西方人对待死亡的态度划分为了五个模式，迪茨和德特勒夫森则利用墓碑作为证据，给出了阿里耶斯的理论在美国语境下的改良版本。

二人指出，最初的“骷髅头”时期（1680—1740）反映了殖民地的清教根源，强调的是谦卑感、必死性以及上帝的审判，很多墓志铭中都会提到尘土、腐烂、蛆虫，以此提醒人们别为了这世间的生活枉费心机。下一个时期是1740至1760年，墓碑风格突然大变，小天使头像和小天使翅膀的图案出现了。这一殡葬文化的新进展主要是受到了第一次大觉醒运动的影响，那场大规模宗教运动过后，新崛起的福音派更关注天堂的欢乐，以及灵魂得救所具有的积极向上的力量。按照浸礼宗和循道宗的神学理论，死亡是值得称赞的“好消息”，因为据说人死后可以去一个好地方。可以说，可爱的小天使图案恰如其分地代表了那个时代的精神。但很快，柳树和骨灰瓮图案开始同时出现在满是小天使的新英格兰墓地中，并逐渐取代了后者。迪茨和德特勒夫森指出，柳树和骨灰瓮要比前两种图案都“长寿”，一直被沿用至维多利亚时代，其殡葬美学可以解释为将死亡“去人格化”和世俗化。但我认为，他们可能将去基督教化和精神理念的缺失搞混了。更可能的情况是，最后这种趋势反映了人们对古希腊和古罗马文化的一种浪漫主义的迷恋（还记得雪莱吧？）。另一种解释则是墓碑以柳树和骨灰瓮为装饰图案是要表达这样一种理念：死亡是永恒的、普遍的，或许还有一点神秘——就像古罗马的考古遗址一样。[6]

^^^

社会历史亦可在死亡景观的布局和位置中体现出来。殖民地时期的北美实际上没有公墓，而是像中世纪和近代早期的欧洲那样，只有教堂墓地与神庙墓地；而且那时的坟墓会重复使用，几代人往往挤在同一块破败的墓碑下，地下的棺材摞了好几层。但随着封建制度的缓慢终结和工业化运动在 18 世纪的迅速兴起，欧洲的经济出现了深刻变化，并且引发了迅猛的城市化，生者世界的过度拥挤也蔓延到旧世界的墓地，使之成为“人满为患”的死人贫民窟。历史学家托马斯·拉克尔写道，到18世纪末期，大众对有毒气体和卫生状况的担忧，逐渐同投资者对新城市用地的渴望合成一股力量，催生出一场改革死亡的运动。公墓（英文为cemetery，源自希腊语，本义为“安睡之地”）开始出现在城市郊区，而且不再受教堂的管辖。公墓通常无关任何宗教派别，既可以为市政府所有，又可以由私人经营。与此同时，公墓的美感也开始成为人们精心规划、设计和讨论的主题，于是出现了干净、合理的网格公墓（grid cemetery）——例如巴黎的拉雪兹神父公墓（有罗马风格的地上坟墓）——英国的花园公墓（garden cemetery），以及美国的乡村公墓（rural cemetery）。[7]

花园公墓和乡村公墓的设计初衷是为游客提供野餐的去处，要有真正的柳树为人遮阴，也要有曲折的小路、开花的藤蔓、长满蕨类的树林和瓮形的花盆。马萨诸塞州剑桥市的奥本山公墓是全美第一座乡村公墓，1831年建成后，它很快便在这个发展迅速、拥有大量闲置土地的国家成为城郊墓地的设计典范。[8]在霍乱和黄热病肆虐的年代，乡村公墓的选址解决了人所共识的卫生问题，即死人要同活人分开。乡村公墓运动（rural cemetery movement）体现的是一种新型丧葬文化，起源于浪漫主义时期的感伤主义，最终使人们对死亡的关注从来生逐渐转移到了当下正在进行的纪念和悼念活动上来。这是一场泛西方的文化运动，菲利普·阿里耶斯称之为“你之死亡”（Thy Death）时期，其做法和表现方式强调的是生者与逝者之间的关系，但也将关注点从逝者转移到了悼念者身上。后来，这一丧葬文化全面发展成为维多利亚时代的“死者崇拜”（cult of the dead），主要特色便是前面提过的哥特式黑色丧服、哀悼珠宝和遗体艺术摄影。[9] 前几代人要是认为如此过分地沉溺于悲伤情绪有违基督教教义的话，那他们其实想得很对，因为这种新型乡村公墓中确实含有诸多异教元素，涉及的人类历史也更为悠久。拉克尔对此有过一段恰如其分的描述：“（乡村公墓是）一个用各种借来的历史碎片组成的历史主义大杂烩，包含了埃及、罗马、希腊、中世纪基督教、奥斯曼、莫卧儿等元素，却不属于哪个特定的文化……这里只是一个表达情绪的地方，而所谓的情绪，即使往好里说也和人们对基督教的虔诚没有太大关系，而是同家庭的情感状况密切相关。”[10]

在各种对维多利亚时代悼念文化（大致盛行于 1840 年至 1900 年）的描述中经常被忽视的一点是，恰好在同时期的美国，招魂术（spiritualism）正大行其道。虽然招魂术包含着一大堆不同的做法和信仰，而且起初主要受到英国、瑞典、德国的影响，但就追随者的数量而言，美国版招魂术最为成功。历史学家通常认为，19 世纪 40 年代由来自纽约州北部的福克斯姐妹引发的轰动，可以算作招魂术在美国的非正式亮相。凯特·福克斯和玛格丽特·福克斯宣称她们可以同死人交流，那人是一个被谋杀的街头小贩，他能通过敲桌子回答她们的问题。这之后，姐妹二人成了首批著名灵媒。不久之后，其他灵媒和其他交流形式也开始粉墨登场，如鬼魂附身、催眠术、自动书写、灵魂照相术以及通灵板。早期的美国招魂术也促进了某些古老秘术（魔法、巫术、占卜及相关法术）的复兴和通神学（一种试图调和科学与宗教紧张关系的玄奥尝试）的发明。“一战”后，招魂术在美国逐渐衰落，但到 20 世纪 60 年代时又再次兴起，并混入玄奥莫测、东拼西凑的新纪元运动中，一直蓬勃发展至今。[11]

有人曾短暂尝试过将招魂术变成受认可的正式宗教，虽然失败了，但把所有招魂术信奉者团结到一起的两条共同信仰，却对我们解读当今美国的死亡景观有着重要意义：第一条是逝者存在于一个我们看不见的平行世界里，他们在那里会继续过着类似现世的生活，这样的经历使他们变得比生者更睿智；第二条是生者通过某些办法（通常需要借助某种物品）或许能打通两个维度之间的沟通渠道。迪茨和德特勒夫森的时期划分到南北战争前夕就终止了，但如果我们将他们的研究延展到 19 世纪末 20 世纪初的公墓设计，就会发现招魂术似乎也是美国式来生的又一场重要意识形态转变。

“一战”前，在枝繁叶茂的死亡景观中，遗属们可以用特别的墓碑或招摇的纪念碑来纪念亲人，也可以在周末散步或家庭聚会时公开悼念逝者。天使、熟睡的孩子、虔诚的母亲、倒下的英雄等形象的雕像更是随处可见。乡村公墓的设计初衷是为了延续生者和逝者的情感联系，后者虽然被理想化了，但他们既不陌生，亦不遥远。公墓在 19 世纪是非常重要的社会机构，甚至渐渐成了社会景观的缩影，或者说至少映照出了有钱有势之人希望拥有的那种社会景观。一家之长会用奢华的大理石建造小神庙或小宫殿，甚至是小金字塔，试图用这种过时的做法来宣示自己的历史地位。但同时，19 世纪也是社群坟墓和纪念碑流行的时代，共济会、消防员、林务员之类的群体都有各自的集体纪念碑和公墓区，妇女慈善会和退伍老兵也是如此。南北战争之后的美国公墓就如刻在石头上的一张张照片一样，记录下了当时的社会关系、身份特征，以及社会不平等。19 世纪和 20 世纪早期的公墓通常会按种族、宗教、民族、阶层来划分区域。有些群体可能连公墓大门都进不去，就算进去了，也只能按要求去逝者身份所属的分区。而人们的首选位置一般是山顶或临近树木、水源的地方。

历史学家、哲学家米歇尔・福柯曾以公墓为例来阐述他的“异托邦”（heterotopia）理论。他创造的这个术语用来指那种通过在微观环境中夸大主流社会规范来映射社会的专门空间。异托邦强化了差异、反常、等级的分类。美国乡村公墓投射出的社会理想是每个人都在社会中扮演了不同角色，一个人的身份源自他所属的特定群体。除此之外，还有最令人震惊的一点：即使面对死亡，人与人也不是平等的。考虑到乡村公墓出现时，奴隶制还存在，反移民的政策甚嚣尘上，社会贫富悬殊，妇女尚未拥有选举权，这种社会理想或许并没有那么惊人，但它还是证明了公墓可以很好地反映出生者的生活状况——当然，前提是你要懂得如何解读这些线索。[12]

进入 20 世纪后，又一种死亡景观的类型出现了，其代表是加州格伦代尔市的森林草坪纪念公园（Forest Lawn

Memorial Park)。这座公墓建于 1906 年，最初为乡村公墓，后在 1917 年由华特·迪士尼式的人物休伯特·伊顿接管并重新设计。伊夫林·沃创作讽刺小说《至爱》的主要灵感便是来自伊顿和他的“森林草坪”，不过这并不妨碍我们来考察一下“森林草坪”怎样改变并反映了美国社会的现实。伊顿的第一项新举措（也）是设计一个引人向往的语言转变：舍弃“公墓”的称呼，改叫“纪念公园”（memorial park）。这种现在常被称为“草坪公墓”（lawn cemetery）的空间会受到严格管理，体现的是 20 世纪中期美国追求一致性和草坪要修剪齐整的城郊美学。在维多利亚时代，乡村公墓里杂乱地立满了极尽溢美之词的纪念碑，相比之下，城郊草坪公墓的管理者则将极简主义奉为圭臬，墓碑都要统一躺在地上，方便修剪草坪，减少维护成本。很快，这一设计就开始被越来越多的营利性私有墓地经营者效仿了。

草坪公墓里整齐划一的墓碑似乎是在宣告：“我们都一样，都是中产阶级。”这种舍弃了乡村公墓美学的戏剧性转变，乍看似乎反映了进步时代和民权运动所倡导的社会平等，但事实是，私营草坪公墓并不会受到多少来自宗教或政府的道德束缚，所以其身份隔离的问题反而可能比旧式公墓更加严重。本质上来讲，这类公墓就是为逝者设立的封闭社区，公司可以随心所欲地制定规则。决定了谁能进去之后，它们还要规定客户应当怎么和逝者互动。在那些旧式公墓中，遗属可以用鲜花、节日装饰或在特殊日子留下礼物和祭品的方式，来表达爱意与哀思，但这些行为在葬礼全套服务“全场统一价”而且对悼念活动管理严格的草坪公墓里，是被完全禁止的。尽管伊顿及其支持者将公墓重新命名为“纪念公园”，但事实是这类机构推行的形式和策略在本质上终结了遗属的悼念和扫墓活动。继续与逝者保持情感联系不再是一件得体之事，拜访其长眠之地也不再那么让人高兴。正如历史学家大卫·斯隆所言，纪念公园以精简化、标准化方式来塑造死亡景观，最终“把公墓变成了存储空间”。草坪公墓是在通过僵化的设计和死板的规定告诉人们，“把至爱交给我们吧”，让遗属们赶紧继续向前走，别在这儿磨蹭了。[13]

或许杰西卡·米特福德的结论很正确，“森林草坪”反映出美国人在公共卫生问题上着了魔。而且最重要的是，这种公墓的设计几乎是在扯着嗓子告诉人们要保持清洁和秩序。诚然，公墓不一定都是设施老旧、“鬼影幢幢”。但正如伊夫林·沃观察到的那样，此类寂静无比、精心打理过的公墓亦会带给人一种毛骨悚然的感觉。草坪公墓的出现标志着生者与逝者的关系被彻底割断了。回观整个 20 世纪，随着这类拒人于千里之外的公墓越来越多，人们对死亡也愈加感到不适。（阿里耶斯称之为 20 世纪由过度医疗化带来的“被禁止”或“被藏匿”的死亡）草坪公墓兴起的时期，也正是垂死之人被隔离在医院病房或疗养院中，远离大众视野的时期。埃斯梅拉达把草坪公墓称作“地下停车场”，因为里面不再有弯弯曲曲的小路，只剩下铺砌平整的车道。的确，此类公墓彰显的似乎正是汽车文化，以及 20 世纪中叶的美国人对筹谋出一个太空时代的未来所持有的自信。他们甚至以为自己能设计出一种更美好的来生。这到底是狂妄自大，还是无比乐观？

^^^

尽管到 20 世纪中期，草坪公墓已经遍布美国，但古老的乡村公墓并没有彻底消失。当然，所谓的“乡村”是指 19 世纪的浪漫主义风格，而非地点。随着城市的扩张，那些原本位于郊区的墓地现在早已被圈进大城市的边界里。许多乡村公墓逐渐沦为悲凉、荒芜之地。到 20 世纪末，大部分原本为方便人们散步、纪念亲人、弘扬社会价值而建造的乡村公墓，都已被废弃或忽视，极易遭到破坏。但现在，情况有所变化。除了泰勒在加州进行的两项试验，类似的保护工作也开始在印第安纳波利斯、孟菲斯、波士顿等地出现，人们通过鼓励举办 5000 米跑、电影之夜、寻找复活节彩蛋、垃圾回收、闹鬼历史之旅、婚礼等活动来复兴乡村公墓，将它们重新纳入城市生活。此外，创建“新的”绿色殡葬区以满足人们对绿色殡葬日益增长的需求，也是一种复兴途径。事实上，这类公墓里本来就安葬着很多没做过遗体防腐的人。

泰勒说得对，文化具有周期性。尽管信仰和习俗并不会原样回归，但“过去”确实是一种可再生资源。若从考古年代来衡量，我们根本都不需要追溯到很久以前。在南北战争前，美国人的后事，包括清洗遗体、守灵在内，基本都是在家里自己操办，最后再将未经防腐处理的遗体埋到地下。

泰勒说，坐飞机时，每当旁边的人问他做什么工作，在他解释一番后，对方的惯常反应都是：“公墓啊，真浪费地方！”这类说法我自己也听过无数次，每次问人们希望自己的遗体被怎样处理时，得到的回答都是更愿意火葬。诚然，在一些人口较为密集的城市里，市中心的房地产价格可能高到令人咋舌，但美国不曾真正面临过郊区廉价土地用尽的风险。即使是古老的城中公墓（以前是乡村公墓），里面也依然有很多地方空着。“浪费地方”或许在日本或英国这样领土面积小的岛国是个问题，但在美国，这种说法更多是在表达一种心理状态，只是脑中所想，不是客观事实。他们说公墓浪费空间，实际上指的是浪费地皮。

这是美国人对待死亡的另一个古怪之处，别说全世界了，哪怕只和西方人比较，也显得有点奇葩。美国人理所当然地认为“拥有”一块墓地就等于拥有了一小块不动产，别人不能占用这块地方，连租客都不行。在私营墓地，你的私人“草坪”永远有人修剪，因为你当初购买时，价格里有一部分被用作“永久照管”的捐赠。也就是说，即使在你——以及现在的墓地管理员——与世长辞很久之后，依然会有人来照管你这一小块地。长久以来，“美国梦”一直同“住房梦”画等号，只不过在最近几十年里，这个梦想对于许多人而言已经越来越难实现，或者说彻底破灭了。所以，墓地同样也有了地契，可以买卖和继承。但跟房产不一样的是，墓地很少会被抵押或收回。这块永远属于你的土地是美国最安全的一种房地产所有权形式。由此可见，美国人对景观永恒性的执念有多么不寻常。放眼世界其他地区，更为普遍的做法是租用墓地或家族陵墓，期限短可至十三个月，长可达七十五年，如果到期后没有续约，那么公墓就有权把这块地再租给别的付费客户。这种情况发生时，人们当然希望墓里剩下的只有骨头和尘土，这样就可以把它们扫到角落里或转移到丛葬地中。一般说来，这种安排其实可以接受，因为管理方通常都会等到血肉都被分解干净、墓主也没人记得之后，才会收回那块墓地。到了已经没人来续费的时候，通常也就没人再来扫墓或者抗议了。[14]

尽管这种“墓地租赁”在美国并非闻所未闻，但大部分愿意土葬的人还是坚持要永远地成为这景观的一部分。吸引他们的是一种十分具体的永恒性：要是你占据了一块长 2 米多、宽不到 1 米的区域，让别人无法再利用，那你就在世界上留下了一块永恒的印记。当然，若站在外人的角度看，这又是一个相当古怪的美国式概念，或许同移民者对扩张领土的渴望有关，或许是“昭昭天命”的一种微观表现。但有一点是确凿无疑的，那就是这绝对是在践行私有财产神圣不可侵犯的理念。不过，现在的人们对于必须永久性占有一片土地的信念已经发生了动摇。或许这才是一些人说公墓“浪费空间”时想要表达的意思吧。确切地说，购买传统墓地的人是在花钱确保属于自己的那块土地永远不会被回收利用，同购买一次性塑料制品在本质上没有区别。其实，要想解决浪费地皮的问题，除了火葬还有别的办法。

^^^

绿色殡葬正在从每一座坟、每一个人、每一棵树入手，逐步改变着美国的景观，同时也为相关产品创造了市场，如“朴素的松木棺材”、柳条棺材、用纸或盐制成的可生物降解的骨灰瓮，以及天然的坟墓标记物。这些产品中有些是新发明，有些可以追溯到更早时期甚至古代，殡葬业者正在充分利用死亡史上的周期性变化制造商机。殡葬产品中最简单的是裹尸布，遗属可以选用逝者自己的床单，也可以用桌布，或者从用剩的棉布料上扯一块，只要长度够就行，但亚麻和丝绸是更传统的选择。

埃斯梅拉达在好莱坞附近长大，曾在影视行业做过几十年的服装设计师，对于布料和美学有一种天然的热爱，除此之外，她还喜欢研究不同的文化和历史时期。她转行进入殡葬业，其实也源于一次类似“顿悟”的经历——或许“神化”才是更准确的说法。但“神化”的主体不是她，而是她母亲。

2000年小布什和戈尔竞选总统的那天夜里，埃斯梅拉达接到一个电话，说她母亲快不行了。她立即往包里收拾点东西，便坐飞机从北加州飞回南加州，又连夜租车横穿沙漠，才及时赶到母亲所在的疗养院。她陪坐在已经奄奄一息的母亲身旁，几个小时后，母亲突然直挺挺地坐起来，大呼了一口气，然后瘫倒在她的怀中。据埃斯梅拉达描述，尽管当时脑子一片恍惚，但她记得自己先要求医务人员离开病房，又扔掉了所有跟疾病有关的东西，然后给母亲清洗完身体，用一块藏红色丝绸将遗体包裹好——那块布是她一时心急从布料堆里抓出来，扔进行李袋里的。之后，她点燃蜡烛、焚上香，开始冥想。两小时后，医务人员轻轻敲开房门，看到了眼前的变化。埃斯梅拉达说："那是我这辈子最为印象深刻的神秘体验之一。我用布把母亲包裹好，好像天生就知道要那么做。你可以管它叫前世的记忆或者别的什么，但我只知道，在我的世界里，就该那么照护逝者。"

三年之后，"9·11"事件引发的经济衰退依然在剧烈地冲击着影视业，埃斯梅拉达便借机成立了公司"金卡拉寇绿色殡葬品"（Kinkaraco Green Funeral Products），为那些想有类似体验的人提供裹尸布。“直到最近，只有特定宗教的信徒才被准许用裹尸布埋葬。在美国，从传统上来说，犹太教徒和穆斯林都可以直接用裹尸布包好后埋葬；而现在，我觉得环保人士也应该拥有同样的选择权，如果他们愿意的话。”随着业务的发展，埃斯梅拉达发现东亚和南亚地区有在火葬前包裹遗体的传统，来自这些地区的移民后裔也有类似的需求。她比较倾向于传统布料，主要提供薄棉布和亚麻布，但也出售一些鲜艳而奢华的丝绸和非洲的肯特布。埃斯梅拉达建议，在包裹遗体时可以在布上铺些鲜花和药草。这种做法有先例可循，比如耶稣基督的裹尸布里就放置了沉香木和没药，英国也有在裹尸布中铺放野花的老传统。药草和鲜花的香气可以盖过自然腐烂的味道。

图13

我问埃斯梅拉达怎么看待越来越多的人不再对遗体进行防腐处理，这种转变又为何发生得如此迅速。她猜测，“二战”一代人可能真的相信人等同于他的整个身体，所以“帕玛密封”牌棺材（Permaseal caskets，给人的感觉好像这牌子的棺材能把风雨和虫子永久地封在外面）才那么流行，而且人们还会努力让逝者看起来好像正在安睡。同大部分批评 20 世纪中期美国传统的人一样，她也将这些做法解读为美国人极力否认死亡的证据。但在她看来，那种日子已经成为历史，原因主要有两个。首先，“人们想要真实，渴望真实。你用裹尸布把奶奶的遗体包起来之后，仍然能看到她的轮廓。你知道奶奶——或者其他被埋葬的人——最终会被微生物吃掉，但你可以接受。你能接受潮湿，能接受腐烂。但对于一个无法接受的人来说，这简直就是一部恐怖片”。其次，环境伦理兴起后，不断要求人们减少资源浪费，减少对环境的毒害，所以遗体防腐终将退出历史舞台。“很多人都相信，身体就像香蕉皮，香蕉吃完了，那你还要负起责任，处理掉香蕉皮。所以，把香蕉皮用来堆肥才是合乎道德的做法。”

对于一个无法接受的人来说，遗体堆肥肯定像一部恐怖片吧。

^^^

卡特里娜专门研究的正是“人体香蕉皮”，不过她自己不这么叫，因为在这个直戳人心的行业里，审慎的措辞乃是重中之重。2014 年，卡特里娜受到某个学生建筑项目有关可持续城市设计的研究成果启发，创建了非营利性的“城市死亡项目”（Urban Death Project）。她借鉴了农业技术中快速分解死亡牲畜的过程，倡议开发一种在城市小空间中利用遗体堆肥的方法。之后，她同法医人类学家合作，一起研究出了解决方案。

在试点项目和由此诞生的非营利组织获得多项设计大奖后，卡特里娜最终把遗体堆肥这个当时还停留在概念阶段的不太具有可行性的事业，变成了一家公益型企业。这家名为“重组”（Recompose）的创业公司设在华盛顿州西雅图市，拥有 700 万美元的风投资金。卡特里娜发明了将人体快速转化为泥土的方法，目前正在申请专利，其主要步骤是先按特定比例混合的土壤、木屑、稻草，创造一个完美的环境，然后把遗体暂时埋入其中，让那些埋头苦干的微生物来完成它们的分解工作。通过控制湿度和翻搅堆肥，整个人体（包括骨骼和牙齿）在短短一个月内就能化为土壤。据卡特里娜说，返还给遗属的土壤看起来“跟你在本地苗圃买到的表层土没什么两样”。“重组”强调说，这一过程除了能为公众提供一种新的遗体处理方式，还能达到碳截存、土质改善等公共利益目标。[15]

“重组”成功寻得了足够的支持。2019 年 1 月，华盛顿州立法机构通过一项法律，修订了有关可允许的遗骸处理方式的法规。州参议院第 5001 号法案规定，现将“重组法”（recomposition，定义为“以可控方式将遗骸加速转化为土壤”）和碱性水解法（alkaline hydrolysis）确立为“处理遗体时可允许的转化方法”。虽然卡特里娜的“重组”项目与泰勒、埃斯梅拉达提到的“环境与精神伦理”有着明显的交集，但同时也和长期为美国资本主义提供支持的功利主义简化论存在交叉。“重组法”旨在将遗体转化为**有用的**东西，是一种将人体视为可再生资源、以回收利用为目的的处理方法。卡特里娜的项目既诉诸环境伦理，也诉诸废物处理的实际情况。[16]

卡特里娜与我见过的大多数创业者都不同，并列排在她创业动力第一位的是她对城市的热爱和她的永续农业证书。永续农业是一种兼顾集约型可持续农业和景观设计的方法，其核心宗旨是顺应而非违逆当地生态，实施原则包括“捕获与储存能量”“不产出废物”“融合而非隔离”。

不难看出，在城市空间中的遗体要如何处理的问题上，卡特里娜运用的正是这些理念。在接受我们的电话采访时，她指出，遗体不该继续被隔绝在城郊，她希望能“让逝者重新融入城市环境中”。和开发芬伍德公墓的泰勒一样，她意识到，“城市中的绿地自有其特别之处”。在人口密集的城市，尤其是那些四周还被水路包围的城市，要想扩建传统墓地其实很困难，所以“重组”倡议，应当把公园和私家花园这类业已存在的城市绿地重新利用起来。她问：为什么要让火葬浪费掉那些潜在的养料呢？

我跟别人说起“重组法”时，有些人很有兴趣，有些人则感到厌恶。“重组法”很容易让人联想到生物分解的自然过程（蛆虫、渗液、臭味）——这要是放在过去，很多人都会觉得恶心。此外，人们的思维还可能会直接跳到番茄上：在大多数文化中，就算奶奶已经被分解成无数的有机碎片，你根本认不出来那是她了，但吃下用奶奶变成的土种出来的番茄依然是大忌。所以，卡特里娜觉得有必要明确告知客户，他们制成的那些珍贵泥土只可用于树木种植和装饰，不能用在菜园子里。我怀疑她这么说，并不是因为遗体堆肥真的会造成什么健康和安全威胁，而是为了安抚公众情绪不得不说。她告诉我，记者和公众老是问那些土会不会用来给粮食作物施肥，“实在喧宾夺主”。所以，她重新调整了宣传方向。

卡特里娜说，用遗体来制造泥土其实很有意思，虽然整个过程结束后，逝者就“不再是人了”。对卡特里娜而言，这不仅仅是个物质过程，尽管她的兴趣点不在于纪念，可她也承认，这种遗体腐烂可以提供“探究神圣”的机会。她正在构想一套能在“重组”协助下实现的仪式框架，而且她还鼓励客户收到泥土后自己来设计仪式。卡特里娜认为，遗体直接火化最大的一个问题是仪式感的缺失。“整个过程太事务性了。”所以，她主张要有所转变。

确实，要是你只需上网填张表，几天后就能收到美国邮政递送的小纸盒，那火葬确实是一种令人麻木的事务流程。但是，火葬也可以为各种自办仪式提供可能性。在美国，虽说有些骨灰可能会先在骨灰瓮里放几年，但大部分最后都会被抛撒到花园或自然景观中。这种遗体处理方式作为先例给“重组”项目奠定了基础。火葬或许不完全对环境有利，但诚如芬伍德公墓的克里斯所言，它依然为象征性地“回到我们诞生的系统”提供了一个简单的办法。把骨灰抛撒回自然界之后，死者就变成了泥土，或者从广义上来讲，回到了景观和地球的分子流动当中。

^^^

说到美国骨灰抛撒的新传统，家住加州塞瓦斯托波尔市的罗德可以算是能登上宣传海报的代表人物。事实上，他还真有张海报想给我和丹尼尔看看。在自家院中的餐桌上，罗德翻开一块宽约 90 厘米、长约 120 厘米的白色三折展示板——就是学生在科学竞赛上用来展示实验成果的那种——给我们看了一组拼贴照片。上面除了印有姓名、日期的风景照外，还有几张照片拍的是撒成心形的骨灰。这是罗德的“故事板”，记录了他带着妻子雪莉的骨灰目前已经走完的旅程。雪莉因癌症不幸去世后，罗德便跳上自己的卡车，一路向西部开去。任何对她来说有特殊意义的地方，只要他能想起来，就尽可能都去。有些地方是他们一起旅行过，有些是对他们的爱情有重要意义，还有一些则是她当年跟他提起过的。就这样，罗德从索诺玛县出发，沿着俄勒冈海岸一路北上，又返回加州，往东开到了内华达。我们最近一次通话时，他还没有抵达加拿大落基山脉。到达之后，他的旅程就结束了，她的也是。

很显然，罗德不仅是在举行一场自己设计的仪式，也是在进行一种自己设计的治疗，二者并不排斥。罗德爱了雪莉三十五年，直到现在依然如此。两人相遇时，他住在加州北部某座荒凉小镇上的一个圆锥形帐篷里。某天晚上，他们在一场消防员举办的谷仓舞会上结识。当天演奏的本地乐队非常受欢迎，他俩跳到了半夜，然后一起回了罗德的帐篷。第二天早上，雪莉说得先回家遛狗，罗德便从栅栏边的花丛中摘了一朵黄玫瑰给她，并表示回家遛狗没关系，但她得赶紧回来，“因为我不搞一夜情”。交往一段时间之后，二人选择到塞瓦斯托波尔定居，然后买了一大块地，盖起了他们自己的房子。从房子周围那些粗糙多节的苹果树，你能依稀想象出曾经支撑当地经济发展的各种果园的模样。现如今，那块地毗邻一座葡萄园，不过他们当初购买时，该区域的地价对于一名学校食堂厨师和一名办公室经理来说，还算可以承受。两人都喜欢园艺和户外活动，这一点从房子周围各种植物生机勃勃的样子就可以看出来。我们站在几株刚刚长成的红杉下交谈时，罗德说雪莉是“真正的大自然的孩子”，她平时既不化妆，也不戴胸罩。罗德自己也是一副悠然自得的样子。这几年，他会在假日期间兼职扮演圣诞老人。他本人看着就很像。

在雪莉与癌症及其并发症抗争的漫长时期内，罗德一直亲自照顾她。虽然听他的讲述，好像雪莉是两人之中的那个强者，但我不太确定。雪莉显然是个比较务实的人，把家里的东西都贴上标签，归置得整整齐齐；罗德则是比较浪漫的那个，喜欢雕刻一些稀奇古怪的手杖。雪莉快到生命尽头时，两人讨论了一下遗体的处理方式，并一致同意“想变成肥料”（我们的采访过去两年之后，“重组”才出现）。罗德说，当时要是条件允许的话，他就“把她用印第安毛毡裹起来，埋在树底下。这样就可以变成植物的肥料了”。但经过调查，他们发现要想葬在自家的土地上，得克服加州法律设下的重重障碍，基本上不太可能实现。[17]

罗德说完这些后，我们一起上了他的卡车，因为他想带我们去一个特别的地方——海边的一座山谷，那是雪莉长大的地方。我们沿 101 号公路往南开了大约一个小时，从天堂大道的出口出来，又上了通往芬伍德公墓方向的匝道。过了公墓之后，我们沿着蜿蜒的山路继续往上开。快到山巅时，罗德把车停到了塔玛佩斯山州立公园的小停车场。我们在夏日的滚滚热浪中下了车，跟着罗德上了一条小路，路两旁满是干枯的黄草，蟋蟀的叫声不绝于耳。走了大约四五百米，我们来到了一棵枝繁叶茂的大橡树底下，几千米外的太平洋美景尽收眼底。这里给人的感觉很偏僻、很隐秘，所以当看到几个小女孩正在树荫里玩耍，她们的妈妈坐在不远处的树干下时，我们着实有些惊讶。

罗德走过去，跟她们解释了一下他想干什么，以及我们为什么会来这儿。几分钟后，她们站起来，拿着罗德送的一块心形石头，高兴地离开了，只留下他和橡树独处（好吧，除此之外还有个爱八卦的摄制组）。

罗德提前把雪莉和她父母的骨灰混在一起，这些人的骨灰已经在他家里放了好几年。现在，他通过这种自创的处理仪式，让她的父母也有了安息之所，在让一家人死后重新团聚的同时，还一步步地解除了自己对他们的照管责任。这是一种循序渐进的社会性死亡形式，所以不会让人感到太痛苦。罗德在两条粗如大腿的树根间找了一块不起眼的地方，用骨灰撒出一个心形，然后站起来拍了拍大树，嘱咐它好好照顾这一家三口。尽管这样的仪式他已经重复做过多次，但说话时声音还是有点儿哽咽。

图14

雪莉不仅存在于塔玛佩斯山上，还存在于西部地区十几处景观当中，互相间隔数百千米，可谓是分布极广的人观。有了骨灰纪念品，逝者的一小部分就可以留存在这种无生命物体中；但把骨灰抛撒到大自然里，人就会回到生机勃勃的景观中，而且那些景观通常是当初对那个人产生决定性影响的风景。或者正如泰勒所说，这就是回归本源。

丹尼尔和我最后一次采访“街头的路人”是在 2019 年 2 月。严格来说，采访地点不是街头，而是一条天然形成的小路。一场暴风雨后，弗吉尼亚和儿子亚历克斯来到伊顿峡谷散步。这是位于帕萨迪纳市郊的一片野生动物区，毗邻圣加布里埃尔山脉。峡谷中草木苍翠，一条小河急流而下，白浪翻滚，挡住了行人的去路。我们之前采访时总听人说希望死后变成树，所以就想到来这里拍些树的素材。人到中年的亚历克斯当时正拄着一根雕刻着花纹的手杖，有只眼睛上还戴着眼罩，一下子便引起了我的注意。母子二人欣然接受了我们的简短采访，而且让我没想到的是，弗吉尼亚竟然十分健谈，眼神也坚毅无比，看起来就是个说一不二的妈妈。我问她希望自己的遗体被怎样处理。弗吉尼亚回答，她已经跟子女讲过希望被火化，因为“加州什么东西都贵”，只能用这种办法钻空子。孩子们到时可以把她的骨灰撒到山上、海里，或者就撒在伊顿峡谷，“只要是我们去过的地方就行”。她有些暴躁地补充道：“我们对大自然做了那么多坏事，真是太可惜了。”不过，我觉得她并不认为把自己的骨灰抛撒在大自然里就可以拯救地球环境，而是想说这种做法是对人类浪费无度的恰当惩罚。

在峡谷里的其他地方转过之后，我指着一棵模样尤其能引人遐思的老橡树让丹尼尔看，那棵树的树干极为粗壮，上面缠满了野生的藤蔓。他站在远处先拍了一组广角镜头，然后又走到近前，给纹路精细的灰树皮拍特写。趁他支起三脚架的工夫，我低下头四处看了看，突然间倒吸一口冷气。丹尼尔吓了一跳，顺着我手指的方向，朝树干底部看去：在离三脚架的一条腿只有几厘米的地方，有一堆看起来像厚厚的碎蛋壳的东西，里面还混着粗糙的沙砾状物质——这可是我们再熟悉不过的东西了。在终将发生的未来，要是弗吉尼亚的子女选择了伊顿峡谷的话，那她就有伴了——不知是谁把亲人的骨灰撒在了那株召唤我过去的橡树下面，真是找到了个好地方。

伊顿峡谷虽然离休伯特·伊顿的森林草坪纪念公园只

有几千米，但二者的名字并无关联。[18] 而作为死亡景观，这两座公园更是相去甚远。在自然区域抛撒骨灰已经成了当下美国一种十分流行的新型仪式，所以联邦政府和大多数州政府不得不通过立法来限制抛撒方式及地点。你必须先获得许可，才能到国家公园抛撒骨灰，而且还要遵循公园管理局的指导原则，避免骨灰全堆在人流量高的区域，或者被撒在会使人误认为是考古遗迹或犯罪现场的地方。若要在私人地产上抛撒，你同样需要得到所有者的同意，只要对方没有意见，你就可以做。

可惜的是，迪士尼乐园并不允许人们在游乐设施内抛撒骨灰（即使你礼貌地询问也不行），不过据报道，有人在“幽灵公馆”和“加勒比海盗”项目中违法抛撒过。宗教学者斯蒂芬·普罗瑟罗将类似行为称作“野猫式抛撒”（wildcat scattering）。似乎有越来越多的美国人觉得这样很刺激，也许是被发现的风险让人肾上腺素飙升，让情绪感受更强烈，进而突显整个抛撒仪式的重要性吧。有一位和我家关系很好的朋友（这里我就不指名道姓了）宣称，这是她丈夫最后一次“公民不服从”行为。这种偷偷摸摸的仪式似乎是在宣告：“我爱你爱到愿意以身试险。”或许，这是一股反抗的暗流，对抗的是“所有人的来生都一样”这种近乎已经成为国策的一致性。此外，在公共场所举办私人仪式似乎具有某种强大的力量，而且这种行为验证了“记忆玻璃”的克雷格所看重的那条特质——“别人不需要知道”。秘密仪式之于魔法的意义，犹如礼拜仪式之于宗教。“野猫式抛撒”似乎是在表达一种任性的决心，那就是一定要把逝者送回属于他们的地方，送回那些对他们有重要影响的地方，比如最喜欢的运动队的主场体育馆、高尔夫球场、具有历史或个人意义的建筑物。具体到这类情况，回到泥土中与其说是为土地施肥，不如说是为了在逝者挚爱的地方留下标记。在新奥尔良街头拍摄的那个万圣节前夜，一位受访者告诉我，她父母健在，但二老已经交代过希望骨灰怎么处理：他们有很多特别喜欢的餐厅，儿女将来可以拿一点骨灰，撒到那些餐厅的桌子底下。玩世不恭的幽默感，再加上对美食的着迷，这个答案真的非常符合新奥尔良人的个性。这样的冲动其实同罗德说到的“环境造就人”很类似，只不过罗德的说法要更感性一些。当然，尽管美国人的殡葬仪式与公墓地产的关系正渐行渐远，但其终极意义依然是回家。[19]

图15

^^^

1932年，纽约市伍德劳恩公墓（Woodlawn Cemetery）的负责人乔恩·普拉姆写道："最不朽的纪念是树木。古代国王的坟墓和庙宇早已土崩瓦解、消失殆尽，可建造它们时种下的树到现在还活着。"[20]我不太清楚普拉姆写下这句话时脑子里想到的是不是红杉，毕竟纽约附近并不适合这种树生长。不过，它们的树龄确实可以用帝国的兴衰周期来衡量。在我成长的地方，红杉几乎随处可见。阿姆斯特朗州立公园里有一棵被当地人称为"老上校"的红杉，据估计已经一千四百岁；再往东的话，还有一棵名为"总统"的红杉，已经三千二百多岁了。确实，三千二百年也不是永恒，但要是你想自己变成树或者想用树纪念某个人的话，红杉真是不错的选择。

殡葬业的创新势头异常迅猛，在我操作这个项目的短短几年中，又有好几家创业公司诞生了，“善地森林”（Better Place Forests）便是其中之一。富有远见的公司创始人桑迪将其描述为“美国第一片保护性骨灰分撒林”，这是一种可供遗属在树木间抛撒（或称“分撒”）骨灰的新景观。2020 年初，我去该公司设在旧金山海港区的办公室拜访桑迪，但当时的我们还不知道世界很快就会被一种新的病毒拖入停滞状态。桑迪先领着我简单参观了一下。主色调为白色和蓝绿色的办公室阳光充足，窗外就是恶魔岛的美景，茶水间里有浓缩咖啡及多种奶制品，方便员工打盹的舒适沙发随处可见，以玻璃隔开的多用途工作空间中有许多年轻雇员正在忙碌。我们找了一间小会议室坐下来，陪同受访的还有一名公关部的新员工。桑迪在上一家公司赚了一大笔钱后（他的名字曾出现在一份互联网科技巨头的名单上），决定投身于一家全新的“任务导向型”企业。2015 年，他同合伙人完成了“善地森林”的初步构想，成立了自己的第三家创业公司，而短短几年后，他们便拥有了七十名员工（大部分似乎都是从硅谷挖来的），以及至少 1200 万美元的铺底流动资金。

“善地森林”的业务内容是购买老龄林，再将其开发成一种新形式的纪念公园——这种公园以国家公园而非郊区草坪为范本。刚开始时，他们只是在加州北部购买了几公顷昂贵的老龄红杉林，但没过多久，业务便迅速扩展，他们在美国各地都拥有了林产。该公司出售的商品是“分撒权”（spreading rights），也就是说，你按个人喜好选一棵“纪念树”，然后购买将骨灰撒在树下的权利。价格高低主要取决于你是愿意和陌生人共用一棵树（他们称其为“社区树”），还是想为单个人或单个家庭购买使用权，售价从 2 900 美元到 25 000 美元不等，甚至更高；树木的大小、年龄、树种、位置对价格也有影响。树的底部会安装朴素的铜制铭牌，以此识别购买了纪念权的人是谁。加州的公园通常会在暑期迎来大量游客，所以合同中还规定可为遗属的亲朋好友提供独家会员资格，只有会员才能进入那片不对普通游客开放的老龄林。我上他们的官网看了看，网页做得非常棒，看着图中那么漂亮的访客中心，我猜里面肯定有一台浓缩咖啡机。

“善地森林”其实是个有趣的矛盾体。虽然他们提供的服务颇符合与绿色殡葬、遗体堆肥相关的一般环境伦理，但营销宣传中并未提及骨灰会被用来创造新的生命形式。当然，树已经在那儿了是其中一个原因，另一个原因则是红杉实际上喜欢酸性土壤，不喜欢含有盐碱成分的骨灰。为了降低对当地生态的危害，公司聘请林业专家开发了一种新方法，先将骨灰与本地土壤混合，再放入添加剂，以此减少不良影响。当然，若更宏观地去看，“善地森林”为了保护其林分（目前已近 120 公顷）而出售的地役权和保护认证，确实有助于天然栖息地的保护。此外，作为其“分撒权”套餐服务的一部分，“善地森林”还会向植树项目捐款，以便扩大现有林地面积，创造新的碳汇。桑迪说，他们这个理念在美国各地都很受欢迎，“不只是沿海地区或自由主义者会关注，连保守的宗教人士、无神论者都喜欢。他们的共同点是对大自然的热爱。有时候，我会觉得目前人们唯一能达成共识的事情，可能就是‘善地森林’了”。

桑迪自己也是个矛盾体。创建“善地森林”的深层次原因，其实可以追溯到他幼年失去双亲的痛苦经历，而父母葬礼的举行方式和最终的埋葬地——加拿大安大略省某繁忙公路旁的一座城市公墓——更是加剧了他的痛苦。他希望能在一个“更好的地方”去悼念、缅怀他们。在我们的聊天过程中，桑迪穿插着讲述了这段经历，谈到了他母亲创立的一家非营利组织带给他的影响，还时不时引用几句作家的励志名言，比如毕马威前首席执行官尤金·奥凯利、人类学家厄内斯特·贝克尔，以及一些我没听清楚名字的人（当时的采访我们没有拍摄）。桑迪很有商业头脑，喝过咖啡之后，说起话来更是反应敏捷、富有激情、自信满满，非常适合去做TED演讲。此外，他也非常清楚应该怎么向潜在投资者推销自己的产品，不用我采访，他自己会主动说，我只需要听着，然后飞快地做笔记。

桑迪用一个非常有加州特色的比喻告诉我："创业者的职责，就是发现一个大浪要来了，然后冲到波峰上，努力不掉下去。"在他看来，殡葬业对火葬的兴起应对得不够迅速。至于绿色丧葬，他称之为"利基市场"，而且产品价格不算低廉："绿色殡葬提供的产品不怎么样，和义冢没有本质上的区别，所以会越来越不行。"他暗示说，绿色殡葬缺乏尊严感，因为那意味着把特权阶层当成穷人来对待。我有些惊讶，但也觉得很有意思。这样的观点我还是第一次听说。

桑迪显然很了解他的客户群：他们大部分是"婴儿潮"一代，眼光独到，关心环境伦理的同时也很在意是否被葬在"私用空间"。他们希望自己的生命得到纪念，而这样的纪念即使无法成为永恒，也最好相当持久。"善地森林”基本上是一家“预付费服务”公司，也就是说主要为那些预先筹划自己后事的人提供服务。后来我在新冠疫情期间再次与他联系时，他告诉我，公司的业务有所增长，因为“大家现在更有考虑后事的意识了”。跟他一样，大家都在提前打算。

直到这场连珠炮式的对话快要结束时，我才好不容易把我那两个犀利的问题插了进去。是的，他已经选好了把骨灰撒在哪棵树底下，那是一棵苍劲挺拔的大树，四周盛开着他母亲最喜欢的杜鹃花。他说自己看到那片景象后便想：“这就是永恒的模样啊。”至于去世后会发生什么，桑迪再次让我吃了一惊。在跟我聊过的所有殡葬从业者中，他不仅是那个对自己的商业理念最直言不讳的人，也是唯一承认自己信仰宗教的人。他顿了顿说：“实际上，我是虔诚的信徒。”公关部的姑娘讶异地瞅了他一眼。他补充道，他不太想张扬，因为这在“虚无主义”盛行的加州不是什么很酷的话题。我想让他再详细说说，便问他信仰的是基督教的哪个教派。他又犹豫了一下，说道：“反正这么说吧，我信仰的是名字以 C 开头的那位造物主。”我心里有点“邪恶”地想，是 Capitalism（资本主义）吧。但很显然，资本主义在桑迪的故事中只占了一半的分量。

^^^

我开始梳理那两百多个小时的拍摄素材后才意识到，尽管人们的表述方式各有不同，但死后“变成一棵树”的想法其实非常普遍。其中一些人是像克里斯那样的专业人士，他们很熟悉也很理解绿色殡葬和保护性公墓的生态学，而另一些人则是一知半解的大众，比如在新奥尔良街头采访时，一个扮成了《圣诞夜惊魂》（*The Nightmare before Christmas*）中的角色莎莉的姑娘告诉我们，她听说有一种“很酷的新玩意”，可以让人把骨灰放到什么容器里，然后就有树长出来。她指的可能是“生态骨灰瓮”（Bios Urn）。这种产品几年前首发时曾在社交媒体上引发过一阵轰动，据官网的说法，该公司的产品可以“让你在来生变成一棵树”。这种可生物降解的骨灰瓮看起来有点像星巴克的“超大杯”，但里面装的是一种申请了专利的土壤混合物，其宣传口号是“让我们一起把公墓变成森林”。“生态骨灰瓮”所满足的愿望，正是许多非专业人士跟我交谈时反复表述过的愿望。[21]

树木及创业者是殡葬业新变化的一个方面，微生物及设计师则是另一个。近来，一些设计师通过发起相关比赛，开辟新的职业生涯，不断挑战我们对死亡和遗体处理的认知。我们聊天时，桑迪提到过“创造性颠覆者”的作用，这个说法现在是常见的职场行话，我猜测也贴切概括了桑迪认为自己在殡葬业中所扮演的角色。不过，要说颠覆得更彻底的人，可能还是类似“重组”的卡特里娜那样的设计师。另一位成功实现了从创意到创业的设计师是李洁林。几年前，她登上 TED 演讲的舞台，介绍了自己设计的“蘑菇寿衣”，以颇有些惊世骇俗的理念赢得了网友喜爱。这种名为“无限寿衣”（Infinity Burial Suit）的产品中含有真菌孢子，不仅能分解遗体，还能够清除并中和体内的毒素。可以说，用蘑菇寿衣装裹的遗体与防腐处理后被灌满有毒物质的遗体正好相反。现在，李洁林创立的公司“柯艾欧”（Coeio）已经开始接受含孢子的寿衣和裹尸布的订单了。卡特里娜的设计理念是开发遗体所具有的环境效益，李洁林的设计理念则是减少遗体可能对环境造成的危害：人的遗骸依旧在善与恶的交界线上徘徊着。不过，“重组”和“柯艾欧”也有共通之处，那就是这两家初创公司都体现了一种生态保护的道德观，而这种道德观正是 21 世纪美国殡葬业重大创新的驱动力。现在你要想“归于尘土”，殡葬业市场有非常多的方式供你选择，而且其中一些基本上可以让你拥有一个苍翠葱茏的来生。[22]

迪茨和德特勒夫森对美国公墓的经典考古研究背后的假设是，物质文化的改变表明了主流意识形态的改变。若此假设为真，那么我们就正在目睹一场美国式信仰和价值观的革命性蜕变。公墓正在变成森林，整个国家都成了潜在的死亡景观，哪里都有可能是逝者的安息之所。但这些都没关系，美国人只是重新回到了滋养他们的泥土中。如此看下来，种种变化的共性似乎逐渐清晰起来——这是一种无组织的大地崇拜，而相关的仪式则涉及泥土、微生物和变成了一棵树的祖先。具体的人“重新回到了”尘土当中。经过再循环，他们也可能以另一种形式重生，或者至少可以被重新栽种。那么，我们是否可以认为这些新的丧葬习俗，实质上暗示了人们开始（重新）信仰宇宙的再生能力？无论如何，反正殡葬业者把赌注押在了这里。

第五章　灵

我父亲吉姆去世大概三个月后，全家为他举行了一场纪念会。时值 7 月，天气燥热，但朋友和姻亲们还是应约来到俄罗斯河畔的一座公园，大家以野餐会的形式纪念他的一生。我哥在一旁忙着烧烤，我妈则是众人关注的焦点，不停跟人打招呼、寒暄、叙说往事。其间，她还站到长椅上，念了她写的一点有关我爸的东西。对于他这么复杂的人来说，这场人生的庆祝活动进行得很成功也很顺利。但是，我自己似乎在情绪调节方面遇到了麻烦，无法表现得如人们期待的那样轻松又幽默。我时而为他的离世感到绝望（纪念会更加深了这种感受），时而又为有那么多人夸赞他而心存感激。我天生就对这类必须按社交礼仪来表现出恰当情绪的活动或场合有所抵触，比如我不喜欢参加婚礼，因为我实在没法让自己表演出恰如其分的情绪。不过，我还是努力地跟大家闲聊，终于熬了过去。对于整场纪念会，我只记得当时的内心挣扎，活动的细节完全一片模糊。

不过，当天早些时候，大家还没聚到一起时发生的事情，我倒是记得比较清楚。我们有十个人（大部分是家人）开着车，先去了离公园几千米远的一座老旧的单车道桁架桥。在我成长的20世纪70年代，你可以从这儿下到河岸，走进一片裸体海滩。但后来，河水慢慢冲刷掉了通往海滩的那条小路，裸体主义也不似以前那样流行，所以我们下去时，周围并没有人会看到我们的行踪。不过，我爸肯定会被这个选址逗乐。

我们把车停到桥边土路的路肩上，然后下了车，沿着桥走。我记得自己当时很紧张，担心我们要做的事可能在某种程度上属于违法行为。当然，在公共场合裸体严格来讲也违法，但在北加州那些比较特立独行的地方，大家对很多事情都抱着一种“不看、不说”的态度。我爸总爱冒险，所以经常搞得我很紧张。我猜他前世有可能干过走私或偷猎的勾当。那天早上，我最大的心愿就是偶尔有车经过时，大家能尽量表现得自然些——尽管十个人在一座窄窄的桥上慢慢走着，这场面本身看起来就有点可疑。正在大家走得好好的时候，队伍的阵形突然被打乱了。我妈一个没注意，被凹凸不平的路面绊了一下，摔倒在地。我冲过去想接住她，吓得心都快跳出来了——我不能连她也失去啊。被大家七手八脚地搀起来后，她倒是满脸笑容，一个劲地说自己没事。

快走到桥中央时，我们停下了脚步。我靠在栏杆上，低头望向下方泥沙混浊的河流中那一泓沉静明澈的深潭。这条河当时正处于夏季枯水期，水位低，流速慢。等到冬天雨季到来时，它会变成一头狂暴的野兽，吞噬掉附近的城镇。我们家就曾两次遭遇洪水，几乎失去了一切。此外，仿佛随着季节变化，几乎每年夏天都有醉酒的成年人没能浮出水面，或有人因错估了荡绳下石块的大小而不幸殒命。我们小孩子更熟悉这条河，大部分时间都待在水里或岸边，且无大人看管。我们会到柳枝荫翳的小岛和沙洲上“探险”，但这类冲积地貌经常是今年还能露出水面，而下一年就会消失，所以在每个夏日的开始，我们都要重新认识这条河。久而久之，我们已经可以在脑海中勾勒出隐藏在河面之下的地形轮廓，尤其是那些深不见底、又暗又冷、不能游泳的区域。我们这些“河鼠”（高中同学如此嘲笑我们）既敬畏这条河，又把它当成我们的一部分。我们并不厌恶它。在某种程度上，这条河就像一位神明，有时会喷涌出毁灭性的力量，有时则孕育着安宁与欢乐。

我跟妈妈一起从我拎着的帆布袋里拿出一个白色的硬纸盒子，大概有鞋盒那么大，不过更方正，盒面上点缀着些许干花。这是父亲去世后第二天，我陪她去殡仪馆挑选的骨灰盒。父亲得了肾癌之后，身体一点点被病魔蚕食，回到家后也只能躺在专门为他准备的病床上，继发性肺炎导致肺部积水，连话都说不了。那八个月里，我们只能眼睁睁地看着他慢慢离我们远去。大多数时候，他都拒绝相信自己会死，或者说不愿意谈论这件事。确实，面对如此残酷的真相，谁又能怪他呢？尽管他最终有很多话未能说出口，很多事未能弥补，但或许正因为这一点点的死亡否认，他才得以继续享受短途旅行的乐趣以及三个孙辈的陪伴，直到去世前一个月。我们从芝加哥回加州的路上，他和我当时才七岁的儿子下了好多盘国际象棋，两人还一起制订了各种大计划，不过我一直不太清楚到底是些什么计划。我爸爸是个爱幻想也爱捣鬼的人。在他看来，未来总是充满了潜在的奖励、安宁和快乐，如魔法一般神奇。面对痛苦的过去和困顿的当下，幻想未来的种种可能性是他最大的慰藉。

盒中的骨灰重得出奇，仿佛里面放了几块砖头。大家沿着桥边排成一队，方便每个人都能看到接下来的事。我们中有几个对着骨灰盒说了几句道别的话，然后我妈把盒子伸到栏杆外面，直接丢了下去。我有点担心盒子会在半空中打开，但没想到它却像砖头一样直直地掉了下去，砸在差不多 10 米之下的水面上，庄重地溅起一朵水花，漾出道道涟漪。很快，骨灰盒便沉入河底，水中荡起层层细沙。我们继续望向河水，想看看接下来会怎样。但问题是，我们并不知道纸盒入水后要多久才能解体，买的时候也忘了问一下究竟是几分钟还是几天，所以我们要怎么确定何时才能转身离开？过了一会，盒子开始往外冒泡了。尽管那天我的脑子大部分时候都好像被云遮雾罩一般，但对于接下来的一幕，我却记得清清楚楚。五条胖乎乎的鲤鱼从上游闻声而来，估计是想调查一下。这种入侵的鱼类只吃水草，所以并没有把盒子当成食物。但它们看起来确实很好奇，绕着盒子游来游去，好像在检查。紧接着，这五条鱼整整齐齐地围成环形，开始绕着还在往外冒泡的盒子转圈圈。我们一行人看得目瞪口呆，震惊得不知道说什么好。我记得好像是我打破了沉默："看啊！他还在说话呢，找到新听众了。"我爸爸跟谁都能聊起来，而且他的故事通常都跟"大鱼"*有关。

以上是我这辈子最神秘的体验之一——除此之外，我实在想不到还能怎么形容这件事。

^^^

任何人都没能逃过我这两个基本问题。

你希望遗体被怎样处理？

我们去世后会发生什么？

不出所料，我采访过的大部分传统殡葬师都希望遗体做防腐处理、举办传统葬礼、使用棺材和套棺。但是，他们也希望悼念仪式能轻松欢快些，不太喜欢那种庄严肃穆的宗教葬礼，他们的传统只在于葬礼所用的物料方面。即使是像威尔逊这种年轻一代的殡葬师，也支持这种选择。我们同样是在美国殡葬协会于印第安纳波利斯举办的大会上结识的威尔逊，采访地点就位于大厅中一辆已有百年历史的灵车前。那是一件展品，游客步入会展中心时便能迎

* 原文为 the big fish，喻指大人物。

面见到，车身以白色和金色为主色调，看起来十分明快，更像是一辆豪华冰激凌车。

威尔逊三十多岁，长得如好莱坞明星一般，颧骨圆秀，留着大背头，身穿一套剪裁考究的西装，连袖扣都无可挑剔。遗容整理是他的老本行，所以我问他打算怎么为自己安排后事时，他微笑着回答："我已经想好了要办什么样的告别仪式、什么样的葬礼。就我个人而言，我们家已经买好了墓地，我会跟祖上葬在同一座公墓里。我想做防腐处理，也希望有遗容瞻仰的环节。"此外，他还希望仪式上能有些个性化的东西，比如可以放一放他最喜欢的那首U2乐队的歌。

威尔逊是家中的第四代殡葬师，但聊过之后，我发现他并非守旧之人，而是在努力适应现状。谈到殡葬业正在经历的变化时，威尔逊说，尽管他更习惯承办经典和保守风格的葬礼，但也承认旧的习俗正在被抛弃，个性化的需求与日俱增，人们需要葬礼能够体现出逝者个人的独特性。不过，威尔逊也有些担心，仪式在美国人的日常生活中变得越来越不重要，我们可能正在面临失去某些东西的危险，尤其是在死亡这个问题上。他不在乎仪式是否会发生改变，或者说是否变得更具人文精神（即不再跟宗教产生关联），但也不认为我们应当彻底抛弃仪式。

他还从民族志的角度谈到了一些别的变化趋势："我们看到的情况之一是家庭矛盾剧增。在今天，家庭变得更加分裂了。"他说自己不得不常常在这样或那样的问题上充当调解人，无论是遗体的处理方式，还是仪式的环节设置，甚至是谁才算逝者在法律意义上的近亲，大多数客户都会在这些问题上出现分歧。丧葬习俗变化得越快，适用的选择变得越多，遗属产生矛盾的可能性就越大。确实如此。我追踪的一些趋势虽然各自在朝不同的有趣方向发展，但似乎很难产生共性，或者说至少现在还不行。当然，变化往往与冲突相伴相生，对于我在本书中介绍的一些概况，读者应当持一定的保留态度，毕竟无论哪种殡葬形式都不缺批评者。在我研究和撰写本书的几年时间里（2015—2020），美国国内的政治分裂已经达到了南北战争之后最严重的程度，人们在任何问题上都找不到共识的基础，死亡也不例外。在任何社会领域中，尖锐的分歧向来都是一个信号，表明断层线已经出现，地壳正在移动和重组——换言之，大变局将至。

威尔逊说，他这行"不只是一门生意"，面对客户时，殡葬师必须要有悲天悯人的情怀；可另一些时候，他看起来又是那么雄心勃勃，像一位拥有工商管理学硕士学位的年轻高管。或许也像“善地森林”的桑迪那样嗅到了当下殡葬业的弱点，威尔逊非常坦率地指出，殡葬师若是因循守旧，境遇只会越来越难。通常情况下，变与不变是代际之争。那些一心想按旧习惯做事的人，“本心很好，动机也很好，但境遇非常艰难，因为他们已经不太跟得上消费者的需求”。

威尔逊告诉我，曾经的一次经历堪称他职业生涯中的顿悟时刻，彻底改变了他的想法，让他意识到了殡葬产业可以并且应该成为什么样。他很喜欢光顾某豪华连锁酒店，因为那里的服务每次都会超出他的预期。有一次，大堂经理给他打叫早电话，但一直没人接，后来这个人竟然亲自找到他，关心他身体是否有恙。实际情况是，威尔逊一大早就去健身了，忘了取消预约的叫早电话。这份额外的付出给他留下了深刻的印象。或许是因为他了解真实的死亡，很清楚死亡可以发生得多么意外，所以那位经理的关心才更叫他感动。事后，威尔逊联系了该公司的首席执行官，在向他表达感激之情的同时，也想了解一下这家连锁店在运营方面的一些事。他告诉那位高管，他很想和公司负责员工培训的人见个面，“聊聊行业间的跨界合作”。

那位高管帮他和培训主管牵上了线。不巧的是，培训主管当时人在中国香港，和他有十一个钟头的时差，但威尔逊很执着，熬到半夜打电话向她请教。“他们觉得我疯了。我就是个承办葬礼的，了解酒店业务干什么？但酒店业和殡葬业其实有很多类似之处，比如怎样对待客户，怎样让客户拥有更好的体验——无论他们是否愿意花钱买我们的服务。我的意思是，性价比高不是光廉价就行，还得提供高水平服务。”没过多久，他便决定亲自飞往香港，去进一步了解情况。对服务水平和质量的关注成了威尔逊的一项使命：

> 在日常生活中，我们这些普通人追求的其实就是一个体验。你为什么要去星巴克花 5 美元买杯咖啡？你本可以去 7-11 便利店花 85 美分买一杯。你购买的其实是**体验**，是那个杯子给人的感觉。或许你就是喜欢那个小美人鱼标志，喜欢在那儿喝咖啡的氛围感。或许是因为他们装修星巴克门店时采用的是货真价实的雪松木，你可以闻到木材散发出来的那种新鲜、洁净的味道。或许是因为不管哪里的星巴克播放的都是风格相似

的音乐，你走进去的时候，会有一种很熟悉的感觉。你甚至还可以购买他们的CD，让家里也拥有同样的氛围。喝咖啡是花钱买体验，死亡和葬礼实际上也差不多。我们希望大众能看到这种价值。

威尔逊语速飞快、眉飞色舞，越说越激动。他谈到了不同的服务水平和氛围感："我相信我们可以在同一个市场中运营多种品牌。"他指出，殡葬业也可以像丽思卡尔顿酒店的母公司那样，在同一个市场中既拥有高端品牌，又经营万怡酒店这种便捷品牌，以及档次介于两者之间的其他品牌。

一面是主流的美国式消费主义，一面是殡葬产业的年轻领袖，这样的跨界着实有趣。作为人类学家，我当然认为葬礼应该被视作"体验"，而非"产品"，但与此同时，我也很纠结。我记录下的所有这些殡葬业变化，难道最后可以简单归结为消费者的选择？难道我们的来生正在进入星巴克模式？人们可以像点一杯无泡、超热、低脂、香草味的拿铁那样，按个人喜好来做搭配？

如果你翻阅一下有关美国殡葬业的著作，无论是在杰西卡·米特福德对“死亡推销员”的经典批判中，还是在近期的学术出版物里，刚刚那个问题的答案可能都是“说得对”。[1]但问题来了，为什么有些消费者会要求把部分遗体做成纪念品？为什么有些消费者又会要求用遗体堆肥，或者像喂鸟似的把骨灰抛撒掉？将某些东西简单归结为“消费者的选择”，并不能解释那些影响人们做出这些选择的信仰和价值观。不管是在死亡这件事上，还是在别的问题上，放之四海而皆准的经济理性其实并不存在。再就是价格问题。米特福德曾对“防腐—套棺—土葬”三件套的高价格大加斥责，而且在某些市场中，垄断势力决定价格的权力也更胜以往。[2]但因为土地成本、管理费用、市场需求的不同，土葬价格在全美各地存在很大差异。绿色殡葬的价格要比传统土葬低得多，而火葬或许是最便宜的选择——但前提是你只需要殡仪馆提供遗体运送、火化服务以及相关文件，不要求他们提供别的帮助。很多人都是以价格和简便为由来选择了这种方式。

然而，对于一种崇尚个体的文化而言，这样来做选择又太过奇怪，充满矛盾。为什么一个人的社会价值会在生物性死亡的那一刻骤然跌落？难道是因为他们不能再给社会做贡献了？为什么花钱办葬礼会被视为浪费钱财？正如许多与我聊过的殡葬师指出的那样，办殡葬仪式主要是为了生者，而非逝者。但这一点在个人主义者的逻辑中往往会被忽略，进而让人误以为葬礼是为那个棺材里或骨灰瓮里的人而办。可问题是，逝者哪还在乎这些？从是否划算的角度来批评精心安排的葬礼是不尊重遗属的情感需求的行为，或者说至少是不赞同他们通过物质手段来纾解内心的悲痛。人们总爱说，等轮到自己的时候，希望“一切从简”。但其他人生大事，如婚礼、受诫礼、成人礼，都是大操大办，而且几乎不会遭遇类似的反对。被“小题大做”的都是让人高兴又很重要的过渡性事件，事关社会地位和关系的改变。其实葬礼也一样，或者说葬礼办得好的话也一样。另一个从金钱角度对传统美国式葬礼的批判是，诸如棺材这类价格昂贵、制作精美的物品很快就会变成废物一堆——换句话说，是献祭给了地下的生态系统。消费者心有不安的地方可能正在于此，殡葬用品结实耐用，却只会用一次，买回来几天后便被处理掉了。当然，所有的消费品以及许多尸首，最后都会被拉去填埋或焚化，只不过这个结局来得没有那么快罢了。但无论如何，棺材的使用寿命确实是个令人困惑的问题。

还有一个问题是，有些人希望死后可以被制成纪念品，但那些纪念品看起来又像极了商品。围绕死亡的商业创新现下正如火如荼，变成绿植或树木也许代表选择了一种不那么物质主义的来生，但正如前文所述，意图利用此类新需求来牟利的人也不在少数。把资本主义和招魂术彻底分开或许是一项不可能的任务，尤其是在美国这样的国家。当然，把世俗和神圣区分开来的想法，也可能从一开始就是一种错误的坚持，或者说至少是一种不现实的思考方式。

^^^

另有一个提醒：不是所有的人都想在死后变成什么，不论是完美的遗体，还是玻璃小摆件，抑或是一棵树。有些人只想消解、消散、消失。把骨灰撒入水中是很多人的选择，佛教徒和印度教徒尤其偏爱。这里面蕴含着一种谦卑，是在承认身体及其代表的个人缺乏永恒性。也许选择了这种转瞬即逝的处理方式的人，内心早已坦然，可以平静地面对巨大的未知。他们可以不留下纪念品和标记物，不介意自己的人生最后了无痕迹。此外，你也很难把向水中抛撒骨灰的行为和商品扯上关系，因为你都不必花钱请谁来做这件事，完全可以像我们家处理我父亲的遗体时那样——先选择价格相对便宜的直接火化，再挑选好河段，由家人抛撒骨灰。（但一定要提前查询好所在州的法律对于向淡水中抛撒骨灰有何规定，我们当时对这方面就一无所知）

当然，你也可以选择更大的排场。环境保护局允许在海上抛撒骨灰，只要抛撒地点距海岸线3海里以上，而且不会将其他不可生物降解的材料也抛入海中即可。你自己要是没有船，可以雇一艘“海王星协会”的船，让这个名字十分应景的公司来帮你。但无论是河葬还是海葬，骨灰都会被水流带走，所以你也没法再去哪个地方纪念逝者，因为他们彻底消失了。像水手葬礼那样把完整的遗体直接抛入海中的做法，则受到严格限制。现下的美国法律规定这种处理方式需要使用可生物降解的棺材或裹尸布，避免进一步对海洋造成污染。这种葬礼从操作难度来讲很有挑战性，已经越来越少见了。

水葬（water burial）和向水中抛撒骨灰的仪式要表达的理念其实与绿色殡葬的一致，都是回归地球——只不过前两者回到的是地球的另一个部分罢了。当然，它们之间还有一个显而易见的重要区别，那就是水葬和向水中抛撒骨灰时，不标记下葬地点，你也没法说哪片水域是属于你的。那么，你是倾向于水葬还是土葬呢？也许人们（在宗教教义允许的范围内）选择不同的处理方式，确实在某种程度上与土、水、火、风四元素学说有关。前面讲过的玻璃、陶瓷、钻石纪念品，可以被认为具备火元素，因为制作这些需要高温加工和二次烧制。还剩一个风元素，适合那种不太想低调消失的人——你可以（第二次）像一缕烟一样离开。

^^^

“刚左新闻主义”的开创者亨特·S.汤普森要求把自己的骨灰放在大炮里射出去，这是一条妇孺皆知的新闻，价格实惠的“至爱发射器”（Loved One Launcher）或许正是受到了他的启发。根据佛蒙特的斯坦（前面讲过他用 3D 打印技术制作出奥巴马头像造型的骨灰瓮）在其丧葬用品名录中的介绍，你可以在气枪（基本上就是儿童玩具）里装上骨灰和五彩纸屑，然后“轰轰烈烈地离开”。该产品的广告文案还向你保证，“看着骨灰射向天空，庆祝、幸福、陪伴之情会油然而生”。逝者的骨灰被送到 20 多米外的高空后，会分撒在一大片区域中。“至爱发射器”这种产品体现了美国式葬礼正在从以悼念为主，转向以庆祝为主。让葬礼变得有趣起来，似乎成了时下流行的一种态度。用其支持者的口头禅来讲就是：让乐趣（fun）回到葬礼（funeral）之中。我采访过的很多人也都觉得，即使某人是惨遭不幸或英年早逝，要想更好地纪念逝者，就要多关注这个人好的一面和此人的经历，而不是遗属的丧亲之痛。

杰森是密苏里州斯普林菲尔德市某家族殡葬公司的年轻副总裁，跟他聊过之后，我才了解到，原来发射至爱的方式有很多。尽管地处保守的“圣经地带”（Bible Belt），但他的公司还是成功地将葬礼个性化提升到了一个新的水平。绿草坪殡仪馆（Green Lawn Funeral Home）的所有员工都要经过培训，才能成为合格的“庆祝员”（celebrant）——或许过不了多久，这个称呼就会在全美国范围内取代“殡葬师”。“绿草坪”的主营业务不是筹办传统仪式，而是个性化的庆祝活动。庆祝员会先同客户面谈，尽可能地多了解逝者或即将离世之人的情况，并且鼓励家人在考虑让活动更具个性化的同时，可以多加一些趣味，多加一些创意。逝者要是喜欢赌博，他们或许就准备些老虎机；逝者要是爱骑摩托，他们就给弄一辆哈雷戴维森摩托车。“绿草坪”的庆祝员还会花一些额外的小心思，想办法给客户带去惊喜，比如他们会像婚礼策划师那样，建议家人在活动上准备一些有个性的小礼物，好让来宾带回家做纪念。杰森的叔叔很喜欢歌手吉米·巴菲特，在他的庆祝会上，工作人员带给这家人的惊喜，是伴着巴菲特的歌曲《天堂里的芝士汉堡》（“Cheeseburger in Paradise”）推出来一整桌由附近餐馆制作的芝士汉堡。前文里威尔逊说到的非凡体验和热情服务，或许指的就是这种吧。

“绿草坪”对于个性化服务确实无比热诚，但我长途驱车前往斯普林菲尔德的原因，是想要了解该公司提供的一项独家服务。如果家属愿意额外支付一笔费用，“绿草坪”可以与当地的烟火表演专家合作，将骨灰装入烟花筒中。“绿草坪”还运营着一座公墓，可以作为可控、安全、合法的场地，为客户安排一个十分钟的大结局。第一场烟火葬礼（firework funeral）的客户是一名热爱美国独立日的逝者，打那儿以后，这项服务便一直备受欢迎。庆祝活动通常都在夏天举行，这个季节天气晴朗，在户外待着也很舒服。不过，此类活动的重点并不是以最快的速度举办仪式，而是要举办最合适的仪式。通常来讲，傍晚时会先开个野餐会，等到夜幕降临后，就可以开始烟花表演了。

亲朋好友会从四面八方赶来送行（截至我采访时，最远的参与者来自北卡罗来纳州），见证逝者如绚丽的星尘一样绽放在夜空中。

刚开始的时候，“绿草坪”曾因为这种独特的烟火表演而受到当地社会的批评和指责，甚至于不得不专门驳斥了县里官员的质疑，比如“爸爸最后会出现在土豆沙拉里”，再比如，参与者最后会灰头土脸，跟庞贝古城的受害者一样。好在这一切后来都解决了，截至 2017 年我去采访的时候，“绿草坪”已经为 15 位逝者举办了烟火葬礼，这些人都是男性。风似乎是一种极其阳刚的元素，或者说至少在死者中是这样。

后来，这个印象得到了进一步验证。有一天上网时，我偶然发现了另一项极具特色的殡葬产品。于是，我再次从新奥尔良出发，长途驱车赶到亚拉巴马州斯托克顿的驿站马车饭店，见到了创业公司“圣烟”（Holy Smoke）的联合创始人萨德，向他做了进一步了解。萨德和搭档克莱姆是在鱼类及野生动物管理局工作时认识的，两人都当过兵，都愿投身于自然保护，都希望死后尽可能少留一些生态足迹。抱着这样的初衷，他们在 2011 年创立了“圣烟”。无论是从距离上讲，还是从文化上看，这座亚拉巴马州的小镇跟加州的米尔谷都相距甚远，但在形式完全不同的环保殡葬服务背后，却隐藏着相近的动机。

萨德和克莱姆的本职工作是为持枪人员派发许可证和罚款单。作为执法人员，他们平常工作时要佩枪，在闲暇时间则喜欢打猎。两个人现在处于半退休状态，服务的客户群也和他们差不多，主要是退伍军人、猎手、执法人员及其他爱枪人士。“圣烟”的主营业务是把客户的骨灰手动装入已经选好的弹壳里（这个特殊的客户群有很多人都会提前安排自己的后事）。萨德解释说，很多枪支爱好者都喜欢自己制造子弹或弹壳，尤其是在所用枪支比较老旧、适配子弹不好买的情况下；还有一些则是为了重复使用已经用过的弹壳，以提高射击精确度（和杀伤力）。不过，对于一些偏激的“末日准备者”来说，这样做是为了掌握自制子弹的方法，以防哪天政府突然宣布禁止使用枪支弹药。具体到“圣烟”提供的服务，手动填装弹壳则是为了能在其中加一点别的东西。除骨灰外，萨德和克莱姆还可以在弹壳里加入一些红、白、蓝色的粉末，好让子弹射出去时，可以喷出特殊颜色的烟雾。二人给这种增值服务取名为“爱国礼炮”（Patriotic Salute），并强调说所加的粉末均由有机颜料制成。

当然，萨德也承认，他们提供的服务并不适合所有人。要选择他们的产品，客户不仅得知道怎么用枪，还得能接受这种庆祝活动的精神，并且能从中获得乐趣。这中间有太多东西只可意会，不可言传。

创建“圣烟”的灵感，来自萨德的搭档克莱姆。有一天，克莱姆和一个朋友兼打猎同好在闲谈中说起了最近去世的亲戚，最后话题转到了两人希望如何安排自己的后事上。克莱姆表达了一些对土葬的不满，比如浪费空间、污染环境等。朋友听了，回答说：“唉，我考虑这个问题还真有一段时间了。我想火化，然后把骨灰装到猎枪的子弹里，再找个擅长打火鸡的人，用那子弹打一只火鸡。那样的话，一想到某只火鸡最后看到的东西，是我以每秒300多米的速度呼啸着冲向它，我就可以安息了。”[3]

这里包含了一种大获全胜的意味。若是你的死导致了另一个生物的死，那是否说明你在某种程度上胜利了，或者说你是不可战胜的？“圣烟”给了逝者一个再次发挥生命力和能动性的机会，即便在生物性死亡后，猎手的意志也能继续存在并影响世界，仿佛是在说“我还在这儿”。这样的结局有一种“笑到最后”的黑色幽默在里面。当然，并不是所有人都仅仅把“圣烟”当成了一种特色殡葬服务。对于那些出于军人的荣耀而选择了“圣烟”的人来说，这是一种爱国精神的严肃表达——如果没能为祖国献出生命，那就为祖国献出死亡。“圣烟”的网站上还介绍了这种骨灰子弹的另一项用途，但萨德和我交谈时并没有提到，或许是他觉得这个用途有些惊世骇俗，拿不准我这个有可能是左翼人士的学者会如何看待吧。除了猎枪，“圣烟”还能为小型武器和自动步枪定做子弹，以便“让你安下心来。哪怕你走了，仍然可以保护家人和家园”。对于萨德和克莱姆的某些客户而言，活下去的意志便意味着猎杀的意志。这里没有误导的意思，因为对于一些美国人来说，狩猎和保卫都出于对生命的热爱。严格来说，“圣烟”提供的服务不能算是来生，而是一种生命的延续，一种死后还能造成其他生命死亡的能力——可以说是真正意义上的生死轮回了。

要证明美国人并不否认死亡，还有更多的证据。在美国社会，持有致命武器是一项受法律保护的基本权利，暴力行为在新闻头条、娱乐节目中随处可见，人们似乎根本没有否认死亡。这样看来，美国反倒更像一个热爱死亡的社会，或者说至少是一个对死亡感到矛盾的社会。可能也正因如此，新冠期间才会有那么多美国人宁愿接受高死亡率的现实，也不愿被口罩和停工停产改变自己的惯常生活吧。当一名记者问特朗普总统如何看待美国的死亡人数高于别国时，他回答道："事实就是如此。"这听起来不太像是死亡否认，倒像是某种"死亡接受"。[4]

^^^

如果你觉得气枪、烟花和子弹还不能把骨灰抛撒到足够远的地方，那还可以选择太空。在殡葬创新方面，休斯敦的"天国纪念航班"（Celestis Memorial Flights）可以称得上先声夺人，早在1994年便开始提供让骨灰绕地飞行的服务。该航班的第一位名人客户是科幻剧集《星际迷航》（*Star Trek*）的创作者吉恩·罗登贝瑞——更确切地说，这是他妻子的安排。现在，"天国纪念航班"可以把客户的骨灰（或者只是DNA）发射到月球上；或者如"旅行者号"探测器那样，把骨灰送到太阳系以外的未知目的地，一直驶向永恒，成为卡尔·萨根所说的星尘。该公司的广告说得很明确，这项服务就是为了帮助人们实现太空旅行的梦想。毕竟，无论在过去还是在将来，在世时能有机会体验太空旅行的人都少之又少，但死后，人的某些重要部分或许可以。这是一种极端形式的人观分割。当一部分的你同许多别的逝者，或许还有某颗卫星，一起被装进火箭后，你的家人或许会也或许不会观看发射，整个过程中也没有喜闻乐见的烟花表演、五彩缤纷的烟雾或纸屑。但与前文提到的其他选择类似的地方是，将至爱发射出去的仪式似乎与逝者的精神相契合。他们看不到你，但知道你就在太空。

尽管“天国纪念航班”价格相对昂贵，客户基础也不大，但加州一家名为“极乐太空”（Elysium Space）的创业公司确信此类选择在未来几年会越来越受欢迎。他们同埃隆·马斯克的太空探索技术公司开展了合作，能以极具竞争力的价格（起价 2500 美元）把客户的骨灰送入绕地轨道。按照“极乐太空”首席执行官的说法，两年之后，“在最后一个充满诗意的时刻，宇宙飞船会返回大气层，如流星一样熊熊燃烧，而且不会给地球造成任何伤害”。此类星空来生有意思的地方在于，它们想从空间上模拟天堂，一个悬浮在地球之上的虚无缥缈的世界，所以“极乐太空”这个名字倒是起得十分贴切。按照希腊神话的说法，天堂是专门留给英雄和半神的——比如硅谷的首席执行官们。[5]

美国人的来生很少体现出平等。

^^^

在卡特里娜飓风过后那段满目疮痍的日子里，我曾不止一次去过霍尔特公墓（Holt Cemetery）。刚开始去那里是为了工作，我得评估和记录当地历史景观的受损情况。但后来我反复回去，或许是想通过这种一反常规的方式，让自己想起来飓风前的生活是什么样子，了解自己真正的情绪，它们被潜藏在震惊和痛苦所带来的麻木感之下。毕竟抬眼便是世界末日一般的景象时，人会很容易变成情绪上的僵尸。

图16

霍尔特公墓紧邻一座社区大学的停车场，四周都有栅栏围着，要是不注意看，很难发现那是座公墓。但进到里面，你会看到参天的老橡树上垂着老人须，一座座墓碑东倒西歪，活脱脱一幅南方哥特式墓地的景象。再往前走，你会注意到各种奇怪的细节：宽大而简陋的排水沟纵横交错；人骨、碎布和各种器物从土里露出来；地面坑坑洼洼，新拢的土堆和下陷的墓道随处可见。天气暖和时，腐烂的气味刺鼻，你根本无法假装闻不到。放眼望去，大约一半的坟墓上都有标记物或者至少有标记物的残骸。有些虽然简朴，但一看就是出自专业石匠之手，类似于给退伍老兵立的那种墓碑。不过，最显眼的还要数那些手工制作的标记物：既有书写或雕刻了碑文的木牌，也有更为坚固、碑文明显是手刻上去的水泥墓碑。很多狭窄坟墓的周围都被人用各种东西框出了边界，一来是为了让墓位在杂乱的公墓中更容易被找到，二来是因为公墓“比较热闹”，这样做可以防止墓位过早地消失在周围“此起彼伏”的土堆中。用来标记边界的材料有木板，有篱笆，也有铺路砖或 PVC 排水管，应该是制作者手边有啥就用啥。为了防止杂草丛生，有时人们还会在坟墓表面铺些东西，其中最受欢迎的是装饰性石头和人造草皮。公墓里到处都是祭品，扫墓人在坟头留下了各式各样的物件，从插着塑料花的花瓶到儿童玩具、陶器，再到草坪装饰物、瓶子、照片，可以说是花样百出。其中一些因为日晒雨淋，看起来有点褪了色，另一些则看着比较新，色彩还很鲜艳。

众所周知，同信仰天主教的拉丁美洲和地中海地区一样，新奥尔良一直保留着庆祝万圣节的习惯。每年的 11 月 1 日，家家户户都会带着鲜花和祭品去扫墓，在坟前点上蜡烛，或许还会就地野餐。但在霍尔特公墓，这样的场景一年四季都能见到，而且似乎跟宗教信仰关系不大。从供奉祭品的时间和祭品类型来判断，人们在逝者的生日和忌日、新奥尔良狂欢节以及圣诞节都会来这里。从贺卡、气球、珠串和小巧的人造树可以看出，生者和死者的关系显然还在继续。

如果你有钱的话，可能会被葬在别的地方，但对于新奥尔良的许多穷人来说，霍尔特公墓一直以来都是他们的最后归宿。这座公墓属于城市公用设施，并不收取墓位费，只要遗属一直在“用”，便可以继续拥有该墓位的使用权，而频繁来扫墓、养护（指个人照管，而非永久照管）就是他们维护这种权利的方式。若某座坟墓在一百零一天内无人照管，便会被收回去。霍尔特的大部分墓位已经至少被重复使用过三次。

霍尔特公墓已经拥挤不堪，所以新奥尔良市政府便和一家名为安息港纪念公园（Resthaven Memorial Park）的私人公墓签订了承包合同。这座阴郁、简素的公墓地处被称作“新奥尔良东区”的一大片杂乱无序的城郊外围区域，三面分别被城市垃圾场、废品堆积场和废弃工厂围得严严实实，剩下一面则是一片沼泽，所以这里售卖的墓位也是全市最廉价的地产。“安息港”仿照了森林草坪纪念公园的风格，大部分坟墓都使用平放的青铜或石质墓碑，整齐划一，与附近社区 20 世纪中期的建筑风格相符。越过这些坟墓朝沼泽的方向看，你会见到一大片被铁丝网围起来的草地。那是公墓的丛葬区，本市的太平间会将无人认领的死者火化并安葬在里面，每年都有数百人。我有点好奇未来的考古学家会怎样看待这块区域，是将其解读为大屠杀现场，还是至少会认为如此轻慢随便地处理某些人的遗体，反映了极其严重的社会不平等？如果他们推测说，造成这种情况的文明，要么是在经年累月地打仗，要么是遭受过流行病的侵袭，要么就是曾经实行过某种形式的奴隶制度，那这些猜想其实都算不上离谱。

大部分葬在丛葬区里的人，其实都有姓名，也有社会保障号码。他们之所以最后被这样处理，主要是因为没人愿意或能够拿走他们的骨灰，更遑论设计一套特别的方案来处理这些骨灰。有时候，无人来领是因为家庭关系不和，但大部分情况下还是钱的问题。如果你去填表认领某人的遗体，就得支付死亡证明、运输和储存遗体的费用，更不用说还有火化或筹备葬礼的费用。在我写这本书的时候，即使采用最便宜的火葬，也至少得花 700 美元。若逝者有社会保障金，联邦政府还可以补贴 255 美元，但如果死时未满六十二岁，那就一分钱也不给补贴。对于生者而言，联邦政府提供的安全网早已破损不堪，对于逝者而言更是几乎没有。市、县政府以及好心的殡葬师只能自掏腰包，尽己所能去处理那些无人认领或身无分文的逝者。不过，遗体无人认领并非是新冠疫情之后才出现的新现象。从新奥尔良到芝加哥，从洛杉矶到纽约，这种情况在美国各地屡见不鲜，过去一直有，现在也依然存在。[6] 大量穷人死后只能埋进丛葬地，这是一个巨大而丑恶的现实；对他们来说，像“记忆玻璃”的尼克描述的那样能够“选择自己的死亡形式”这种事情，只能在梦里想想。

由于垃圾场和“安息港”比较远，即使开车也要很久，所以很多家庭还是宁愿选择已经“人满为患”的霍尔特公墓。

不过，来“霍尔特”扫墓的人，并不一定都是逝者的亲属。有些人会接管坟墓，尤其是葬着音乐家和儿童的那些。别的坟墓好像自己就有生命力。你要是在卡特里娜飓风过境之前来这里，想不注意到当地人所谓的“无家可归者坟墓”（the homeless grave）都难。那座坟上摆放着密密麻麻的东西，有草坪躺椅，有颜色鲜艳的塑料布，还有一些为死者准备的实用物品，如食物、盘子、衣服、鞋子、毯子。不过，我一直都没搞清楚它为什么被称作“无家可归者坟墓”，是因为有人曾经看到某个流浪汉在照管它，还是说那里看起来比较像流浪汉的宿营地。但话说回来，那座墓的主人所受到的关照，要比大部分尚在人世的流浪汉多很多。有人似乎会定期过来补充各种物品，确保这块墓地还“用”得好好的，避免被管理方收回去。有些人希望死后能循环再生，有些则不然。特权属于有能力选择的人。

防洪堤被冲溃后，洪水汹涌而来，霍尔特公墓被淹没在 1 米多深的水下，很多坟墓标记物和祭品也都被冲走了。但慢慢地，人们又会回到这里，其中就包括我。看到新的坟墓和各种用品后，我心中竟然有一丝不合情理的喜悦，因为这意味着过去和未来之间依然有可能存在一定的联系。有一次在墓地后面几棵歪歪斜斜的橡树中间，我发现树枝上挂着一只死鸡，树干的缝隙中塞着一些葡萄酒和朗姆酒的瓶子，地上则散落着用过的蜡烛。看来是有人施过法术——可能是伏都教或类似的信仰，也可能是新纪元运动。新奥尔良的所有公墓都容易吸引这类活动，但“霍尔特”因为总有刚刚挖好的土质松散的新坟，所以更容易被盗墓者盯上。这些人偷走头骨和别的骨头后，要么是用来施法，要么是放到易贝网上出售，大赚一笔。这两种结果都不算触犯禁忌，毕竟死人向来都是巫术的源泉，且不论其目的是好还是坏，况且巫术也确实相当有利可图。

霍尔特公墓起初是座丛葬地，用来埋葬黄热病的受害者，后来在 19 世纪，随着新奥尔良的人口激增，才逐渐演变为安葬穷人的公墓。刚开始时，埋在这里的人只有一个共同点，那就是穷；但到了第一次世界大战，即美国南方种族隔离最严重的时期，公墓服务的群体基本变成了非裔美国人和非裔克里奥尔人。颇具传奇色彩的爵士乐之父巴迪·博尔登就埋葬在这里的某座无名冢中，或者说以前是这样。他的尸骨大概率早已经跟几十人的尸骨混在一起，又散落各处了。

霍尔特公墓里的祭奠活动和自制标记物之所以存在，一定程度上是因为遗属的贫困以及维护使用权的需要，但你不得不承认，它们也是美感和意义兼具的集合艺术品。据记载，这样的扫墓传统在美国南部，尤其是非裔美国人的公墓中，有着非常悠久的历史。缅怀亲人并没有什么成规可言，事实上，独特性和创造力才是爱的表达。在霍尔特公墓，我见过各种洋娃娃、小风车以及用拾得物拼合而成的图案。早在“个性化”成为殡葬业的营销流行词之前，这种装饰墓地的行为就已经在践行“个性化”了。[7]

由此可见，这种在殡葬仪式中表达个性化的渴望，不能被简单归结为消费者的粗暴选择。诚然，如今的大众媒体都在哄劝我们用物品来树立自己的“品牌形象”，就好像我们每个人都是一家公司。但很显然，并不是所有的物质表达都是市场驱动的结果，或者说受到了冷漠的商业操纵。上述低成本、有创意的祭奠活动，一直以来都是霍尔特公墓的特色，而现在已经遍布全美。除了前文提到的根恩维尔公墓，我还在芝加哥、印第安纳波利斯、纽约的许多墓地见过各式各样的祭品。当然，我不是说这种做法就是从非裔美国人的文化传统中传播出去的，毕竟文化影响具有多向性，而且几乎不可能追踪。在墨西哥，亲属并不只是在亡灵节才会去扫墓和供奉祭品。在中国的清明节，家属则会在扫墓时放供品、点香火、撒冥币，以便逝者在来生购买需要的东西。移民们来到美国时，也带来了他们代代相承的传统。但显而易见的一点是，各种祭奠活动或许从前还可以按民族分类，但现在已经不行了。公墓也不再像以前那样，老是为扫墓人留下的“一片狼藉”而烦恼不已。现在，纪念性扫墓和供奉祭品的做法已经十分普遍，就连保守的森林草坪纪念公园也不得不学着适应。这座位于格伦代尔市的公墓原本以精心打理的草坪墓地著称，如今却在远离那些老墓地的缓坡上，开设了一片延伸至坡底的新殡葬区，家属们可以在这里按照传统或个人喜好来装饰逝者的坟墓。“森林草坪”现在已经彻底放弃了独特的严格管理策略，允许人们使用草坪装饰品了。没过多久，食物和草坪躺椅也开始出现在园中。2019 年的某个周五下午，我再次前往“森林草坪”时，看到许多人正坐在躺椅上，用手机放着音乐，一边吃东西，一边陪伴他们的至爱。真是个与灵魂野餐的热闹日子。

︿︿︿

1905 年，伟大的德国社会学家马克斯·韦伯在《新教伦理与资本主义精神》（*The Protestant Ethic and the Spirit of Capitalism*）一书中指出，清教徒的宗教信仰创造了一套价值观，而这套价值观推动了如今资本主义的发展。清教赞扬节俭和勤劳，认为世上的不平等就是上帝审判的预示。劳动得继续，生意也不能停，但上帝早已决定了谁注定会是富人，谁注定会上天堂。死亡也是上帝审判的一个预示，但好在这个命运会公平地降临到每个罪人身上。新英格兰地区那些清教徒墓碑上的骷髅头，提醒着建国初期的美国人不要忘了他们冷酷的上帝。韦伯指出，随着早期的新教逐渐分裂出加尔文宗、循道宗、浸礼宗等派系，这些宗教的基础也发生了变化。尽管有些基督教的新派别开始允许教徒玩乐，甚至是享乐，也允许人们重新回归到世俗生活中，但总体来讲，清教思想并未彻底蒸发，而是逐步演变为一种世俗思想体系。在韦伯看来，利己、追求效率和劳动生产率、竞争、摆阔、对社会不平等的容忍等原则，都是新教伦理的文化遗产。所以，他担心资本主义正在导致一种“世界的祛魅”，经济理性在全球范围内控制了我们的思想，而神秘主义、魔法思维和艺术作为其受害者，被排挤到人类历史的边缘。

韦伯只说对了一半。自他之后，不断有学者指出，现在有很大一部分市场的成功其实还是归功于魔法思考。消费品和消费性服务之所以能吸引我们，是因为它们宣称可以治疗我们，改变我们，让我们变美，给我们工作，令我们富有，为我们找到伴侣。可在此之前，世界各地的人们去拜访女巫、治疗师、萨满、伏都教女祭司，还有其他虽然身份不太明显但同样能提供“魔法”的人，比如防腐师。[8]

^^^

美国人的葬礼正在经历怎样的变化?

多年来，批评人士一直将美国的遗体防腐传统阐释为“祛魅”，以一种医疗卫生的形式取代了对来生的神圣敬意。这个解读忽略了一点，那就是在其支持者看来，经过防腐处理的遗体具有神秘的治疗性——但遗体不是宗教物品，而是魔法物品。美国的殡葬师担心的并不是我们正在“失去宗教信仰”(这种情况其实已经有一段时间了)，他们担心的是我们正在失去仪式——这话听起来很“韦伯”。他们担心这个瞬息万变的世界。但他们也只说对了一半，我们正在失去的是**我们的**仪式，是那种在大部分人看来可以让死者有尊严、让生者感到慰藉的全国性仪式。但作为个体，我们并未失去通过仪式来逐步接受死亡的能力。事实上，关于死亡的仪式实践方兴未艾。

从最激进的创业者到凡事都想亲力亲为的遗属，仪式可以说是无处不在。每个人似乎都认为，想要“善终”就需要去仪式，但如今，这已经不再只是防腐师、殡葬师这些仪式专家的专属领域。事实上，仪式办得越即兴、越个性化，对遗属来说就越有效。自办葬礼因其魅力而正在大放异彩。

美国殡葬业的面貌日新月异，可谓有目共睹。各种新习俗大量涌现，就像一棵树正飞快地开枝散叶，生出很多分支、很多方向、很多变化。21 世纪初的人们在看待死亡及相关仪式时，开始抱有一种开放的态度，或者说一种玩耍的心态。不同宗教和民族传统的影响正在创造一种习俗的交流，或者用大卫·斯隆的话来讲就是“文化混杂”（cultural hybridization）。当然，美国的种族和宗教一直以来都具有高度的多样性，如今发生变化，只不过是因为曾经抹杀掉这些差异的全美性仪式被抛弃了。大家现在愿意尝试各种葬礼的新思路，无所谓灵感源自哪里。人们内心总有一种借鉴、试用、即兴创造以及发明仪式的渴望。[9]

新习俗的不断涌现，说明了人们对仪式的意义有着强烈的渴望，并且希望用非凡的创意来满足这种渴望。仪式行为研究是人类学中的老课题，所以对于什么才算是真正的仪式，人类学家往往持有一些保守的看法。比如，有些人类学家就认为，当代美国的丧葬习俗根本不能算是仪式，因为在他们看来，仪式就像备受尊敬的英国文化人类学家维克多·特纳所说的那样，是指“在那些与神秘存在或力量的信仰有关，但不涉及技术常规的活动中使用的一套规定的、正式的行为”。[10]“规定的”和“正式的”这两个修饰语，确实同我们把父亲的骨灰扔进俄罗斯河中的行为，或者梅女士那种“生动的”防腐处理不太相符。可是，这些行为又确实非常严肃地打破了常规，看起来也没有什么实际用处。而且对于那些想与逝者交谈、为他们做事的遗属来说，逝者拥有神秘实体，只不过我们无法感知他们的超自然状态和力量罢了。过去有些人类学家把仪式定义为一种共有的社会习俗。按照标准定义，参与仪式的群体要在仪式的规则和特定要素方面达成一致，比如举行的时间、参与的人、要说的话或要念的文本、要用的物品、要做的动作、举办的地点，以及仪式的步骤。照这种经典观点来看，人们自创的那些与遗骸有关的活动，肯定不是仪式，因为其中不仅缺少祭司或萨满等专业人士的参与，而且也没有“实践社群”来理解这些行为，更不用说去评判它们完成得是否“正确”了。

如果说曾经定义葬礼的实践社群大体上包括所有美国

人的话，那现在这个群体早就分崩离析了。正如前文的威尔逊和杰弗里可以佐证的那样，现在即便是家庭这样的小单元，也经常会就葬礼安排发生激烈的争吵，殡葬师则不得不从中调解。从法律上讲，除非逝者已经提前安排了后事，否则做决定的权利就属于直系亲属，即配偶、子女、父母。美国人似乎在这点上取得了共识，那就是葬礼的控制权最好由个体掌握，而非群体。所以，立遗嘱这件事一定要重视。对于那些希望在自己的葬礼上播放重金属音乐、供应芝加哥深盘比萨、把印有小熊队标志的骨灰瓮放在桌子中央做装饰的人而言，这种做最后一次选择的权利，在美国人的价值体系中几乎具有神圣地位。消费选择已经不仅仅是品位的问题，而是成了一种会延续至来生的自主权。

综上所述，我想提出一个不同的人类学观点，那就是我在这本书中描述的新型美国式殡葬习俗绝对可以算作仪式，而且办得越是独特、越是有创意，就越充满魔力。过去四十年中，人类学家已经逐渐接受了一个观点，那就是传统的形成并不一定需要缓慢的世代传承，而是可以在重大事件中或在艺术家、企业家、精神领袖、政治家的积极推动下，被“发明”出来。[11] 到大自然中抛撒骨灰原本不是美国的传统仪式，但20世纪末时在某个地方有人这么做了，发展到现在已经成了一种常见的普通做法。线上纪念活动和直播葬礼则是更新的发明。

即使仪式性行为没有成为共有的传统，也并不代表其创造者和践行者没有将它们作为仪式的意图。罗德用一个手工制作的小盒子装上妻子雪莉及岳父母的骨灰，去西部重访那些对雪莉而言意义重大的地点，每到一处便用骨灰撒出一个心形图案，往图案中间放一块心形石头，对着它们说上几句话、拍几张照片，回家以后再将照片洗出来，贴到他的“故事板”上。罗德的行为不是从别人那儿学来的，也没有任何文本告诉他怎么做才“合适”，但他明白这就是一种仪式。

近年来，心理学家受到一些替代疗法的影响，逐步将仪式作为一种工具应用在治疗当中。与此同时，人类学家则开始对传统萨满教的精神疗效和“新萨满教”等其他新纪元运动的文化习俗产生了兴趣。在人类学家简·阿特金森看来，这类隐秘的实践“为那些脱离了西方主流宗教传统的人提供了一种精神需求的替代品。其中，新萨满教因为颇有‘民主’特质，绕开了制度化的宗教等级，与当代社会对自助的强调十分契合，所以尤其具有吸引力”。

或者用那些倡导将仪式用于心理治疗的人的话来说便是，“新纪元运动中的灵性强调的是人要寻找自己的道路，并相信自己的经验”。这种精神实践完全契合了人们对个人主义和自力更生的信仰，所以我们完全有理由认为，自办葬礼属于一场更为宽泛的精神自助运动。[12]

形形色色的自办葬礼尽管各有千秋，但同其他仪式一样，它们都要参照一个潜在的信仰体系。事实是，它们这种量体裁衣的独特性，恰恰忠实地反映了一个受美国人广泛赞同的核心信仰体系——个人主义。**我们正在见证的是个体崇拜对国家崇拜的反超。**正如托克维尔 1831 年在其早期民族志作品中指出的那样，在美国，这两种忠诚的关系一直都很紧张。他注意到，美国的拓荒者普遍信仰利己主义和自力更生，故而他有些担心这种动态到最后会妨害他们为共同利益而努力。而且值得注意的是，他还忧心忡忡地指出，个人主义可能造成的恶果之一便是对祖先的忽视：“民主不仅让人忘记了祖先，还搅扰了他们对子孙的看法，并且让他们与同代人变得疏离。每个人都永远只能靠自己，这就有可能陷入一种将自己困于内心孤独中的危险。”[13] 但或许，我们可以从罗德用骨灰撒出的心形图案中明白，这些新的殡葬仪式既是在尊重作为核心价值的个人主义，也是在以某种方式避免“忘记”祖先和后代。尽管罗德并不属于任何一个现有的仪式群体，但他的仪式却以一种极富创意的方式，建立了跨越世代的全新关系。正因如此，我在梳理美国人的新型殡仪选择时，才总是会惊讶于许多仪式不单是在延续逝者与生者的关系，同时也旨在给逝者与“尚未出生者”建立某种联系。人们现在转而开始青睐可以世代相传的钻石和可以保存碳元素的红杉，这正说明了我们在面对人与人之间那种跨越沧海桑田的关系时，思维格局已经打开了。

^^^

美国人的来生正在经历怎样的变化?

如今，来生越来越多地存在于此时此地，存在于我们周围。更确切一些的话，应该说是各种来生——逝者的灵魂触手可及，有的坐在壁炉架上，有的被戴在手指上，有的被刻进了树皮中。我发现，要想将资本主义精神和美国人近来看待死亡的精神区分开来，其实非常困难。有些创业者在不断扩大的面向“婴儿潮”一代的市场中发现了商机，有些设计师则通过创新来培养我们的欲望，进而开拓出全新的市场。越来越多的美国人把亲人的遗体转化为各种形态类似商品的物品，而这样的转变让死者得以作为社会存在继续留在了我们的生活中。杰西卡·米特福德曾指责美国人放任殡葬产业将葬礼商业化，所以我猜她若看到如今殡葬市场中五花八门的服务，也会嗤之以鼻。她认为这种针对死亡的物质定制缺乏灵性，或者说同世界各民族文化中在逝者心跳停止之后试图延缓其社会性死亡的仪式完全相反。她的这种想法不太对。我记录下来的这些美国新丧葬习俗确实偏重物质性，这一点毫无疑问，但其根本目的仍是为了让生者和死者的关系延续下去，最合适的描述或许应该是“物质化的招魂术”。

2015 年的那个万圣节前夜，丹尼尔和我跑到街上做采访时，我基本上都是即兴提问。可能因为看到周围的“妖魔鬼怪”后，我才又加了一个问题：“你觉得我们去世后会发生什么？”无论对我还是对大部分受访者而言，这个问题要比如何处理遗体难回答多了。但我非常确信的一点是，两个问题的答案尽管尚在“建构中”，但却有着很深的联系，而且在当下可能比以往任何时候都要深。美国人对遗体处理的态度，既反映了当代的信仰和价值观，也显示出他们对来生的不同猜测。

被问及来生问题时，在我的要求下，受访者往往是第一次明确表述他们对该问题的思考。从这个角度来讲，我是在干涉他们的生活、搅扰他们的思维，所以我并非是在对一个被我发现的对象进行民族志研究，而是我的调查本身制造了一个新的研究对象：一份关于个人形而上信仰的叙述。换言之，这是一场对话，看起来有些受访者甚至被自己的回答吓了一跳。有关来生的信仰不断浮现、进化，处在一种不稳定的状态中——法国人类学家皮埃尔·布迪厄称之为“异端”（heterodoxy），与“正统”（orthodoxy）相对。在异端状态下，实验性观念和相互竞争的意识形态会兴起，并质疑现状。布迪厄认为，异端通常预示着重大的文化转向或范式转换。[14]

翻看采访笔记时，我注意到，在考虑其他可能的归宿时，几乎没人提及传统意义上的天堂或天国。实际上，只有两个人这么想过，而且两人都是我们在 2016 年旧金山马拉松比赛结束后偶然遇到的。刚刚跑完全程的索菲亚笑着说，她相信有天堂，所以遗体的处理方式不重要，反正会被虫子吃掉。在比赛路线附近的街角，我们遇到了正在乞讨的残疾老兵杰德，他也相信基督教描绘的天堂，并且期望自己会被葬在阿灵顿国家公墓。他认为，每个人都应该去那儿参观，感谢那些阵亡将士做出的牺牲。他有些哽咽地说："他们身上的那种正直，现在少见了。"但他还在为这个国家牺牲着自己。

又过了几个街区，我们遇到了亨利，他是马拉松比赛的保安，刚刚清理完路障，正在休息。虽然来自路易斯安那州，而且从小就信仰基督教，但他说自己在加州生活久了，现在觉得"下辈子可能会变成一只苍蝇"——听起来他倒不是很介意。

这三人都不是加州本地人（一听口音就知道），所以要在这样一个流动性极高的社会里概括区域性特征，实在是困难无比。尽管我也去别的地方采访了殡葬业者，但书中的样本还是偏重于那些同我有关系的地区，如加利福尼亚、路易斯安那、伊利诺伊等州，所以这些调查并不具备统计学意义，而且这原本也不是那种项目。我在本书中提供的只是一种纵览，是那些受访者对来生的思考。我并没有刻意回避采访传统的宗教信徒，但要想遇到他们确实不太容易。当然，公开承认自己是无神论者的人也同样稀罕，只有一个人说："你就消失了呀。"殡葬从业者不想冒犯任何人，所以往往不置可否，只会给出一个无懈可击的回答："那可是个大谜团。"有些人试图从热力学定律的角度去思考，认为我们的灵魂和身体会转变成别的东西，不可能就那么凭空消失。正如“生命宝石”的迪恩所言，如今在来生这个问题上，科学和宗教似乎正在融合。还有一些受访者的回答偏向神秘学——一个能同科学与宗教共存的领域。

我一度以为本书要回答的问题会是“世俗化的来生会是什么样”，但现在我明白了这问题问得不对。因为美国人非但没有变得更世俗（这个范畴本来就难界定），反而更“灵性”了。皮尤研究中心的调查显示，在 2012 年到 2016 年的五年间，认为自己“相信灵魂存在，但不信宗教”的美国人增加了 8%，达到了 27%，但其中并没有明显的群体差异，“（这种转变）在男性中有，在女性也有，在白人中有，在黑人、西班牙裔中也有，且不受年龄和受教育水平的影响，也跟是共和党还是民主党无关”。[15] 我采访过的殡葬业者都清楚这一点。他们的客户群很广泛，身份各不相同，而且还在增长。这些客户并非什么都不信仰，但他们的信仰也确实五花八门——有的是兼收并蓄，有的是融会贯通，有的是主观推断，有的根本是空穴来风。当然，这些信仰无所谓真假或对错，人们相信什么就是什么，人类学者的职责是记录所见所闻，但不做评判。如果我是来自外星的民族志记录者，要根据调查内容为母星撰写一份介绍美国社会的报告，那我在开篇就得声明，这个社会非常多元化，受到了侵略、迁徙、革命的多重塑造。但我知道，读者只想看到有用的概述，所以在“来生”的条目之下，我会这样开头：**对鬼魂、转世、星尘的信仰塑造了美国人的宇宙观。**

图 17

有位传统殡葬师兼防腐师告诉我，他经常会对工作对象说话。“我的习惯可能有点吓人，但我相信灵魂的存在，总觉得他们不会马上离开，还会在我们身边待一段时间，观察着我们。所以我会跟他们说话。‘这条领带好不好？要换一条吗？来，配合一下，坐起来！’”说完，他大笑起来。我请他详细讲讲他那些吓人的理论，但他不想出镜（所以我在此处也没写他的名字）：“我是觉得吧，己所欲却不施于人，会招致厄运，哪怕对方是死人。我认为人应该善待他人，这就是我的理论。”罗德说，妻子雪莉去世后的第一年里，他几乎每个星期都能在某个时刻感受到她的存在，到我去采访他时，这种感觉出现的频率已经在慢慢减少。可以说，她离开这个世界的速度非常缓慢。但我们坐在树下的野餐桌旁聊天时，罗德突然说:“我又起鸡皮疙瘩了。”话音刚落，一阵微风轻轻拂过，将周围的风铃吹得叮当作响。“哇！”我们一起笑了起来。尼克讲的玻璃球总碎的事，也让人起鸡皮疙瘩。那次经历让他深感不安，也迫使他转换思维，去思考那些曾被他嗤之以鼻的可能性。

杰瑞格里斯说，她经常能在遗体周边看到各种动物，有时正赶上家属整理遗容，有时是在葬礼上或者从火葬场回来的路上。除了那只她认为是代表朋友卡洛琳来她跟交流的蜻蜓外，她还见过蝴蝶、蜂鸟、野火鸡“形迹可疑”地在遗体或悲伤的遗属周围徘徊。“这是世上最大的谜团之一，但有一点我很确定，那就是灵魂不灭。过去二十年里我目睹了太多事，不得不信。至于它会去哪儿，不同人有不同理解。但我知道的是，它和生者有很多联系——这点毫无疑问。”和许多殡葬从业者一样，杰瑞格里斯不太愿意表明自己的信仰，而且会尽量尊重每个人的想法。异端是她的职业道德。我心里一惊，想着如果动物真的会替逝者来报信，甚至有可能就是逝者本人的话，那她眼中的这个世界得多热闹啊。但紧接着，我又想到了“圣烟”，若情况果真如此，那猎杀火鸡可就弄巧成拙了。

还记得埃里克吧？就是我们在根恩维尔公墓采访的那个年轻人。面对我的问题，他似乎早有准备，说想要维京式火葬，把遗体放到朋友帮忙造的船上，然后烧掉。我想象着那条船沿着我父亲的安息之所——俄罗斯河——顺流而下。埃里克明确说他相信轮回，而且这种轮回是一个自我完善的过程：我们会不断转世，直到我们该做的事都做对以后，才可“同宇宙融为一体”。参加过“最后旅程”培训的南希说，她所受的影响主要来自墨西哥的文化传统和新近复兴的亡灵节习俗，但说到来生，她脑子里想到的并不是阿兹特克文化中的地府米特兰，而是轮回转世。“我相信人会重返世间，继续未竟的课题。”这种观点显然非常接近于印度教、佛教以及其他一些混杂在新纪元运动中的东方哲学的生死观。亚洲文化通过人口流动或思想传播进入美国后，产生了不容小觑的影响，尤其是在西海岸地区。但南希的转世轮回观念显然是一种经过美国化的民间信仰，其追随者通常认为人在转世之后依然是人类——相比之下，其他信仰体系就没有这么言之凿凿了——换言之，美国人的轮回观听起来更像是过度延伸的个人主义和自我成长心理学。

在跟我聊过的人中，只有少部分认为自己是正式的印度教徒或佛教徒。旧金山马拉松结束后，我们还遇到了一群刚刚参加完比赛的南亚裔高科技产业人士，但谈到火葬和转世时，他们的反应很平淡。裹尸布设计师埃斯梅拉达是虔诚的佛教徒，尽管她开玩笑说自己总是不够有耐性，所以是个“不合格的信徒”，但实际上她已经跟随一位藏传佛教的上师学习并修行多年。她告诉我，投胎为人，来世间走一遭，是一件非常难得的事，（如果把投胎成昆虫、青蛙、鸟类也算进去的话）只有十亿分之一的概率。她也相信多维空间的存在，“我相信所有的人生，过去的、现在的、将来的，都在同时发生，所以（这就是为什么）我知道如何用裹尸布把我母亲包起来，否则我根本没有理由知道什么是裹尸布，更没有理由去那么做。我敢说，我在殡葬业中遇到的很多人，都曾在别的时代干过类似的事，比如在古埃及，或者担任过这种角色，比如萨满，反正就是诸如此类的事”。埃斯梅拉达犹豫了一下，似乎是在考虑要不要讲，接下来她又放松了警惕："我用过很多迷幻药，去过多维空间，所以记得很多……事，就这么说吧。"她说这话时，绯红的双颊上洋溢着灿烂的微笑，双眼发亮，表情似乎是在说"你肯定觉得我很傻"，但与此同时，她又完全不在乎我怎么想，因为她"就是知道"。这就是她，这就是她信的东西——这才叫真正的信仰。

"葬具"艺术馆的负责人莫琳则认为，我们会变成"星尘"，但同时也会永远存在于我们留下的生活和文化痕迹中。有时候，我会觉得遗址发掘在某种程度上就是以科学方法进行"降神会"，因为考古同样需要生者去试着解读死者留下的那些模糊线索。"我认为人死之后会重新变成星尘，质量和物质不会消失，只是转换成了不同的实体。"在我和丹尼尔采访过的人里，芬伍德公墓的泰勒是最能言善道的一个，但谈到来生时，他一开始也不知道该怎么说："我认为我们死后……呃……哎呀，这个问题太大了。"他沉默下来，站在那儿轻轻晃了几下身子，似乎是在认真思考。过了一会，他继续道："我个人的看法是，肯定会有东西留下来。我忘了灵魂的重量是 21 克还是多少了，反正就是死前和死后的体重差。"不管是多少，他说，都会回到"无垠"之中。许多人都承认，尽管自己并不知道灵魂是否真的存在，但重要的是我们到底愿意相信什么。同样参加过“最后旅程”培训的阿曼达则表示：“或许你希望来生是什么，它就是什么，所以每个人的来生都不一样。”我们在“最后旅程”采访时，还遇到了一个梳着波希米亚风格发辫的女生。对于当日所学，这位培训项目中可能年龄最小的学员只能连连摇头，表示惊叹。她操着一口地道的“山谷女孩”口音（语调抑扬顿挫，而且每句话最后一个词都要用升调）说：“死亡——真是太复杂了！谁能想到啊？说真的，太复杂了。”我听后深以为然。

我怀疑，流行文化（尤其是电视节目）对当今美国人的来生观念所造成的影响，并不亚于有组织的宗教。我无法证明这一点，但你也无法证明鬼魂存在或不存在。近年来的一些民意调查显示，45% 的美国人相信鬼魂的存在。相比之下，仍然认同自己属于某一宗教的人则占 50%，二者人数相差其实并不多。[16] 此外，在过去二十年中，去教堂做礼拜的人和相信天堂存在的人在逐年减少。这些数据很有意思，但相关性并不等于因果性。“防腐—棺材—套棺”作为 20 世纪美国葬礼的主流，向来与神学无关。新教徒、天主教徒、改革派犹太教徒、无神论者的葬礼几乎一模一样，都包括做防腐处理、购置高级棺材以及墓碑；而现在，这些人中又有很多已经接纳了火葬。美国人在考虑如何给死者办丧事时，其实很少站在宗教角度。彼得·梅特卡夫和理查德·亨廷顿在《庆祝死亡：殡葬仪式人类学》（*Celebrations of Death: The Anthropology of Mortuary Ritual*）一书中就曾指出，我们传统上理解的宗教既无法解释“美国式葬礼的统一性”，也无法解释如今的多样化趋势。在 20 世纪的美国，曾存在一套各宗教都支持的仪式，一度盛行全美，而现在这一体系正在瓦解。但造成这一情况的原因并不是殡葬仪式又重新被寺庙、清真寺、教堂把控了。[17]

^^^

考古学家会如何看待这一切？

考古学家会用“地平线”（horizon）一词来描述物质文化中突然出现且地理分布广泛的新事物，比如新的陶器样式、突然改变的图腾，或者地层中出现的间歇层（表明该文化曾废弃过聚居地或遭遇过灾难）。在我的想象中，这种突然的变化就像清晨的第一缕阳光出现在地平线上，然后迅速在大地上扩散，告诉我们新的黎明到来了。这类标志层可以帮助我们为重大事件——如帝国的衰落、新宗教的迅速传播或者某一技术创新的社会效应——划分时期。

考古学家詹姆斯·迪茨和埃德温·德特勒夫森研究了新英格兰地区墓碑上的图案风格变化后，认为这些变化同美国主流意识形态的转变有关。他们所做的其实就是在标记从清教主义到第一次大觉醒运动再到启蒙运动的各条地平线。他们从墓碑开始，一步步勾勒出想要阐述的理念和价值观，用研究验证了物质性的丧葬习俗与其他社会运动会同步变化这一主张。文化史学家菲利普·阿里耶斯则反其道而行，先用“观念模式”（mentalité）的文本证据构建出西欧的各个历史阶段对待死亡的态度，再从墓碑浮雕和死亡面具中寻找与之相关的证据。[18]

我们也可以采用类似的方法来梳理一下过去两百年中美国殡葬习俗的变化，把迪茨和德特勒夫森的研究接续下去。但我建议，我们不要关注墓碑了，而是把精力集中在遗体上。19 世纪的大部分时间里，美国式葬礼的重头戏是在家中守灵，遗属们围绕在逝者身边，筹备并亲自操办大部分仪式。那时的丧葬活动很私密，生者会见证遗体从眼前的物质世界慢慢转入可能的来生，与等在那里的其他至爱团聚。人们非常重视骨肉亲情，认为这是一种万古不变的关系。牧师和神父们则会从旁协助，就像卡戎引领逝者跨过阴阳之隔那样。最终，通过程式化的宗教仪式和社交聚会，遗属们获得了疗愈。我们可以借用非裔美国人依然在使用的说法，将这段时期称为“还乡”（Homegoing）。

到了 19 世纪末，随着防腐技术的发明和殡葬活动的专业化，家庭在相关事务中的重要性逐渐降低，仪式专家（防腐师、殡葬师）最终取而代之，丧葬习俗的重心也从遗属转到了逝者身上。到 20 世纪中期，遗体处理方式和殡葬用品在全美各地都已趋于统一，这说明了文化已经高度一致，专业知识赢得了极大尊重，一个想象中的强大共同体出现了。遗体在某种程度上成了圣物，仪式要围绕逝者来筹划，要包含净化程序，人们关注的重点则是治疗生者和操控时间。每具遗体都会按照统一方式来处理，而且在整个过程中，对于社会标准的重视要超过对个体人观的关注。虽然仪式中会涉及宗教元素，但占支配地位的仍然是全国性仪式，所以不同仪式中的教派差异不是很明显。遗体被认为对悼念者具有魔法般的治疗力量，而遗体防腐和遗体修复则是为了把死亡的痕迹从死者身上抹去，尤其是要将凹陷的面容恢复如常。正如埃斯梅拉达所言，在那个时代，“人就等于他的身体”，只不过身体之间的差异被有意淡化了而已。所以，我认为这段漫长的时期可以被称作“国家—身体”（Nation-Body）。

进入 21 世纪后，遗体逐渐失去了在盛行全美的葬礼中占据的神圣地位，悼念者亦不再相信遗体防腐和遗容瞻仰所具有的治疗力量。越来越多的人开始认为，遗体不过是区区一具“空壳”，是对空间的浪费，而处理这种无生命物质最好的办法便是焚化。随着信教人数的减少，无论是殡葬师作为仪式专家所具有的地位，还是殡仪馆作为仪式场所所具有的优势，均有所下滑。超个性化、质疑权威、反抗传统是这一时期的文化趋势，并延续至今。人们把骨灰带回了家，却不知如何处理，在处理与死亡有关的问题时只能依靠自己，在一定程度上有可能像托克维尔说的那样，“陷入一种将自己困于内心孤独中的危险”。不屈不挠的个人主义遇上了存在主义。在这一时期，人们开始质疑那些早已不再奏效的传统。骨灰交由遗属自主延期处理，虽然会致使处在悲痛中的他们更感孤立无援、不知所措，但也意味着相较于“国家—身体”时期，生者与死者的关系在这一时期变得更为紧密了。个人主义也形而上起来，人们迫切希望殡葬产业能满足他们的需求，而大部分人的需求就是能凸显逝者个性的服务和产品（即仪式和器物），或者用行话来说——个性化殡葬服务。我们可以将这个时期称作“不屈不挠的悲痛”（Rugged Grief）。

我们目前仍处于这个时期，现在有不少做法要么延续自先前的时期，要么是旧传统的复兴，进一步增加了我们这种探索的复杂性。但我认为，今天的美国很快就要见到第四条文化地平线上的曙光了——要是把迪茨和德特勒夫森划分的早期清教、福音派、启蒙运动三个时期也加进来，这将是自那些不服从国教的英国人大批踏上北美东海岸以来的第七次转变。越来越多的美国人不再将遗体视为无生命物质，而是认为其中不但包含了逝者的精髓，还可以作为心灵与生态再生的资源。在一些由自学成才的萨满发明的自办仪式中，我们可以隐约看到超个人主义（hyper-individualism）正慢慢被一种跨越了代际与物种界限的关系和延续性所取代。那么，这个新时期又该如何称呼呢？

我在前面曾经提到，丧葬习俗能够反映出更深层次的社会潮流，若按这个观点去思考的话，这条突然出现在美国丧葬习俗中的新地平线到底意味着什么？统一的全国性仪式土崩瓦解，分裂出了各种“随你便”风格的丧葬习俗，这些现象或许暗示了美国的文化统一性正在瓦解。具体来说就是美国内部的文化多样性以及对个体的崇拜，使得人们在“身为美国人到底意味着什么”的问题上都无法达成一致，更别说在“什么才算爱国者”的问题上取得共识了。不过，这一点我们其实早就心知肚明。政治学者本尼迪克特·安德森认为，国家都是“想象的共同体”（imagined communities）。那些大型社会的成员会以共有的叙事、价值观和传统为基础，想象他们以一个共同的身份团结在一起。安德森以此解释了 19 世纪现代民族国家的兴起（他把大部分功劳都记在了报纸头上），但并没有谈到导致这种国家形式瓦解的会是什么。美国正兴起的这种想象的共同体，似乎是安德森没有预料到的新类型：一个以共有的生态观为基础而形成的地球共同体。[19]

︿︿︿

从我落笔的那一刻起，这本书就开始成为历史了，因为所有民族志都只能是某个文化或社群在某一时刻的快照。一个人试图描述自己所处的时代时本身在认识上就有其局限性，但我并不担心。有人觉得人类学家是算命先生，能够预测从现在到未来的趋势，这才是我的忧虑之处。人类社会实在太复杂了，任何的盛衰起伏都会受到各种因素和偶发状况的影响，任谁都无法准确预测出将来会怎样。所以，我更喜欢考古学那种从长远出发看事情的角度。文化变迁本身是生命周期的一种表达，一种传统消亡时，另一种传统便会崛起。

We regret that
we cannot
guarantee the
safety of items
left on graves.

图18

厄内斯特·贝克尔在思考关于未来的问题时——尤其是涉及“人死后会怎样”这个无人知晓的未来——似乎也有同样的谦卑感。在《死亡否认》一书的结尾，他写道：

没有人知道生命的前进动量接下来会以何种形式出现，也没有人知道它对我们这种痛苦的探索有何用处。看起来，我们每个人接下来所能做的，顶多就是创造出某种东西，是物体也好，是我们自己也好，然后把它投进这混乱之中，将它奉献给……怎么说，生命力吧。[20]

近来，我一直在想几百年后的考古学者会如何看待我们这个时代。我的希望是，我们这条新的地平线有资格被赋予“伟大的觉醒”之类的称呼，而我未来的那些同行会挖出来很多献给生命力的祭品，然后对它们感到困惑不已。

跋

她停下来擦擦额头，咸咸的汗珠顺着手背流了下去。她拿起水壶喝了口水，又跪在地上继续挖，小心翼翼地用铲子刮擦。每隔一会，她就会停下来，把松散的泥土收起来倒在桶里，和她一起挖掘的搭档再把桶提到筛子那儿去筛查。可她挖完表面那层干燥坚硬的燕麦草之后，土壤却变得单调、一致起来。她留意着土层颜色的变化，但是毫无任何迹象能证实这附近以前确实是一座墓地。她和搭档看到一块独特的扁平巨石，又发现上面刻有类似蜻蜓翅膀的图案后，便决定在这里挖一个宽 1 米、长 2 米的探方。从这块巨石以及其他散落在这片橡树草原上的标记物来判断，他们的研究小组认为，这片区域在 21 世纪时极可能是一座公墓。

终于，她在松动的泥土下发现了新的东西。起初，她以为那是一团跟头发丝一样纤细易断的根系，便换了一把软毛刷，轻轻地把泥土刷去。可没想到的是，那些“根系”原来是一块快要烂掉的布料脱下的细线。她有些犹疑不定，介入自然过程可以算是一种亵渎了。可这又是她的工作，这片坟场不久之后将被一条新建的高铁隧道毁掉，她的团队来这里的目的就是迁坟，恭敬地挖掘、转移、确认所有埋葬物，然后在一个更安全的地点将其重新埋葬——除非腐烂过程已经趋近结束，实体转换在宏观上已经完成。她的搭档站在坑上方，拍摄下了她小心揭开裹尸布的整个过程。她看到裹尸布中躺着一具干净但已经散开的骨架，而且大致保持着原来的俯卧姿势，但地鼠挖地道时直接钻过了躯干，搬走了一些脊椎骨。这具遗体显然没有穿衣服，只裹了一层布，像包在襁褓中的新生儿一样。但不太寻常的地方不光是这个，骨架右手处还有一个生锈的金属铲，左手处则放着一个深棕色的长方形物体。她用可拍照的手持全球定位仪记录下了铲子的位置，然后轻轻将其从土中取出，放进一个可重复使用的样本箱中。接着，她转向左手边，开始小心地把那件似乎快要碎裂的棕色物品与周围的土壤分割开。就这么一丝不苟地干了一个小时之后，她终于把自己的铲子塞进了那件物品下方，然后慢慢把它以及四周的保护性土壤抬离原地，转移到一个已经被搭档贴上标签的无酸保护箱中。她希望回到实验室后，大家能借助射线照相术来阅读这件古老、腐坏、看起来像书的物品。或许，他们可以在那些因时间和压力而粘连到一起的纸页间找到一点线索，来确认这具骨架的主人到底是谁。

︿︿︿

图 19

注 释

第一章 坑

1. 有关研究方案的解释以及我处理采访实录的方式，参见本书序。

2. Mitford, *The American Way of Death Revisited*; Waugh, *The Loved One: An Anglo-American Tragedy*.

3. Lynch, *The Undertaking: Life Studies from the Dismal Trade*, 84.

4. Cremation Association of North America, *Annual CANA Statistics Report*; National Funeral Directors Association, "The Future of Funerals: COVID-19 Restrictions Force Funeral Directors to Adapt, Propelling the Profession Forward."

5. Hayasaki, "Death Is Having a Moment."

6. 我并不是说丧葬习俗为社会提供了一面镜子，这个假设本身就有问题，很早之前就已经被死亡考古学纠正过。关于这个话题的近期作品和重要作品包括：Arnold and Jeske, "The Archaeology of Death"; Stutz and Tarlow, *The Oxford Handbook of the Archaeology of Death and Burial*; Tarlow, *Bereavement and Commemoration: An Archaeology of Mortality*; Pearson, *The Archaeology of Death and Burial*; Ucko, "Ethnography and Archaeological Interpretation of Funerary Remains"; Mc Guire, "Dialogues with the Dead: Ideology and Cemetery"; Chapman and Randsborg, "Approaches to the Archaeology of Death"。

7. 相关例子可参见 Arnold et al., *Death and Digital Media*; Kneese, "QR Codes for the Dead"; Moreman and Lewis, *Digital Death*。

8. Becker, *The Denial of Death*; Heidegger, *Being and Time*.

9. Kübler-Ross, *On Death and Dying*.

10. Ariès, “The Hour of Our Death,” 41.

11. Ibid., 45–46.

12. Ibid., 47.

13. 道蒂也受到了厄内斯特·贝克尔的影响，不过后者的观点更具普遍性，并未单独针对美国人。Doughty，*Smoke Gets in Your Eyes*；Doughty，*From Here to Eternity*。

14. 尽管身在英国，但在探讨临终关怀运动的理念和效果方面，托尼·沃尔特给出了最为精彩的评价之一。Walter，*The Revival of Death*。

15. Metcalf and Huntington, *Celebrations of Death: The Anthropology of Mortuary Ritual.*

16. 从我采访朱朱到写这本书，时间只过去了短短四年，但火葬文身的受欢迎度和接受度在这期间可谓直线飙升。Donnelly，“Memorial Tattoos：Ashes in the Ink！！！”；Neptune Society，“What Can I Do with Cremation Ashes？”

17. Save My Ink Forever.

18. Hertz, “A Contribution to the Study of the Collective Representation of Death.”

19. Tschumi, *Buried Treasures of the Ga: Coffin Art in Ghana.*

第二章　肉

1. 有关家庭自办葬礼运动的介绍，详见 National Home Funeral Alliance；Hagerty，“Speak Softly to the Dead”；Olson，“Domesticating Deathcare：The Women of the U.S. Natural Deathcare Movement”。

2. Hertz, *Death and the Right Hand,* 80。很多学者并未意识到，在仪式研究领域比赫尔兹更为著名的人类学者阿诺尔德·范热内普其实应该感谢赫尔兹的研究成果。Gennep，*The Rites of Passage*。但话说回来，赫尔兹的遗产在殡葬研究领域依然很有影响力，参见 Metcalf and Huntington，*Celebrations of Death*；Engelke，“The Anthropology of Death Revisited”；Robben，“Death and

Anthropology: An Introduction"; Fabian, "How Others Die: Reflections on the Anthropology of Death"; Malinowski and Redfield, "Death and the Reintegration of the Group"。

3. Hertz, *Death and the Right Hand,* 81-82.

4. 如果想了解与此相对应的现代就医体验，参见 Horsley, " 'How Dead Dead the Dead Are' "; Horsley, "Death Dwells in Spaces"。

5. 海地的伏都教信徒认为复活后的耶稣其实是僵尸。McAlister, "Slaves, Cannibals, and Infected Hyper-Whites: The Race and Religion of Zombies"; Dawdy, "Zombies and a Decaying American Ontology"。

6. 不少国家已立法禁止遗体防腐，而荷兰直到 2010 年才宣布其合法。大卫·斯隆说，这个"忌讳"正在消亡，美国目前正在经历一场"死亡复兴"。Sloane, *Is the Cemetery Dead?*, 1, 67。

7. Trafton, *Egypt Land*; Dawdy, "The Embalmer's Magic."

8. Laderman, *The Sacred Remains: American Attitudes toward Death, 1799-1883*; Laderman, *Rest in Peace: A Cultural History of Death and the Funeral Home in Twentieth-Century America*; Ruby, *Secure the Shadow: Death and Photography in America*; Schwartz, *Dead Matter: The Meaning of Iconic Corpses.*

9. Schantz, *Awaiting the Heavenly Country: The Civil War and America's Culture of Death,* 62.

10. Bondeson, *Buried Alive: The Terrifying History of Our Most Primal Fear*; Roach, *Stiff: The Curious Lives of Human Cadavers.*

11. 有关新冠疫情及相关规定，见 National Funeral Directors Association, "Embalming and Covid-19"。有关公民宗教的论证，我要感谢梅特卡夫和亨廷顿的相关见解。Metcalf and Huntington, *Celebrations of Death*, 211-14。

12. Chiappelli and Chiappelli, "Drinking Grandma: The Problem of Embalming"; Bryant and Peck, *Encyclopedia of Death and the Human Experience,* 404-6.

13. World Health Organization, "Management of Dead Bodies: Frequently Asked Questions."

14. Douglas, *Purity and Danger: An Analysis of Concepts of Pollution and Taboo.*

15. Holloway, *Passed On: African American Mourning Stories*, 25。关于黑人的死亡研究目前发展迅速，很大程度上要归功于“黑人的命也是命”运动，以及人们对创伤、暴力、健康方面一直以来存在的差异有了更多的认识，相关例子可参见 McIvor, *Mourning in America: Race and the Politics of Loss*; Howie, “Loss in/of the Business of Black Funerals”; Carter, *Prayers for the People: Homicide and Humanity in the Crescent City*。有关拉丁裔和美国南方的葬礼，参见 Cann, “Contemporary Death Practices in the Catholic Latina / o Community”; Wilson, “The Southern Funeral Director: Managing Death in the New South”。

16. 在爵士乐葬礼中，铜管乐队会打着鼓走在悼念者和抬棺人前面，然后在悼念者进入墓地时演奏挽歌。葬礼结束后，乐队会跟着大家一起离开，边往街上走，边演奏适合跳舞的欢快乐曲，庆祝逝者升天。

17. Kessler, “How Extreme Embalming Works: Cost, Process and Appeal” ; Vana core, “Socialite Easterling Goes out as She Wanted — with a Party.”

18. Spera, “ ‘Uncle’ Lionel Batiste Gets Sendoff as Unique as the Man Himself.”

19. Donaghey, “Family Poses Slain Teen's Body with PlayStation and Doritos at His Funeral.”

第三章　骨

1. 斯蒂芬·普罗瑟罗在其有关美国火葬历史的著作中宣称，压碎骨头是为了让那些对骨灰抛撒感兴趣的遗属更容易接受，但殡葬师一直以来（并仍将继续）反对骨灰抛撒，则是因为这种处理方式等于铲除了骨灰瓮、壁龛、公墓中的骨灰瓮墓地以及其他纪念品的市场。Prothero, *Purified by Fire: A History of Cremation in America*, 149-50。包括亚当在内的跟我聊过的几位殡葬师，都担心家属们会在抛撒完骨灰后，又后悔没有地方去纪念死者。

2. “一次火葬要持续两三个小时，其间炉温会达到 870 摄氏度，向大气释放约 244 千克的二氧化碳。每年超过 110 多万美国人被火化，所以释放的二氧化碳量也相当令人震惊，约为 269 434 吨，相当于约 130 408 吨煤造成的二氧化碳污染。” Sloane，*Is the Cemetery Dead?*，57。公共卫生专家及环境机构也越来越关注火葬场排放出的污染物，但截至目前，美国国家环境保护局只是对牙齿填充物中的汞含量做出过明确的规定。除了方便集中管理和削减成本外，公共卫生风险也是现代火葬场被从居民区悄悄迁到工业区的原因之一。O'Keeffe，“Crematoria Emissions and Air Quality Impacts”。

3. Prothero，*Purified by Fire: A History of Cremation in America*; Laqueur，*The Work of the Dead: A Cultural History of Mortal Remains*; Arnold，“Burning Issues：Cremation and Incineration in Modern India”。在整个亚洲地区，无论是土葬还是火葬，采用它们的群体之间都有着巨大的区域、种族、宗教差异。到 20 世纪时，火葬尽管已经成为主流，但仍存在争议，故而并未完全普及。日本一些虔诚的佛教徒仍然把触碰完整的骨头作为葬礼的一部分。Bernstein，“Fire and Earth：The Forging of Modern Cremation in Meiji Japan”。

4. Olley et al.，“Single-Grain Optical Dating of Grave-Infill Associated with Human Burials at Lake Mungo, Australia”; Cerezo-Román, Wessman, and Williams, *Cremation and the Archaeology of Death*; Kuijt, Quinn, and Cooney, *Transformation by Fire: The Archaeology of Cremation in Cultural Context*; Laqueur, *The Work of the Dead.*

5. Informed Final Choices：Crestone End of Life Project。在拍摄本项目的过程中，我两次试图正式采访克雷斯通临终项目，但都未获成功，因为他们同某电视节目签订了独家合同。但这也从侧面表明，如今人们对殡葬仪式的选择余地非常感兴趣。McKinley，“Missouri's 'Jedi Disposal Act' Goes up in Flames with Gov. Mike Parson's Veto”。

6. Olson, “Flush and Bone: Funeralizing Alkaline Hydrolysis in U.S. Deathcare Markets”; Promessa.

7. Prothero, *Purified by Fire: A History of Cremation in America,* chap. 3.

8. Cremation Association of North America, “Industry Statistical Information.”

9. Solon, "Ashes to Pottery: How a Designer Makes Dinnerware from the Dead"; Parting Stone.

10. Huberman, "Forever a Fan: Reflections on the Branding of Death and the Production of Value"; Cann, *Virtual Afterlives: Grieving the Dead in the Twenty-First Century;* Dobscha, *Death in a Consumer Society.*

11. 不过话说回来，虽然人数不太多，但"超人类主义者"的数量确实在不断增长。他们相信人类可以通过生物改造和（或）大脑上传来延长生命。低温冷冻是支持者们的首选，具体说来就是将他们的身心在低温状态中保存，等技术条件达到后再将他们复活。有关这一运动的深入介绍，参见Farman，*On Not Dying: Secular Immortality in the Age of Technoscience*。

12. 让情况更为复杂的是，法律意义上的"人"并不一定是人类。2014 年，最高法院在"麦卡琴诉联邦选举委员会"一案中裁定，公司也是"人"。很多美国人都反对这一裁决，因为这将人观和个体混为一谈了。新西兰、印度、哥伦比亚的原住民利用法律让国家将几条河流认定为"人"；而在 2010 年，"大地母亲"（即印加神话中的大地女神帕查玛玛）则被玻利维亚的立法机构赋予了人的资格。流行文化偏爱用科幻小说来探讨人观这个充满了争议的模糊问题，从《2001太空漫游》到《太空堡垒卡拉狄加》，编剧们一直在猜测人工智能如果达到具有意识和独特人格的水平时要怎么办，它们会在法律和道德上被当成人吗？Pietrzykowski，*Personhood beyond Humanism: Animals, Chimeras, Autonomous Agents and the Law*。

13. Strathern, *The Gender of the Gift: Problems with Women and Problems with Society in Melanesia*; Smith, "From Dividual and Individual Selves to Porous Subjects," 53; Gell, *Art and Agency: An Anthropological Theory.*

14. Cremation Association of North America, "Cremation Process"; Madoff, *Immortality and the Law: The Rising Power of the American Dead.*

15. 我在本书中介绍过的所有丧葬习俗也适用于宠物。宠物和人类的跨界殡葬服务应该会是一个很有收获的研究话题。这个研究方向通常被认为很滑稽，但若是认真对待，其结果或许能告诉我们关于当代美国人灵性和人观观念的更多信息。丹尼尔和我去芝加哥郊区的欣斯代尔动物公墓参观时，发现那里的纪念品和节日装饰比我们在该地区参观的人类公墓多很多。那个场面既让人感动（出于对动物的爱），又让人悲伤难过（出于对人的忽视）。我们到公墓火葬场的销售办公室参观时，还看到了设计师设计的各种小棺材、骨灰瓮和珠宝。我们正要离开时，碰到了一个二十几岁的年轻人来为刚刚逝去的豚鼠挑选纪念品，工作人员接待他时语调温柔，气氛十分庄重。

第四章　土

1. 芬伍德公墓是国家野生动物联合会的认证栖息地。

2. 美国的相关情况，参见绿色葬礼协会；英国的相关情况，参见自然死亡中心。Hockey et al.，“Landscapes of the Dead? Natural Burial and the Materialization of Absence”。

3. 据 2010 年人口普查，马林县在全美收入中位数排名中位列第五。

4. 以公共卫生的名义限制宗教自由的合理限度在哪儿，是经常闹上法庭的一个问题，新冠疫情期间更是因此爆发了一些新冲突。未做防腐处理的遗体哪怕是死于高传染性疾病，只要掩埋的地方远离饮用水源，对公共卫生安全就不会造成太大威胁。炭疽杆菌是为数不多的几种能在土壤中存活多日的致病物之一，但极其少见。World Health Organization，“Management of Dead Bodies：Frequently Asked Questions”。

5. Asad, *Formations of the Secular: Christianity, Islam, Modernity*; Cannell, “The Anthropology of Secularism, ” 86.

6. Dethlefsen and Deetz，“Death's Heads，Cherubs，and Willow Trees：Experimental Archaeology in Colonial Cemeteries”。有关通过公墓和殡葬的物质文化来解读意识形态的一般性研究途径，参见 McGuire，“Dialogues with the Dead：Ideology and Cemetery”；Hallam and Hockey，*Death, Memory, and Material Culture*；Sørensen，“The Presence of the Dead：Cemeteries，Cremation and the Staging of Non-Place”。

7. Laqueur, *The Work of the Dead, chap.* 5.

8. 我这里说的是纳入城镇规划中的墓地。在城市中心地区外，一直都有其他类型的墓地，如农场或农庄里的家族墓地、种植园墓地（种植园主和奴隶皆可使用）、新奥尔良的地上坟墓，以及西部边疆墓地

（通常为临时安排，任何人都可使用）。

9. Sweeney, “The Cemetery's Cemetery”; Cothran and Danylchak, “The Rural Cemetery Movement”; Curl, *The Victorian Celebration of Death.*

10. Sloane, *Is the Cemetery Dead?*; Laqueur, *The Work of the Dead,* 212.

11. Moreman, *The Spiritualist Movement: Speaking with the Dead in America and around the World*; Morrisson, “The Periodical Culture of the Occult Revival: Esoteric Wisdom, Modernity and Counter-Public Spheres.”

12. Foucault, “Of Other Spaces, Heterotopias.”

13. Sloane, *Is the Cemetery Dead?,* 185.

14. Goody and Poppi, “Flowers and Bones: Approaches to the Dead in Anglo-American and Italian Cemeteries.”

15. 我怀疑“重组”项目也会采用各种虫子，毕竟它们的处理速度那么快。但卡特里娜和“重组”的官网都没有详细介绍他们使用的是哪些生物制剂。Quirk，“The Urban Death Project：Bringing Death Back into the Urban Realm”；Recompose。

16. 另一个相当成功的创意型殡葬非营利组织“永生礁”也有一样的运营逻辑，可被视为“重组”项目的水中替代方案。不过，这种处理方式的碳排放量更高一些，因为要先把骨灰混入混凝土球体中，再使之形成人工珊瑚礁。虽然不是很好看，但这种珊瑚礁确实能对珊瑚生态系统的恢复起到帮助。当然，一般成年人产生的骨灰只有两三千克，所以这种做法能对珊瑚礁的再生有多大贡献，我有点怀疑——必定得有**很多**人都选择这种方式才能有所成效。不过，这也恰好说明了“永生礁”的使命具有象征性意义，那就是不要浪费一次好的死亡。Eternal Reefs，“Welcome to Eternal Reefs”。

17. 加利福尼亚、华盛顿、印第安纳三州都禁止在私家地产上埋葬死者。如果人们非要埋，也不是不可以，但申请特别许可的过程非常烦琐、耗时。其他州的话，这么做严格来说不违法，但实际操作时，大部分申请者连当地分区委员会那一关都过不了。唯一能获批的例外是申请者所持地产中本来就有墓地。这种情况比较常见于南方地区，在其他地区一些历史较久的农场和牧场中也不算闻所未闻之事（这些地区的家族墓地一般离教堂墓地很远）。不过，随着土地所有权及用途的变更，此类墓地往往会被遗忘，最终被植被覆盖，尤其是那些本来就只有零星几块石质标记物或根本没有边界栅栏的墓地。所以，考古学家经常应邀去寻找没有标记的墓地，或者去跟运气不佳的地产开发商交涉，劝他们另寻他处。破坏坟墓在大多数州都是违法行为，哪怕墓主身份不明或其直系后裔无从找起。

18. 该峡谷以本杰明 · S. 伊顿的名字命名，他生前是一位拓荒牧场主，还当过法官。

19. Yoshino, "Woman Seen Scattering Ashes at Disneyland"; Prothero, *Purified by Fire: A History of Cremation in America*, 198.

20.Cited in Sloane, Is the Cemetery Dead?, 45.

21. Bios, *"Bios Urn."*

22. 第一个报名试用"蘑菇寿衣"的人叫丹尼斯 · 怀特。丹尼斯的故事及其人生的最后时光被拍成了纪录片《丹尼斯的寿衣》，这也让人们了解到这种寿衣并不只是一个新奇的创意。Coeio，"The Infinity Burial Suit"；Lee，*Suiting Dennis: A Family Story of Green Funeral*。若想了解其他设计师如何挑战了我们对死亡的看法，可参见 Designboom，"Design for Death"；Auger and Loizeau，"Afterlife"；Charlesworth，"The MeMo Organisation"。

第五章　灵

1. Mitford，*The American Way of Death Revisited*；Walter，"Ritualising Death in a Consumer Society"；Dobscha，*Death in a Consumer Society*。操作这个项目越久，我就越意识到，批评美国式葬礼的人主要是英国人，最早可追溯到 18 世纪 80 年代。所以我觉得，真正落后于世界的可能是**他们**，比如，有个英国人曾对我说："我们不喜欢把葬礼搞得一团糟。"

2. 我在这里指的是名字听起来很唬人的国际殡葬服务集团。该公司目前控制着全美大约 20% 的殡葬市场，且因价格操纵和虚假宣传而多次遭到诉讼。该公司上市之后，虽然有联邦贸易委员会的干预，却还是吞并了许多大型集团。Covert，"The Visible Hand: How Monopolies Have Taken over Our Everyday Lives"。

3. 这个故事是萨德跟我讲的，不过“圣烟”的官网上也有。

4. Cummings, “More than 176, 000 in US Have Died of COVID-19; 57% of Republicans Polled Say That Is ‘Acceptable’ ”; Swan, “President Trump Exclusive Interview.”

5. Celestis: Memorial Spaceflights; Kharpal, “You Can Send Your Loved One's Ashes into Space on Elon Musk's SpaceX Rocket for $2, 500”。正如阿布·法曼在其民族志著作中揭示的那样，“超人类主义者”是有一个同硅谷关系密切的亚文化群体，他们不光否认死亡，更致力于通过无限延长生命来彻底消灭死亡。Farman, *On Not Dying: Secular Immortality in the Age of Technoscience*。

6. Rosen, “How Covid-19 Has Forced Us to Look at the Unthinkable.”

7. Gray, “A Comprehensive Survey and Digital Home for Holt Cemetery, New Orleans”; Vlach, *By the Work of Their Hands: Studies in Afro-American Folklife*; Rainville, “Protecting Our Shared Heritage in African-American Cemeteries.”

8. Weber, *The Protestant Ethic and the Spirit of Capitalism*; Weber, *The Vocation Lectures*; Saler, “Modernity and Enchantment: A Historiographical Review”; Moeran and de Waal Malefyt, *Magical Capitalism: Enchantment, Spells, and Occult Practices in Contemporary Economies.*

9. Sloane, *Is the Cemetery Dead?*

10. Turner, *Forest of Symbols: Aspects of Ndembu Ritual,* 19.

11. Hobsbawm and Ranger, *The Invention of Tradition.*

12. Atkinson, “Shamanisms Today,” 322; Poulin and West, “Holistic Healing, Paradigm Shift, and the New Age,” 258.

13. Tocqueville, *Democracy in America,* 1:509.

14. Bourdieu, *Outline of a Theory of Practice.*

15. Lipka and Gecewicz, “More Americans Now Say They're Spiritual but Not Religious”。更多有关这一趋势的内容，见Brown, *The Channeling Zone: American Spirituality in an Anxious Age*; Fuller, *Spiritual, but Not Religious: Understanding Unchurched*

America。

16. Newport, "Five Key Findings on Religion in the U.S."; Ballard, "45% of Americans Believe That Ghosts and Demons Exist"; Lipka and Gecewicz, "More Americans Now Say They're Spiritual but Not Religious."

17. 梅特卡夫和亨廷顿给出的假设是，这种现象同一种秘密的公民宗教有关。那是一种充满爱国情怀、以国家为中心的仪式，个人的生与死全由政府控制。这个观点确实很有意思，但我没有找到什么证据能支持他们的政治理论。Metcalf and Huntington，*Celebrations of Death*，213；Dawdy，"The Embalmer's Magic"。

18. Dethlefsen and Deetz, "Death's Heads, Cherubs, and Willow Trees"; Ariès, *The Hour of Our Death: The Classic History of Western Attitudes toward Death over the Last One Thousand Years.*

19. Anderson, *Imagined Communities: Reflections on the Origin and Spread of Nationalism.*

20. Becker, *The Denial of Death,* 285.

参考资料

Anderson, Benedict R. O'G. *Imagined Communities: Reflections on the Origin and Spread of Nationalism.* Rev. ed. London and New York: Verso, 2006.

Ariès, Philippe. "The Hour of Our Death." In *Death, Mourning, and Burial: A Cross-Cultural Reader,* edited by Antonius C. G. M. Robben, 40–48. Malden, MA: Blackwell Pub., 2004.

———. *The Hour of Our Death: The Classic History of Western Attitudes toward Death over the Last One Thousand Years.* Translated by Helen Weaver. 1st American ed. New York: Knopf, 1981.

Arnold, Bettina, and Robert J. Jeske. "The Archaeology of Death: Mortuary Archaeology in the United States and Europe 1990–2013." *Annual Review of Anthropology* 43 (2014): 325–46.

Arnold, David. "Burning Issues: Cremation and Incineration in Modern India." *NTM Journal of the History of Science, Technology and Medicine* 24, no. 2 (2017): 393–419.

Arnold, Michael, Martin Gibbs, Tamara Kohn, James Meese, and Bjorn Nansen. *Death and Digital Media.* London: Routledge, Taylor & Francis Group, 2018.

Asad, Talal. *Formations of the Secular: Christianity, Islam, Modernity.* Stanford, CA: Stanford University Press, 2003.

Atkinson, Jane Monnig. "Shamanisms Today." *Annual Review of Anthropology* 21 (1992): 307–30.

Auger, James, and Jimmy Loizeau. "Afterlife," 2009. Auger-Loizeau.com. http://www.auger-loizeau.com/projects/afterlife.

Ballard, Jamie. "45% of Americans Believe That Ghosts and Demons Exist." YouGov, October 21, 2019. https://today.yougov.

com/topics/lifestyle/articles-reports/2019/10/21/paranormal-beliefs-ghosts-demons-poll.

Becker, Ernest. *The Denial of Death.* New York: Free Press, 1973.

Bernstein, Andrew. "Fire and Earth: The Forging of Modern Cremation in Meiji Japan." *Japanese Journal of Religious Studies* 27, no. 3/4 (2000): 297–334.

Bios. "Bios Urn." Accessed May 26, 2020. https://urnabios.com/.

Bondeson, Jan. *Buried Alive: The Terrifying History of Our Most Primal Fear.* New York: W. W. Norton & Co., 2001.

Bourdieu, Pierre. *Outline of a Theory of Practice.* Cambridge Studies in Social Anthropology, 16. Cambridge and New York: Cambridge University Press, 1977.

Brown, Michael F. *The Channeling Zone: American Spirituality in an Anxious Age.* Cambridge, MA: Harvard University Press, 1997.

Bryant, Clifton D., and Dennis L. Peck. Encyclopedia of Death and the Human Experience. Gale Virtual Reference Library. Thousand Oaks, CA: SAGE Publications, 2009.

Cann, Candi K. "Contemporary Death Practices in the Catholic Latina/o Community." *Thanatos* 5, no. 1 (2016): 63–74.

———. *Virtual Afterlives: Grieving the Dead in the Twenty-First Century.* Lexington: University Press of Kentucky, 2014.

Cannell, Fenella. "The Anthropology of Secularism," *Annual Review of Anthropology* 39 (2010): 85–100.

Carter, Rebecca Louise. *Prayers for the People: Homicide and Humanity in the Crescent City.* Chicago, IL: University of Chicago Press, 2019.

Celestis: Memorial Spaceflights. "Celestis: Memorial Spaceflights — Send Ashes into Space." Accessed May 26, 2020. https://www.celestis.com/.

Cerezo-Román, Jessica, Anna Wessman, and Howard Williams.

Cremation and the Archaeology of Death. 1st ed. Oxford: Oxford University Press, 2017.

Chapman, Robert, and Klavs Randsborg. "Approaches to the Archaeology of Death." In *The Archaeology of Death,* edited by Robert Chapman, Ian Kinnes, and Klavs Randsborg, 1–24. Cambridge: Cambridge University Press, 1981.

Charlesworth, Jessica. "The MeMo Organisation." MeMo. Accessed May 26, 2020. http://www.me-mo.co/.

Chiappelli, Jeremiah, and Ted Chiappelli. "Drinking Grandma: The Problem of Embalming." *Journal of Environmental Health* 71, no. 5 (2008): 24–28.

Coeio. "The Infinity Burial Suit." Accessed May 26, 2020. https://coeio.com/.

Cothran, James R., and Erica Danylchak. "The Rural Cemetery Movement." In *Grave Landscapes: The Nineteenth-Century Rural Cemetery Movement,* 33–128. Columbia: University of South Carolina Press, 2018.

Covert, Bryce. "The Visible Hand: How Monopolies Have Taken over Our Everyday Lives." *Nation,* November 28, 2020.

Cremation Association of North America. CANA *Annual Statistics Report,* 2019. https://cdn.ymaws.com/www.cremationassociation.org/resource/resmgr/statistics/2019statssummary-web.pdf.

———. "Cremation Process." https://www.cremationassociation.org/page/CremationProcess.

———. "Industry Statistical Information." Accessed May 26, 2020. https://www.cremationassociation.org/page/IndustryStatistics.

Cummings, William. "More than 176,000 in US Have Died of COVID-19; 57% of Republicans Polled Say That Is 'Acceptable.'" *USA Today,* August 23, 2020.

Curl, James Stevens. *The Victorian Celebration of Death*. Stroud, UK: Sutton, 2000.

Dawdy, Shannon Lee. "The Embalmer's Magic." In *The New Death: Mortality and Death Care in the Twenty-First Century,* edited by Shannon Lee Dawdy and Tamara Kneese. School of Advanced Research. Albuquerque: University of New Mexico Press, forthcoming.

———. "Zombies and a Decaying American Ontology." *Journal of Historical Sociology* 32, no. 1 (2019): 17–25.

Designboom. "Design for Death." Accessed May 26, 2020. https://www.designboom.com/competition/design-for-death/.

Dethlefsen, Edwin, and James Deetz. "Death's Heads, Cherubs, and Willow Trees: Experimental Archaeology in Colonial Cemeteries." *American Antiquity* 31, no. 4 (1966): 502–10.

Dobscha, Susan. *Death in a Consumer Society.* New York: Routledge, 2016.

Donaghey, River. "Family Poses Slain Teen's Body with PlayStation and Doritos at His Funeral." *Vice,* July 10, 2018. https://www.vice.com/en_us/article/a3qza5/new-orleans-teen-body-posed-video-games-doritos-funeral-vgtrn.

Donnelly, Jennifer R. "Memorial Tattoos: Ashes in the Ink!!!" *Tattoodo.* Accessed May 26, 2020. https://www.tattoodo.com/a/memorial-tattoos-ashes-in-the-ink-4522.

Doughty, Caitlin. *From Here to Eternity: Traveling the World to Find the Good Death.* 1st ed. New York: W. W. Norton & Co., 2017.

———. *Smoke Gets in Your Eyes and Other Lessons from the Crematory.* New York: W. W. Norton & Co., 2015.

Douglas, Mary. *Purity and Danger: An Analysis of Concepts of Pollution and Taboo.* London and New York: Routledge Classics, 2002.

Engelke, Matthew. "The Anthropology of Death Revisited." *Annual Review of Anthropology* 48 (October 2019): 29–44.

Eternal Reefs. "Welcome to Eternal Reefs." Accessed May 26,

2020. https://www.eternalreefs.com/.

Fabian, Johannes. "How Others Die: Reflections on the Anthropology of Death." In *Death, Mourning, and Burial: A Cross-Cultural Reader,* edited by Antonius C. G. M. Robben, 49–61. Malden, MA: Blackwell Pub., 2004.

Farman, Abou. *On Not Dying: Secular Immortality in the Age of Technoscience.* Minneapolis: University of Minnesota Press, 2020.

Foucault, Michel. "Of Other Spaces, Heterotopias." *Architecture, Mouvement, Continuité* 5 (1984).

Fuller, Robert C. *Spiritual, but Not Religious: Understanding Unchurched America.* Oxford: Oxford University Press, 2001.

Gell, Alfred. *Art and Agency: An Anthropological Theory.* Oxford, UK: Clarendon Press, 1998.

Gennep, Arnold van. *The Rites of Passage.* Translated by Monika B. Vizedom and Gabrielle L. Caffee. Chicago, IL: University of Chicago Press, 1960.

Goody, Jack, and Cesare Poppi. "Flowers and Bones: Approaches to the Dead in Anglo-American and Italian Cemeteries." *Comparative Studies in Society and History* 36, no. 1 (1994): 146–75.

Gray, D. Ryan. "A Comprehensive Survey and Digital Home for Holt Cemetery, New Orleans." Unpublished report on file, University of New Orleans, 2014.

Green Burial Council. Accessed May 26, 2020. https://www.greenburialcouncil.org/recommended_reading.html.

Hagerty, Alexa. "Speak Softly to the Dead: The Uses of Enchantment in American Home Funerals." *Social Anthropology* 22, no. 4 (January 1, 2014): 428–42.

Hallam, Elizabeth, and Jenny Hockey. *Death, Memory, and Material Culture.* Oxford, UK: Berg, 2001.

Hayasaki, Erika. "Death Is Having a Moment." *Atlantic,* October

25, 2013. https://www.theatlantic.com/health/archive/2013/10/death-is-having-a-moment/280777/.

Heidegger, Martin. *Being and Time.* Translated by J. Macquarrie and E. Robinson. Oxford, UK: Basil Blackwell, 1962.

Hertz, Robert. "A Contribution to the Study of the Collective Representation of Death." In *Death and the Right Hand,* translated by Rodney Needham and Claudia Needham. Glencoe, IL: Free Press, 1960.

———. *Death and the Right Hand.* Translated by Rodney Needham and Claudia Needham. Glencoe, IL: Free Press, 1960.

Hobsbawm, Eric J., and Terence O. Ranger. *The Invention of Tradition.* Cambridge and New York: Cambridge University Press, 1983.

Hockey, J., T. Green, A. Clayden, and M. Powell. "Landscapes of the Dead? Natural Burial and the Materialization of Absence." *Journal of Material Culture* 17, no. 2 (2012): 115–32.

Holloway, Karla F. C. *Passed On: African American Mourning Stories; A Memorial.* Durham, NC: Duke University Press, 2002.

Holy Smoke LLC. Accessed May 26, 2020. http://myholysmoke.com/home.html.

Horsley, Philomena. " 'How Dead Dead the Dead Are' : Sensing the Science of Death." *Qualitative Research* 12, no. 5 (October 5, 2012): 540–53.

———. "Death Dwells in Spaces: Bodies in the Hospital Mortuary." *Anthropology & Medicine* 15, no. 2 (August 2008): 133–46.

Howie, LaShaya. "Loss in/of the Business of Black Funerals." *In The New Death: Mortality and Death Care in the Twenty-First Century,* edited by Shannon Lee Dawdy and Tamara Kneese. School of American Research. Albuquerque: University of New Mexico Press, forthcoming.

Huberman, Jenny. "Forever a Fan: Reflections on the Branding of

Death and the Production of Value." *Anthropological Theory* 12, no. 4 (December 2012): 467–85.

Informed Final Choices: Crestone End of Life Project. Accessed May 26, 2020. http://informedfinalchoices.org/crestone/.

Kessler, Sarah. "How Extreme Embalming Works: Cost, Process and Appeal." *Cake* (blog), November 18, 2019. https://www.joincake.com/blog/extreme-embalming/.

Kharpal, Arjun. "You Can Send Your Loved One's Ashes into Space on Elon Musk's SpaceX Rocket for $2,500." CNBC, May 17, 2017. https://www.cnbc.com/2017/05/17/elysium-space-spacex-rocket-funerla-ashes-orbit.html.

Kneese, Tamara. "QR Codes for the Dead." *Atlantic*, May 21, 2014. https://www.theatlantic.com/technology/archive/2014/05/qr-codes-for-the-dead/370901/.

Kübler-Ross, Elisabeth. *On Death and Dying*. 1st Macmillan Paperbacks ed. New York: Macmillan, 1970.

Kuijt, Ian, Colin P. Quinn, and Gabriel Cooney. *Transformation by Fire: The Archaeology of Cremation in Cultural Context*. Amerind Studies in Anthropology. Tucson: University of Arizona Press, 2014.

Laderman, Gary. *Rest in Peace: A Cultural History of Death and the Funeral Home in Twentieth-Century America*. New York: Oxford University Press, 2003.

———. *The Sacred Remains: American Attitudes toward Death, 1799–1883*. New Haven, CT: Yale University Press, 1996.

Laqueur, Thomas Walter. *The Work of the Dead: A Cultural History of Mortal Remains*. Princeton, NJ: Princeton University Press, 2015.

Lee, Grace (dir.). *Suiting Dennis: A Family Story of Green Funeral*. Coeio, 2015.

Lipka, Michael, and Claire Gecewicz. "More Americans Now Say They're Spiritual but Not Religious." Pew Research

Center, September 6, 2017. https://www.pewresearch.org/fact-tank/2017/09/06/more-americans-now-say-theyre-spiritual-but-not-religious/.

Lynch, Thomas. *The Undertaking: Life Studies from the Dismal Trade.* New York: W. W. Norton & Co., 1997.

Madoff, Ray D. *Immortality and the Law: The Rising Power of the American Dead.* New Haven, CT: Yale University Press, 2010.

Malinowski, Bronislaw, and Robert Redfield. "Death and the Reintegration of the Group." In *Magic, Science and Religion, and Other Essays,* 29–34. Boston: Beacon Press, 1948.

McAlister, Elizabeth. "Slaves, Cannibals, and Infected Hyper-Whites: The Race and Religion of Zombies." *Anthropological Quarterly* 82, no. 2 (2012): 457–86.

McGuire, R. H. "Dialogues with the Dead: Ideology and Cemetery." In *The Recovery of Meaning: Historical Archaeology in the Eastern United States,* edited by Mark P. Leone and Parker B. Potter, 435–80. Washington, DC: Smithsonian Institution Press, 1988.

McIvor, David Wallace. *Mourning in America: Race and the Politics of Loss.* Ithaca, NY: Cornell University Press, 2016.

McKinley, Edward. "Missouri's 'Jedi Disposal Act' Goes up in Flames with Gov. Mike Parson's Veto." *Kansas City Star,* July 14, 2019.

Metcalf, Peter, and Richard Huntington. *Celebrations of Death: The Anthropology of Mortuary Ritual.* 2nd ed. Cambridge: Cambridge University Press, 1991.

Mitford, Jessica. *The American Way of Death Revisited.* New York: Random House, 2000.

Moeran, Brian, and Timothy de Waal Malefyt, eds. *Magical Capitalism: Enchantment, Spells, and Occult Practices in Contemporary Economies.* Cham, Switzerland: Palgrave Macmillan, 2018.

Moreman, Christopher M., ed. *The Spiritualist Movement: Speaking with the Dead in America and around the World.* 3 vols. Santa Barbara, CA: Praeger, 2013.

Moreman, Christopher M., and A. David Lewis. *Digital Death: Mortality and beyond in the Online Age.* Santa Barbara, CA: Praeger, 2014.

Morrisson, Mark S. "The Periodical Culture of the Occult Revival: Esoteric Wisdom, Modernity and Counter-Public Spheres." *Journal of Modern Literature* 31, no. 2 (Winter 2008): 1–22.

National Funeral Directors Association. "Embalming and Covid-19." NFDA News, April 1, 2020. https://www.nfda.org/news/in-the-news/nfda-news/id/4974/embalming-covid-19.

———. "The Future of Funerals: COVID-19 Restrictions Force Funeral Directors to Adapt, Propelling the Profession Forward." NFDA News Releases, July 7, 2020. https://nfda.org/news/media-center/nfda-news-releases/id/5230/the-future-of-funerals-covid-19-restrictions-force-funeral-directors-to-adapt-propelling-the-profession-forward.

National Home Funeral Alliance. Accessed May 26, 2020. https://www.homefuneralalliance.org/.

The Natural Death Centre. Accessed May 26, 2020. http://www.naturaldeath.org.uk/index.php?page?=?find-a-natural-burial-site.

Neptune Society, "What Can I Do with Cremation Ashes?" May 31, 2017. https://www.neptunesociety.com/resources/what-can-i-do-with-cremation-ashes.

Newport, Frank. "Five Key Findings on Religion in the U.S." Gallup, December 23, 2016. https://news.gallup.com/poll/200186/five-key-findings-religion.aspx.

O'Keeffe, Juliette. "Crematoria Emissions and Air Quality Impacts." National Collaborating Centre for Environmental Health (Canada), March 24, 2020. https://ncceh.ca/documents/field-inquiry/crematoria-emissions-and-air-quality-impacts.

Olley, Jon M., Richard G. Roberts, Hiroyuki Yoshida, and James M. Bowler. "Single-Grain Optical Dating of Grave-Infill Associated with Human Burials at Lake Mungo, Australia." In "Dating the Quaternary: Progress in Luminescence Dating of Sediments," special issue, *Quaternary Science Reviews* 25, no. 19 (October 1, 2006): 2469–74.

Olson, Philip R. "Domesticating Deathcare: The Women of the U.S. Natural Deathcare Movement." *Journal of Medical Humanities* 39, no. 2 (2016): 195–215.

———. "Flush and Bone: Funeralizing Alkaline Hydrolysis in U.S. Deathcare Markets." *Science, Technology, and Human Values* 39, no. 5 (2014): 666–93.

Parting Stone. Accessed May 26, 2020. https://partingstone.com/.

Pearson, Mike Parker. *The Archaeology of Death and Burial.* College Station: Texas A&M University Press, 1999.

Pietrzykowski, Tomasz. *Personhood beyond Humanism: Animals, Chimeras, Autonomous Agents and the Law.* Springer Briefs in Law. Cham, Switzerland: Springer, 2018.

Poulin, Patricia A., and William West. "Holistic Healing, Paradigm Shift, and the New Age." In *Integrating Traditional Healing Practices into Counseling and Psychotherapy,* edited by Roy Moodley and William West, 257–69. Thousand Oaks, CA: Sage Books, 2005. https://doi.org/10.4135/9781452231648.n22.

Promessa. Accessed May 26, 2020. http://www.promessa.se/.

Prothero, Stephen. *Purified by Fire: A History of Cremation in America.* Berkeley, CA: University of California Press, 2001.

Quirk, Vanessa. "The Urban Death Project: Bringing Death Back into the Urban Realm." *Metropolis,* February 24, 2017. https://www.metropolismag.com/cities/the-urban-death-project-bringing-death-back-into-the-urban-realm/.

Rainville, Lynn. "Protecting Our Shared Heritage in African-American Cemeteries." *Journal of Field Archaeology* 34, no. 2 (2009): 196–206.

Recompose. Accessed May 26, 2020. https://www.recompose.life/.

Roach, Mary. *Stiff: The Curious Lives of Human Cadavers.* 1st ed. New York: W. W. Norton, 2003.

Robben, Antonius C. G. M. "Death and Anthropology: An Introduction." In *Death, Mourning, and Burial: A Cross-Cultural Reader,* edited by Antonius C. G. M. Robben. Malden, MA: Blackwell Pub., 2004.

Rosen, Jody. "How Covid-19 Has Forced Us to Look at the Unthinkable." *New York Times Magazine,* April 29, 2020.

Ruby, Jay. *Secure the Shadow: Death and Photography in America.* Cambridge, MA: MIT Press, 1995.

Saler, Michael. "Modernity and Enchantment: A Historiographical Review." *American Historical Review* 111, no. 3 (2006): 692–716.

Save My Ink Forever. Accessed May 26, 2020. https://savemyink.tattoo/.

Schantz, Mark S. *Awaiting the Heavenly Country: The Civil War and America's Culture of Death. Ithaca,* NY: Cornell University Press, 2008.

Schwartz, Margaret. *Dead Matter: The Meaning of Iconic Corpses.* Minneapolis: University of Minnesota Press, 2015.

Sloane, David Charles. *Is the Cemetery Dead?* Chicago, IL: University of Chicago Press, 2018.

Smith, Karl. "From Dividual and Individual Selves to Porous Subjects." *Australian Journal of Anthropology* 23, no. 1 (2012): 50–64.

Solon, Olivia. "Ashes to Pottery: How a Designer Makes Dinnerware from the Dead." *Guardian,* October 24, 2016. https://www.theguardian.com/artanddesign/2016/oct/24/pottery-cremation-dinnerware-ceremic-glaze-art-justin-crowe.

Sørensen, Tim Flohr. "The Presence of the Dead: Cemeteries, Cremation and the Staging of Non-Place." *Journal of Social*

Archaeology 9, no. 1 (February 1, 2009): 110–35.

Spera, Keith. " 'Uncle' Lionel Batiste Gets Sendoff as Unique as the Man Himself." *Times-Picayune,* July 20, 2012. https://www.nola.com/entertainment_life/music/article_78f7b478-e4e6-5490-ac61-1cd8da6cdc76.html.

Strathern, Marilyn. *The Gender of the Gift: Problems with Women and Problems with Society in Melanesia.* Studies in Melanesian Anthropology 6. Berkeley: University of California Press, 1988.

Stutz, Liv Nilsson, and Sarah Tarlow, eds. *The Oxford Handbook of the Archaeology of Death and Burial.* Oxford: Oxford University Press, 2013.

Swan, Jonathan. "President Trump Exclusive Interview." *AXIOS on HBO, July* 28, 2020. https://www.axios.com/full-axios-hbo-interview-donald-trump-cd5a67e1-6ba1-46c8-bb3d-8717ab9f3cc5.html.

Sweeney, Kate. "The Cemetery's Cemetery." In *American Afterlife: Encounters in the Customs of Mourning,* 37–56. Athens: University of Georgia Press, 2014.

Tarlow, Sarah. *Bereavement and Commemoration: An Archaeology of Mortality.* Oxford, UK: Blackwell Publishers, 1999.

Tocqueville, Alexis de. *Democracy in America.* Translated by George Lawrence. Vol. 1. Garden City, NY: Doubleday, 1969.

Trafton, Scott. *Egypt Land: Race and Nineteenth-Century American Egyptomania.* New Americanists. Durham, NC: Duke University Press, 2004.

Tschumi, Regula. *Buried Treasures of the Ga: Coffin Art in Ghana.* Salenstein, Switzerland: Benteli, 2008.

Turner, Victor. *Forest of Symbols: Aspects of Ndembu Ritual.* Ithaca, NY: Cornell University Press, 1970.

Ucko, Peter J. "Ethnography and Archaeological Interpretation of Funerary Remains." *World Archaeology* 1, no. 2 (October 1969): 262–80.

Vanacore, Andrew. "Socialite Easterling Goes out as She Wanted — with a Party." *New Orleans Advocate,* April 26, 2014. https://www.nola.com/news/article_8a880b1c-5e52-54b8-a067-30d8b08256a2.html.

Vlach, John Michael. *By the Work of Their Hands: Studies in Afro-American Folklife.* Charlottesville: University Press of Virginia, 1991.

Walter, Tony. *The Revival of Death.* New York: Routledge, 1994.

———. "Ritualising Death in a Consumer Society." *RSA Journal* 144, no. 5468 (1996): 32–40.

Waugh, Evelyn. *The Loved One: An Anglo-American Tragedy.* 1st ed. Boston: Little, Brown and Co., 1948.

Weber, Max. *The Protestant Ethic and the Spirit of Capitalism.* Translated by Peter Baehr and Gordon C. Wells. New York: Penguin Books, 2002.

———. *The Vocation Lectures.* Translated by Rodney Livingstone. Indianapolis, IN: Hackett Publishers, 2004.

Wilson, Charles R. "The Southern Funeral Director: Managing Death in the New South." *Georgia Historical Quarterly* 67, no. 1 (1983): 49–69.

World Health Organization. "Management of Dead Bodies: Frequently Asked Questions." Humanitarian Health Action, November 2, 2016. https://www.who.int/hac/techguidance/management-of-dead-bodies-qanda/en/.

Yoshino, Kimi. "Woman Seen Scattering Ashes at Disneyland." *Los Angeles Times,* Travel, April 7, 2019.

译名对照表

说明：本表仅收录本书中重要的人名及其他专有名词

人名

阿布·法曼Abou Farman

阿诺尔德·范热内普Arnold van Gennep

埃德温·德特勒夫森Edwin Dethlefsen

埃里克Eric

埃米尔·涂尔干Emile Durkheim

埃斯梅拉达Esmerelda

安布罗斯·比尔斯Ambrose Bierce

安妮Anne

奥先生Mr. O

巴迪·博尔登Buddy Bolden

鲍勃Bob

贝弗利Beverly

本Ben

本尼迪克特·安德森Benedict Anderson

彼得·梅特卡夫Peter Metcalf

布拉德Brad

达科塔Dakota

达斯提Dusty

大卫·阿诺德David Arnold

大卫·斯隆David Sloane

丹尼尔·卓克斯 Daniel Zox
丹尼斯·怀特 Dennis White
迪恩 Dean
厄内斯特·贝克尔 Ernest Becker
菲利普·阿里耶斯 Philippe Ariès
弗吉尼亚 Virginia
弗兰克·劳埃德·赖特 Frank Lloyd Wright
亨特·S. 汤普森 Hunter S. Thompson
华特·迪士尼 Walt Disney
吉恩·罗登贝瑞 Gene Roddenberry
吉米·巴菲特 Jimmy Buffet
简·阿特金森 Jane Atkinson
简·曼斯费尔德 Jayne Mansfield
杰弗里 Jeffrey
杰瑞格里斯 Jerrigrace
杰森·赫斯曼 Jason Holsman
杰西卡·米特福德 Jessica Mitford
卡尔·萨根 Carl Sagan
卡尔·史密斯 Karl Smith
卡拉·霍洛韦 Karla Holloway
卡洛琳 Carolyn
卡特里娜 Katrina
凯勒布 Caleb
凯丽·费雪 Carrie Fisher
凯特·福克斯 Kate Fox

凯特琳·道蒂 Caitlin Doughty

克莱姆 Clem

克雷格 Craig

克里斯 Chris

莱昂内尔·巴蒂斯特 Lionel Batiste

雷纳德·马修斯 Renard Matthews

李 Lee

理查德·亨廷顿 Richard Huntington

李洁林 Jae Rhim Lee

莉亚 Leah

路易斯·阿姆斯特朗 Louis Armstrong

罗伯特·赫尔兹 Robert Hertz

罗德 Rod

马丁·海德格尔 Martin Heidegger

马克 Mark

马克斯·韦伯 Max Weber

玛格丽特·福克斯 Margaret Fox

玛丽·道格拉斯 Mary Douglas

玛丽莲·斯特拉森 Marilyn Strathern

迈克尔 Michael

麦克·德雷 Mac Dre

梅 Mae

米基·伊斯特林 Mickey Easterling

米歇尔·福柯 Michel Foucault

尼克 Nick

帕特里克 Patrick

皮埃尔·布迪厄 Pierre Bourdieu

珀西·雪莱 Percy Shelley

乔 Joe

乔恩·普拉姆 Jon Plumb

萨德 Thad

塞西尔·B. 戴米尔 Cecil B. DeMille

桑迪 Sandy

莎伦·奥斯本 Sharon Osbourne

斯蒂芬·普罗瑟罗 Stephen Prothero

斯坦 Stan

塔拉勒·阿萨德 Talal Asad

泰勒 Tyler

唐尼 Donny

托马斯·拉克尔 Thomas Laqueur

托马斯·林奇 Thomas Lynch

托尼·沃尔特 Tony Walter

威尔逊 Wilson

威利·旺卡 Willy Wonka

维克多·特纳 Victor Turner

伍迪·皮尼尔 Woody Penouilh

休伯特·伊顿 Hubert Eaton

雪莉 Shelley

亚当 Adam

亚历克斯 Alex

伊夫林 · 沃 Evelyn Waugh
伊丽莎白 · 库伯勒-罗斯 Elisabeth Kübler-Ross
尤金 · 奥凯利 Eugene O'Kelly
泽莫拉 Zymora
詹姆斯 · 迪茨 James Deetz
朱朱 Juju

其他专有名词

阿姆斯特朗州立公园 Armstrong State Park
艾波卡特中心 Epcot Center
爱国礼炮 Patriotic Salute
安息港纪念公园 Resthaven Memorial Park
奥本山公墓 Mount Auburn Cemetery
柏拉湾人 Berawan people
北美火葬协会 Cremation Association of North America
殡葬师问答 Ask a Mortician
玻璃纪念 Glass Remembrance
城市死亡项目 Urban Death Project
茨瓦纳人 Tswana
重组 Recompose
DNA纪念 DNA Memorial
多感官体验屋 Multisensory Experience Room
芬伍德公墓 Fernwood Cemetery
高等研究院 School of Advanced Research
根恩维尔公墓 Guerneville Cemetery

骨灰画像 Cremation Portrait

国际殡葬服务集团 Service Corporation International

国际外科医学博物馆 International Museum of Surgical Science

海王星协会 Neptune Society

好莱坞纪念公园 Hollywood Memorial Park

好莱坞永恒公墓 Hollywood Forever Cemetery

霍尔特公墓 Holt Cemetery

极乐太空 Elysium Space

记忆玻璃 Memory Glass

加勒比人 Caribs

家庭基因瓶 Home Banking Vial

金卡拉寇绿色殡葬品 Kinkaraco Green Funeral Products

绝地武士处理法案 Jedi Disposal Act

柯艾欧 Coeio

克雷斯通临终项目 Crestone End of Life Project

拉雪兹神父公墓 Père Lachaise Cemetery

冷冻葬 Promession

离别石 Parting Stones

利希特斯特恩基金 Lichtstern Fund

灵气疗法 Reiki

绿草坪殡仪馆 Green Lawn Funeral Home

梅隆艺术实践与学术研究协作奖学金 Mellon Collaborative Fellowship for Arts Practice and Scholarship

美国殡葬协会 National Funeral Directors Association

美国家庭自办葬礼联盟 National Home Funeral Alliance

米尔谷 Mill Valley

米特兰 Mictlān

尼亚库萨人 Nyakyusa

帕玛密封 Permaseal

佩斯利公园 Paisley Park

SOM 建筑设计事务所 Skidmore, Owings and Merrill

塞尼卡人 Onödowa'ga Iroquois

森林草坪纪念公园 Forest Lawn Memorial Park

善地森林 Better Place Forests

善死勋章 Order of the Good Death

生命宝石 LifeGem

生态骨灰瓮 Bios Urn

圣烟 Holy Smoke

世界卫生组织 World Health Organization

斯特利维尔顿足者 Storyville Stompers

塔玛佩斯山州立公园 Mount Tamalpais State Park

特雷梅 Tremé

天国纪念航班 Celestis Memorial Flights

U2 乐队 U2

无限寿衣 Infinity Burial Suit

伍德劳恩公墓 Woodlawn Cemetery

吸灰瓮 Urnamatic

下草地 Lower Meadow

夏博内殡仪馆 Charbonnet Funeral Home

欣斯代尔动物公墓 Hinsdale Animal Cemetery

雅朱人Olo Ngaju

伊顿峡谷Eaton Canyon

驿站马车饭店Stagecoach Restaurant

永生礁Eternal Reefs

葬具Funeria

芝加哥大学格雷艺术与探究中心 University of Chicago Gray Center for Arts and Inquiry

芝加哥大学机构评审委员会 Institutional Review Board protocol from the University of Chicago

芝加哥大学现代理论中心 University of Chicago Center for Contemporary Theory

芝加哥犹太殡仪馆Chicago Jewish Funerals

至爱发射器Loved One Launcher

祖先森林Ancestral Forest

最后旅程Final Passages

图书在版编目（CIP）数据

我想这样被埋葬 /（美）香农・李・道迪著；（美）丹尼尔・卓克斯摄；李鹏程译 . — 广州：广东人民出版社，2025.1

书名原文：American Afterlives:Reinventing Death in the Twenty-First Century

ISBN 978-7-218-17484-6

Ⅰ. ①我… Ⅱ. ①香… ②丹… ③李… Ⅲ. ①纪实文学－美国－现代 Ⅳ. ① I712.55

中国国家版本馆 CIP 数据核字 (2024) 第 097996 号

WO XIANG ZHEYANG BEI MAIZANG
我想这样被埋葬
［美］香农・李・道迪 著 ［美］丹尼尔・卓克斯 摄
李鹏程 译

出 版 人：肖风华

责任编辑：李展鹏 刘志凌
特约编辑：章 石
责任校对：李伟为
书籍设计：崔晓晋
责任技编：吴彦斌
图片编辑：刘弋捷
营销编辑：张静智 常同同 小 飞

出版发行：广东人民出版社
地 址：广州市越秀区大沙头四马路 10 号（邮政编码：510199）
电 话：（020）85716809（总编室）
传 真：（020）83289585
网 址：http://www.gdpph.com
印 刷：广东信源文化科技有限公司
开 本：787mm×1092mm 1/32
印 张：11.625 字 数：207 千
版 次：2025 年 1 月第 1 版
印 次：2025 年 1 月第 1 次印刷
著作权合同登记号：图字 19-2024-043 号
定 价：68.00 元

如发现印装质量问题，影响阅读，请与出版社（020-85716849）联系调换。
售书热线：020-87716172